KB253553

A·M·A·N·D·A·Q·U·I·C·K

어느 멋진 파트너
②

DANGEROUS

by Amanda Quick

어느 멋진 파트너

아만다 퀵 지음 / 김정민 옮김

큰나무

김 정 민
성신여대 경제학과 졸업
역서로 『쥬드』 외 다수
현재 전문 번역 회사 코러스에서 활동중

어느 멋진 파트너 ②

지은이 / 아만다 퀵
옮긴이 / 김정민

펴낸이 / 한익수
펴낸곳 / 도서출판 큰나무

초판 인쇄 / 1997년 6월 10일
초판 발행 / 1997년 6월 15일

등록 / 1993년 11월 30일(제5-396호)
주소 / 120-090 서울시 서대문구 홍제동 215
전화 / 736-9653 · 736-6960 팩스 / 732-8694

ISBN 89-7891-044-0
ISBN 89-7891-045-9(전2권)

▶ 잘못 만들어진 책은 바꾸어 드립니다.

값 6,000원

"오늘날 로맨스 소설계에서 가장 주목받고 있는 동시에
가장 활발하게 집필 활동을 하고 있는 작가이다.
아만다의 여주인공은 항상 독자들이 알고 싶어하는 활기찬 여성이며,
남자 주인공은 사랑에 빠지고 싶어하는 용감한 사나이이다."

— *USA Today* —

11

　무언가 잘못된 것 같은 느낌에, 프루던스는 돌연 잠에서 깨어났다. 결혼한 이후 프루던스와 세바스천이 새벽이 되기 전에 잠자리에 든 첫 밤이었다. 바쁜 사교계 일과 세바스천의 사랑 행위로 말미암아, 결혼한 이래로 매일 밤을 거의 뜬눈으로 보내야 했다.

　프루던스는 세바스천이 밤을 새우는 일에 익숙하다는 사실을 깨달았다. 그는 새벽이 찾아와도 한참 후에나 잠자리에 드는 때가 많은 것 같았다.

　프루던스는 그들이 일상의 평범한 생활로 돌아가지 못하게 되지는 않을까 하는 걱정이 고개를 쳐들기 시작하고 있었다. 남들과 비슷한 시간에 잠자리에 들고, 아침 일찍 일어나는 등의 그런 평범한 생활로……

아마도 프루던스가 세바스천과 결혼한 이상, 도시 생활에 적응하는 것이 당연하겠지. 하지만 어쩌면 일생 동안 밤새 깨어 있어야 할지도 모른다는 생각이 프루던스를 움찔하게 했다. 그것은 단순히 잠을 편히 못 잔다는 단순한 사실만이 아니었기 때문이다.

프루던스는 잠깐 동안 그대로 누워 있었다. 뇌리에선 유령 꿈 비슷한 조각의 진상들이 떠돌아다니는 듯했다. 그녀는 정신을 집중해 보았지만, 그것이 딱히 무엇인지는 정확하게 잡아낼 수가 없었다.

프루던스는 불현듯 끝없는 밤으로 통하는 그 검은 방의 창문에서 바람에 펄럭이던 검은 커튼을 떠올렸다. 하지만 그 영상은 거의 순간적으로 사라져 버렸다.

그리고 나서야 프루던스는 자신이 커다란 침대에 혼자 누워 있다는 사실을 깨달았다.

"세바스천?"

"나 여기 있소, 프루."

프루던스가 창문 쪽으로 눈길을 돌리자 거대한, 그렇지만 다소 분명치 않게 보이는 세바스천의 서 있는 모습이 눈에 들어왔다. 그는 프루던스 쪽으로 등을 보인 채, 한 손으로는 창턱을 잡고 있었다. 프루던스는 침대에서 몸을 일으키고는 안경으로 손을 뻗었다.

프루던스가 더듬거리며 안경을 끼자 검은색 실내복을 입은 세바스천의 모습이 확실하게 보였다. 세바스천이 창가에 서서

어둠이 깔린 정원을 내려다보고 있는 모습은 그를 어느 때보다
도 타락한 천사의 전형처럼 보이게 만들었다. 루시퍼가 창턱에
앉아서 세바스천 옆을 지키고 있었다. 고양이 역시 세바스천만
큼이나 밤의 정령에 빠져 있는 것 같았다.

"잠이 안 와요?"

프루던스가 침대맡의 촛불을 돋우며, 부드럽게 물었다.

"나는 새벽이 되기 전에 잠들어 본 적이 없소."

"어디가 특별히 안 좋은 건 아니고요?"

"괜찮소."

세바스천의 목소리는 어두웠고, 무언가를 곰곰이 생각하고 있
는 투였다.

"다시 자요, 프루."

프루던스는 세바스천의 말을 뒤로 한 채, 무릎을 끌어당겨 두
팔로 감싸며 말했다.

"무슨 생각을 하고 있는지 제게 말해도 괜찮을 것 같네요. 당
신이 그렇게 거기 서서 창밖을 보고 있으면, 다시 쉽게 잠이 들
것 같지 않아요. 마음이 편하지 않거든요."

세바스천은 항상 그래 왔던 것처럼 무심결에 루시퍼를 쓰다
듬었다.

"당신을 잠 못 들게 해서 미안하오."

프루던스가 가벼운 미소를 흘렸다.

"그럼 당신이 그렇게 열심히 생각하고 있는 것을 제게 말해
주는 편이 가장 좋을 듯싶어요. 그렇지 않으면 다시 잠들 수가
없을 것만 같거든요."

세바스천은 잠깐 즐거운 기분으로 프루던스를 바라보았다.

“나는 당신의 말뜻을 알고 있소.”

“그래요.”

프루던스가 무릎에 턱을 괴었다.

“당신은 지금 우리 조사에 관해서 생각하고 있는 중이죠, 그렇죠?”

“그렇소.”

“그럴 것이라고 생각했어요.”

프루던스가 머뭇거렸다.

“당신이 제레미 도련님의 코담뱃갑에 관해서 생각하고 있다고 짐작했어요. 당신은 분명히 그게 왜 그 방에 있었는지 상황을 따져 보고 있었을 거예요.”

“당신이 최근에 내 마음 읽는 법을 익힌 것이 아닐까 하는 의심이 들기 시작했소.”

“당신이 일찍이 알아낸 것처럼, 우리는 생각하는 방식이 거의 똑같아요.”

“그건 그렇소.”

세바스천은 잠시 아무 말도 없이 루시퍼를 쓰다듬는 행동만을 계속했다.

“그 점이 나를 당혹하게 하오.”

세바스천이 마침내 말문을 열었다.

프루던스는 퍼뜩 세바스천이 서론 없이 본론으로 뛰어들었다는 사실을 깨달았다.

“우리 조사와 제레미 도련님 사이의 연관성이오? 저도 동감이에요, 굉장히 당혹스럽기까지 하구요.”

무도회가 끝난 후, 두 사람은 그 문제에 대해서 장황한 토론을 벌였었다. 세바스천은 제레미와의 대면에 대해서, 그리고 제레미가 그 검은 방을 전혀 모른다고 어떻게 부인했었는지를 프루던스에게 상세히 애기해 주었다.

"오늘 초저녁에 나는 몇 가지 조사를 했소. 내 사촌은 컬링과 절친한 친구 사이는 아닌 것 같소. 제레미가 컬링 성에서 보냈던 그 주말이 그가 거기에 간 첫 주말이었소."

"누가 그러던가요?"

프루던스가 궁금하다는 듯 물었다.

"제레미 도련님이요?"

"아니오, 뒤햄이란 작자가 그러너군. 그는 컬링의 별장 파티에 빠지지 않고 참석하는 사람이오. 그 인간은 자신을 웃음거리로 만들고, 사교계 비위나 맞춰 가며 거기에 빌붙어 사는 전형적인 거머리 같은 인간이지. 당신도 그런 종류의 인간을 알 거요."

프루던스는 명백히 드러난 세바스천의 경멸 어린 말투에 슬픈 표정을 지었다.

"사교계에서 불쌍한 뒤햄 씨가 맡은 역할은 나 같은 괴짜가 맡은 역할과 좀 비슷한 것 같아요. 사람들은 우리가 즐거움을 제공하는 한 우리를 너그럽게 봐 주죠."

세바스천이 갑자기 고개를 홱 돌렸다. 어둠 속에서 세바스천의 눈빛이 활활 타오르고 있었다.

"마담, 당신은 이제 엔젤스톤 백작 부인이오. 그런 얼토당토않는 생각은 두 번 다시 하지도 마시오. 당신은 사교계를 즐겁게 해주고 재미있게 해주기 위해서 존재하는 것이 아니오. 아니, 그 반대지. 사교계가 당신을 즐겁고 재미있게 해주기 위해서 존재하는 거요."

프루던스는 단지 농담으로 던진 말에 세바스천이 감정을 억눌러 가면서 화를 내자, 깜짝 놀란 눈으로 쳐다보았다.

"무척 흥미로운 생각이군요. 나중에 좀더 곰곰이 생각해 볼게요. 그럼 이제 당신 사촌 제레미 도련님 문제로 돌아가 볼까요?"

"문제는,"

세바스천이 천천히 말했다.

"조사가 제자리걸음이란 점이오. 링크로스가 죽던 날 제레미가 그 성에 있었다는 사실과, 그 빌어먹을 방에서 제레미의 코담뱃갑이 발견됐다는 사실 외에는 아직 밝혀진 것이 아무것도 없소."

"그 금단추도요."

세바스천은 손가락으로 천천히 창턱을 톡톡 치기 시작했다.

"그래, 사실 나는 아직 그 방향으로는 조사를 시작하지 않았소. 그 단추에 관해서 조사하면 틀림없이 흥미로운 결과가 나올 거요."

프루던스가 잠시 세바스천을 살펴보았다.

"제레미 도련님이 그 검은 방을 본 적도 없다고 주장했을 때, 거짓말을 하는 것 같아 보였어요?"

"나도 잘 모르겠소."

"실제로 제레미 도련님이 링크로스의 죽음과 연관이 있을까 봐 걱정이 되는 거죠?"

프루던스가 조심스럽게 물었다.

"단지 우연의 일치로 제레미의 코담뱃갑이 그 방에서 발견되었다는 사실은, 금방 잊어버리기에는 어려운 일이라고 생각하오. 내 본능이 어떤 연관이 있다고 말해 주고 있소.”

“우연의 일치는 언제 어디서나 일어나는 법이에요, 세바스천.”

“인정하오. 그렇지만 우연이란 말 그대로 그렇게 자주 일어나는 일이 아니오. 게다가 내 경험상 이런 종류의 조사에서 우연의 일치는 거의 일어나지 않는다고 볼 수 있소.”

프루던스는 잠시 그 문제를 곰곰이 생각해 보았다.

“저는 제레미 도련님을 잘 알지 못하지만, 적어도 제가 본 바로는 살인자라고는 상상하기 어려운 사람이에요. 제레미 도련님은 무척 예의바른 신사 같았어요.”

세바스천은 안개에 싸인 밤을 내다보고 있었다.

“만일 충분한 동기만 있다면, 어느 누구라도 살인을 저지를 수 있소. 신사도 다른 누구처럼 살인을 할 수 있단 말이오.”

“그렇지만 도대체 이 사건에서 동기가 뭐라고 말할 수 있죠? 왜 제레미 도련님이 링크로스를 죽여야 했을까요?”

“나도 모르오. 해답을 찾아야 할 질문들이 너무 많소. 그 중에서도 특히 제레미와 링크로스 사이에 어떤 연관이 있는지 알아내야 하오.”

“당신 좀 주저하는 것 같군요, 세바스천. 혹시 뭐가 잘못됐나요?”

세바스천이 어깨너머로 그녀를 흘낏 쳐다보았다.

“솔직히 내가 오늘 밤 스스로에게 묻고 있는 말은, 이 사건을 계속 맡고 싶은가 하는 문제요.”

“그럴 것이라고 생각해요.”

프루던스가 안쓰러워하면서 대답했다.

"저는 당신이 집안 사람을 조사하는 것을 꺼리는 마음을 충분히 이해할 수 있어요."

세바스천의 입이 못내 일그러졌다.

"오해하지 마시오, 마담. 나는 설사 제레미가 살인죄로 체포된다고 하더라도 눈 하나 깜짝하지 않을 거요."

프루던스는 흡사 그것이 자신에 대해서 한 말인 것처럼 큰 충격을 받았다.

"어떻게 그렇게 말할 수 있어요? 제레미 도련님은 당신 사촌이에요."

"그래서? 플릿우드가 체포되었다는 스캔들이 나를 괴롭게 만들 줄 알았소? 조금도 아니오, 오히려 즐거울 거요."

"세바스천, 우리는 지금 살인에 관해서 얘기하고 있는 거예요."

"그렇소, 그러고 있소, 아니오?"

세바스천의 얼굴에 떠오른 미소는 단지 야성의 잔인함만을 풍기고 있었다.

"암여우 같은 드루실라와 나의 잘난 친척들이 사교계의 잔인한 혀에 놀아나는 것을 보는 일은 아주 재미있을 거요."

"세바스천, 그런 뒷공론은 당신 집안 사람들을 곤혹스럽게 만들 거예요."

"물론 그렇겠지. 만일 제레미가 살인으로 체포된다면, 드루실라는 의심할 여지도 없이 톤에서 추방될 거요. 사교계는 우리 부모에게 그랬던 것과 똑같이, 그들 모자에게도 등을 돌릴 거요. 그게 가장 올바른 심판이오."

프루던스는 몸을 떨었다.

"당신은 그럴 수 없어요."

"내가 정말 그럴 수 없다고 생각하오?"

루시퍼를 쓰다듬고 있는 세바스천의 손에서 촛불 빛에 반사된 금반지가 번쩍거리고 있었다.

"당신은 집안의 가장 큰어른이에요, 세바스천."

프루던스는 끈질기게 설득했다.

"어떤 희생이 뒤따르더라도 집안 사람들을 보호해야만 한다구요."

세바스천이 갑자기 프루던스에게 팔을 뻗었다. 프루던스의 어깨를 잡아서는 자신과 똑바로 마주 보게 했다.

"내 가족은……,"

세바스천이 이를 악물고 말했다.

"당신과 나 그리고 은혜롭게도 우리가 얻을 아이들이오. 나는 사람들이 플릿우드 집안 사람들을 데려다가 목을 매단다고 해도, 눈 하나 깜짝하지 않을 거요. 내가 보호해야 할 사람들은 바로 내 가족뿐이니까."

"당신은 절대 그럴 수 없어요. 어느 누구도, 단지 친척이 불유쾌하고 부적합하다는 이유만으로 깨끗이 잊어버릴 순 없는 거예요."

"플릿우드 집안 사람들은 우리 부모를 깨끗이 잊는 데 조금도 힘들지 않았다고 맹세할 수 있소."

프루던스는 세바스천의 단단한 얼굴을 두 손으로 감쌌다.

"그러면 당신이 원하는 것이 복수인가요? 그것이 사실이라면, 왜 여태 복수를 하지 않은 거죠?"

프루던스의 어깨를 쥔 세바스천의 손에 힘이 들어갔다.

"당신은 내가 복수를 꿈꿔 본 적이 없다고 생각하오?"

"이해할 수가 없어요. 당신 친구 서턴 씨의 설명을 들어 보면, 나머지 가족들에게 돌아가는 재정의 몫을 줄일 수도 있고, 심지어 사교계에서 모두 쫓아내 버릴 수도 있는 힘을 가지고 있다고 하던데…… 당신이 그렇게 강렬하게 나머지 가족들에게 복수하고 싶은 마음이 있었다면, 당신이 처음 작위를 물려받았을 때 왜 그 힘을 사용하지 않은 거죠?"

세바스천의 눈동자가 번쩍거렸다.

"조금도 의심할 여지 없이 만일 여태껏 나를 괴롭혔던 것보다 더 심하게 괴롭힌다면, 친척들에 대해서 내가 가지고 있는 힘을 발휘할 것이오. 그렇지만 적어도 그때까지는 안전하오. 비록 그들은 모르고 있지만……."

"왜 안전한 거죠?"

"왜냐하면, 나는 약속에 묶여 있기 때문이오. 어머니께서 죽어 갈 때, 내가 어머니께 드린 약속이 있었소."

프루던스는 이해가 안 된다는 표정으로 물었다.

"당신 부모님과 동생이 바위 추락 사고로 돌아가셨다는 말을 들은 것 같은데요……?"

"나는 산에서 일어난 일을 초저녁에 들었소."

세바스천의 목소리가 매우 멀게 느껴졌다.

"나는 마을에서 조를 짠 다음 가족을 찾아나섰소. 우리는 자정이 되어서야 그 장소에 도착할 수 있었어. 불을 밝히고 떨어져내린 바위와 잔해들을 파헤쳤소."

"오, 하느님……!"

"너무 추웠소, 그리고 안개가 정말 지독했소. 그렇게 짙은 안개는 절대로 잊지 못할 거요. 새벽이 되기 바로 직전에야 식구들을 찾아냈소. 내 동생이 처음으로 나왔고……, 다음으로 아버지를 발견했지. 두 사람은 벌써 죽어 있었소. 마지막으로 찾은 어머니는 아직 숨이 붙어 있었소. 어머니는 그렇게 새벽이 올 때까지 살아 계셨던 거요.”

“너무 슬픈 일이군요.”

프루던스가 거의 울먹이듯 속삭였다.

“저는 결코 당신의 그런 비극적인 기억을 들춰 내려던 것이 아니었어요.”

“지금 다 듣는 것이 좋을 거요. 플릿우드 집안 사람들이 내게서 안전한 진짜 이유를 누구에게도 말한 적이 없소. 그것이 바로 내 어머니께서 임종할 때, 그들의 선처를 호소했기 때문이라는 것을…….”

“어머니께서 마지막까지도 집안 사람들에게 복수하지 말라고 요청하셨나요?”

“어머니께서는 언젠가 내가 작위를 물려받으리란 사실을 알고 계셨소. 그리고 내가 계승을 하면, 그 힘을 이용해서, 당신과 남편에게 했던 일 때문에 집안 사람들에게 복수할 것이라고 생각하셨소. 어머니는 그런 일이 일어나는 것을 원치 않으셨소. 어머니는 이미 가족들이 너무 오랫동안 분열되어 있었다고 말씀하셨소.”

“당신의 어머니는 매우 친절하고 자비로운 분이신 것 같군요.”

“그랬소. 그렇지만 나는 친절하지도 자비롭지도 않소. 고백하건대, 여러 가지 재미있는 방법으로 플릿우드 집안 사람들을 망처 놓고 싶은 유혹이, 거의 참을 수 없을 지경에 다다랐던 적도 참으로 많았소."

프루던스는 세바스천의 냉혹한 얼굴을 찬찬히 살펴보았다.

"상상할 수 있어요."

"운 나쁘게도, 내가 어머니께 드린 맹세는 철로 만든 사슬만큼이나 단단하게 나를 구속했소. '내게 약속해다오, 세바스천. 우리에게 했던 일 때문에, 플릿우드 집안 사람들에게 어떠한 해도 끼치지 않는다고 말이다.' 어머니는 죽어 가고 계셨소. 그래서 나는 약속하지 않을 수가 없었던 거요. 그 순간 그 일은 그렇게 큰 일도 아니었소. 내 마음속에는 다른 더 중요한 복수심이 불타고 있었으니까."

"다른 복수심이라니요?"

세바스천의 얼굴이 딱딱한 윤곽을 드러냈다.

"그 당시 내 목표는 오로지 돌을 굴려 떨어뜨린 산적을 찾아내는 거였소. 그 저주 받은 산속에 내 가족들을 묻으면서, 플릿우드 집안 사람들에 대한 생각은 조금도 내 머릿속에 남아 있지 않았소. 나는 단지 내 가족을 죽인 놈들을 찾아내 목을 베어야겠다는 생각에 가득 차 있었소."

프루던스는 세바스천을 바라보았다.

"당신 혼자 산적들을 찾아나섰나요?"

"몇 명의 마을 장정들이 함께 갔었소. 그들은 이미 산적들 때문에 골머리를 앓고 있었소. 단지 계획을 제공할 리더가 없었기 때문에, 행동을 하지 못하고 있었던 것뿐이었소."

"당신이 리더십과 계획을 제공했군요."

"그렇소."

세바스천은 프루던스에게서 떨어지며 말했다. 그리고 다시 창가로 돌아가서 어둠 속을 내다보았다.

"산적들을 함정으로 유인하는 계획을 짜는 데 일 주일도 안 걸렸소. 놈들은 함정에 빠져 몰살했소, 마지막 한 놈까지 모두 말이오. 물론 대장은 내 손으로 직접 죽였소."

"오, 세바스천!"

세바스천이 창턱을 움켜쥐었다.

"나는 그놈에게 왜 죽어야 하는지 그 이유를 정확하게 말해 줬소. 내 발밑에서 피를 흘리며 처참하게 죽어 가는 그놈에게 말이오."

프루던스는 세바스천에게 다가간 다음 뒤에서 세바스천을 감싸 안았다. 프루던스는 머리를 세바스천의 어깨에 기댔다.

"세바스천, 당신 잘못이 아니에요. 당신 아버지는 탐험가이셨 잖아요. 거친 황야를 여행하는 데는 항상 위험이 따라다니게 마 련이에요."

세바스천은 아무 말도 없었다.

"아버지께서 그 산길을 선택한 것은 당신 잘못이 아니에요. 당신 아버지께서는 노련한 여행가이셨어요. 바로 아버님께서 그 산맥을 넘기로 결정하셨죠. 아버님께서는 그 길이 안전하다고 생각하신 게 틀림없어요. 그 비극적인 실수를 저지른 사람은 아 버님이세요, 당신이 아니구요."

세바스천은 여전히 말이 없었다.

프루던스는 세바스천에게 더 가까이 몸을 밀착시켰다. 세바스 천의 몸이 매우 차갑게 느껴졌다. 프루던스는 아무 말도 하지 않았다. 그녀가 그 순간 할 수 있는 일이라고는 오직 자신의 온기를 세바스천에게 나누어 주는 것밖에 없다고 생각했다.

프루던스는 오랫동안 세바스천을 꼭 껴안고 있었다.

잠시 후, 프루던스는 세바스천에게서 어떤 긴장감이 사라지는 것을 느꼈다. 세바스천은 자신의 허리를 감싸고 있는 프루던스의 손을 잡았다.

"자, 이제 당신은 내가 왜 플릿우드 집안 사람들에게 복수를 하지 않는지, 그 진짜 이유를 알았소."

세바스천이 낮은 소리로 말했다.

"알겠어요. 그렇지만 세바스천, 우리 조사는 어떻게 할 거예요? 당신은 분명히 조사를 포기할 수 없어요."

"그렇소,"

세바스천이 대답했다.

"나는 지금 이 사건에 호기심을 가지고 있소. 해답을 찾고 싶소."

"알고 있었어요."

프루던스가 만족감에 젖어 대답했다.

"저는 당신이 결코 이 사건을 포기할 수 없으리라는 사실을 알고 있었다구요."

"하지만 아직 내가 발견한 해답을 가지고 구체적으로 무엇을 할지 결정한 것은 아니오."

세바스천이 작은 소리로 덧붙였다.

"세바스천."

"진정해요, 프루. 나는 제레미에게 불리한 증거를 바우 가에 넘길 생각은 없소. 그것은 어머니와 한 약속을 깨뜨리는 일이 될 테니까……. 그렇지만 만일 바우 가측에서 어떤 증거를 찾아

냈다면, 나는 제레미를 보호할 어떠한 의무도 없다는 것을 말해
두는 바요.”
　프루던스는 불편한 마음으로 세바스천을 바라보았다.
　“사람들이 말하는 고양이와 생쥐 게임을 벌이고 있는 것 같
군요. 당신이 플릿우드 집안 사람들과 그 게임을 즐기는 것을
좋아한다고 하더군요.”
　“나는 단지 아주 지루할 때만, 그런 게임을 한다오.”
　세바스천이 대답했다.
　“믿든 안 믿든, 대체로 나는 플릿우드 집안 사람들을 괴롭히
는 것보다 더 흥미로운 일들을 가지고 있소.”
　프루던스는 고개를 저었다.
　“세바스천, 당신은 부끄러운 줄 알아야 해요.”
　“잔소리는 싫소, 마담.”
　세바스천이 뒤로 돌아, 경고의 뜻으로 손가락을 프루던스의
입술에 갖다 댔다.
　“나는 지금 책임감과 성숙한 태도에 관한 어떤 설교도 들을
기분이 아니라오.”
　“제가 바로 그런 설교를 할 생각이라면, 어떻게 하겠어요?”
　“글쎄, 당신을 침묵시킬 방법을 찾아야만 하겠지.”
　세바스천은 프루던스의 손을 입으로 끌어당겨 손목 안쪽에
키스를 했다. 세바스천의 눈동자는 프루던스를 뚫어지게 쳐다보
고 있었다.
　“내가 적당한 방법을 찾아낼 수 있을 것이라고 확신하오.”
　“세바스천, 저는 지금 심각하게 토론하려고 노력하고 있어요.”
　프루던스는 벌써부터 몸 속에서 꿈틀거리며 흐르는 듯한 따

뜻함을 느낄 수 있었다. 프루던스는 겨우 그것을 제한하며 세바스천의 손아귀에서 자신의 손을 홱 빼냈다.

"당신은 평생 동안 더 재미있는 일을 찾아내지 못할 때마다 플릿우드 집안 사람들을 괴롭히면서 살 생각이에요?"

"내가 말했던 것처럼, 대개의 경우 나는 재미있는 일을 찾아내는 데 성공했소. 대체로 플릿우드 집안 사람들은 우둔한 바보들이오."

"그 사람들에게는 굉장히 다행한 일이군요."

"게다가 지금 나는 결혼한 남자로서, 아이 방을 만들어 놓고 나의 계승자를 얻는 임무에 착수해야 하는 의무를 갖고 있소. 나는 가까운 장래에 완전히 그 의무에 전력을 다해야겠다고 생각하고 있소."

"당신은 구제 불능이로군요."

"나는 내 임무에 충실할 거요."

세바스천의 표정이 다시 굳어졌다.

"당신이 이해해야 할 것이 있소, 프루."

"그게 뭐죠?"

"플릿우드 집안 사람들이 내게서 완전히 안전하다는 것은 분명한 사실이오. 딱 한 가지 경우만 제외하고 말이오."

"한 가지 경우요?"

세바스천은 프루던스가 본 것 중에서 가장 차가운 미소를 지었다.

"만일 그들 중 누군가가 그 선을 넘어선다면, 어머니께 드린 내 약속도 그들을 보호할 수 없을 거요."

"그 선을 넘어섰다고 여기는 것이 어떤 것이죠?"

프루던스가 조심스럽게 물었다.

"만일 드루실라나 다른 친척들이 어떤 방법으로든 당신을 괴롭힌다면, 나는 그 사실을 꼭 알아내겠소. 그래서 책임져야 할 사람이 누구건 간에, 그 사람을 파멸시키겠소."

"세바스천."

"나는 내 어머니께, 플릿우드 집안 사람들이 내 부모님께 등을 돌렸던 일을 벌하지 않겠다고 약속했소. 그렇지만 그들이 내 아내를 모욕하거나 괴롭혔을 때, 내가 그들에게 할 수 있는 행동에 관해서는 아무런 약속도 하지 않았소."

"그렇지만, 세바스천……."

"아니오, 프루. 그 점에 관해서 당신은 나와 예전에 계약을 맺었소. 우리가 약혼한 이후, 내 아주머니가 당신을 모욕한 후에 말이오. 나는 그때 아주머니에게 어떤 행동을 취할 수도 있었소. 하지만 나는 그 일에 관여하지 말라는 당신 충고를 받아들였소."

"저는 당신이 제 충고를 받아들였다고는 생각하지 않아요."

프루던스가 대답했다.

"당신은 이치에 따라, 당신과 같은 지위와 힘을 가진 사람에게 기대되는 훌륭한 태도로 행동하기로 결정한 것뿐이에요."

세바스천이 눈썹을 치켜 올렸다.

"나는 당신의 탄원에 굴복한 거요, 순진한 프루. 왜냐하면 그때 나는 단지 당신과 약혼을 한 상태였지 결혼한 것이 아니었소."

"뭐라고요?"

"그때 나는 다소 불확실한 위치에 있었소. 너무 화가 나서 약혼을 취소할 수도 있을 정도까지 내 미래의 신부를 화나게 하고 싶지 않았단 말이오. 그래서 나는 당신을 기쁘게 하기로 한 거요.”

“저는 당신 말을 믿을 수 없어요.”

“의문의 여지도 없이, 당신이 나를 타락하기 전의 악마라고 믿고 있기 때문이오.”

“이건 용납할 수 없는 일이에요.”

프루던스는 세바스천을 노려보았다.

“이제 저와 결혼했으니까, 더 이상 저를 화나게 만드는 일 따위엔 신경쓸 필요가 없다고 말하고 있는 거예요?”

“나는 당신이 매력적이고 협조적인 기분일 때가 더 좋소. 그런 가장 중요한 사실은 우리는 이제 법적인 끈으로 묶여 있다는 것이오.”

세바스천의 손가락이 프루던스의 어깨선을 따라 내려갔다. 프루던스가 몸을 떨자 세바스천이 미소를 지었다.

“게다가 다른 끈으로도 묶여 있소, 그렇지 않소? 당신은 아무리 화가 나도, 당신은 나를 버릴 수 없소.”

“그래도 제가 만일 그렇게 한다면요?”

“당신을 따라가서 집으로 다시 데리고 오겠소.”

세바스천이 단언했다.

“그리고 나서, 당신을 사랑해 주겠소. 당신이 내 품안에서 몸을 파르르 떨 때까지……, 그리고 내게 당신을 가져 달라고 간청할 때까지 말이오. 심지어 당신이 왜 내게 화를 냈는지조차 기억해 내지 못하게 될 때까지.”

“세바스천.”

"당신과 내가 함께하는 시간이 가장 중요하다는 사실을 깨달을 때까지 말이오."

프루던스는 세바스천의 불타는 눈을 들여다보았다. 프루던스는 숨을 죽였다.

"나를 사랑 행위로 다룰 수 있다고 생각하지 말라고 경고했을 텐데요?"

세바스천은 여유 있는 웃음을 지었다.

"당신은 정말 그런 말을 했었지. 그렇지만 나는 항상 도전을 즐겨 왔소."

"세바스천, 절 놀리지 마세요, 세빌요. 이건 굉장히 심각한 문제라고요."

"내가 그 문제를 심각하게 생각하고 있다는 사실을 확신시켜 주겠소."

세바스천이 손가락 끝으로 프루던스의 턱을 잡았다.

"나를 잘 봐요, 마담. 다시 한 번 말하지만 만일 그들이 당신을 모욕하거나 마음 아프게 한다면, 내 어머니가 내게서 얻어낸 맹세도 플릿우드 집안 사람들이 벌받는 것을 막을 순 없을 거요."

프루던스는 발을 동동거렸다.

"저는 당신이 그어 놓은 보이지 않는 선을, 집안 사람들이 넘기를 당신이 바라고 있다는 생각이 들기 시작하네요."

악마의 웃음이 세바스천의 눈 속에서 춤을 추었다.

"당신의 통찰력은 정말 굉장하오, 그리고 매우 정확하오. 만일 그들 중 누군가가, 특히 내 아주머니가 그 선을 넘는다 해도 조금도 귀찮게 여기지 않을 거요. 그렇지만 당신이 걱정할 필요는 없소. 나는 보복이 단지 한 가지 경우에만 일어날 것이라는 사실을 당신에게 맹세할 수 있소."

"왜냐하면 그것이 당신이 보복할 수 있는 가장 좋은 구실이 되기 때문이죠."

"단지 한 가지 죄에만 해당되오."

세바스천이 낮은 소리로 말했다.

"누군가 당신을 모욕한다면, 나는 사교계에서 그들이 추방되는 꼴을 보고야 말겠소. 나는 그들의 꽤 많은 수입을 줄여서 아주 조금만 지급할 것이오."

프루던스는 세바스천의 말 속에 들어 있는 무자비한 계획에 놀라 어리벙벙해졌다. 어느 새 프루던스의 손바닥이 축축해졌다.

"그럼 이것이 당신이 촌스러운 괴짜와 결혼한 진짜 이유인가요? 단지 나같이 이상한 여자만이 친척들로부터 당신이 원하는 모욕을 끌어낼 수 있다는 사실을 알고 있었기 때문이냐구요?"

세바스천이 얼굴을 찌푸렸다.

"그건, 프루……."

"궁극적으로 당신이 단지 그토록 원하는 복수를 위한 구실을 찾기 위해서 나와 결혼한 건가요?"

"바보 같은 소리 그만 하시오."

세바스천의 속눈썹이 눈동자를 가렸다.

"당신은 내가 단지 플릿우드 집안 사람들을 괴롭히는 데 이용하려는 여자와 평생 동안 함께할 약속을 했다고 생각하시오?"

"그래요, 문득 그런 생각이 들었어요."

"만일 내가 아내에게 바라는 점이 오직 그것뿐이었다면, 나는 오래 전에 결혼했을 거요. 맹세컨대, 여기 런던에는 플릿우드 집안 사람들을 괴롭힐 수 있을 만한 여자들이 꽤 많이 있소.”

세바스천이 단언했다.

“분명히 그래요.”

“당신의 훌륭한 지성을 사용하시오, 마담. 내가 플릿우드 집안 사람들에게 충분히 보복하고 싶어한다는 사실은 인정할 수 있소. 그렇지만 완전히 나와 안 맞는 여자와 결혼하는 대가를 치르면서는 아니오.”

“물론 그렇겠죠.”

프루던스는 쏟아지려는 눈물을 꾹 참았다.

“그 문제에 대해서 좀더 곰곰이 생각해 봤어야 했는데……. 이제서야 당신이 왜 백작 부인으로, 가장 이상한 특성을 갖춘 여자를 원했다는 것을 알겠어요.”

“나는 확실히 그랬소.”

세바스천이 미소를 지었다.

“당신은 친척들의 비난을 끌어내기에 충분한 이상함과 당신을 즐겁게 하기에 충분한 지능을 갖춘 여자를 필요로 했던 거예요.”

세바스천이 눈살을 찌푸렸다.

“당신은 교묘하게 날 골탕 먹이고 있군. 내가 당신에게 이미 결혼하는 이유에 대해 말했잖소?”

“공통된 흥미 거리와 더불어 공통된 열정이오.”

프루던스가 손등으로 눈가를 훔쳤다.

“저는 우리가 결혼한 이유가 그것이라고 알고 있었어요. 그렇지만 당신이 말했던 그 요구 조건을 제가 완전히 잘못 생각하고 있다는 생각이 드는군요.”

“프루, 그런 터무니없는 소리는 그만 해요. 당신은 지금 모든 것을 뒤섞어 놓고 있소.”

“제가요?”

프루던스는 한 발 뒤로 물러섰다.

“당신은 제가 플릿우드 집안 사람들을 괴롭히는 편리한 도구로 사용될 것이라는 사실을 설명해 주지 않았어요. 저는 제가 그런 식으로 이용되는 것을 좋아하지 않는다구요.”

프루던스가 뒤로 물러서자, 세바스천의 표정이 위험스럽게 변했다.

“당신은 내 말을 왜곡시키고 있소, 프루.”

프루던스가 눈을 깜빡이자 또르르 눈물이 굴러떨어졌다.

“당신은 아내에게 너무 많은 것을 요구하는군요. 제가 방향을 바꿀 때마다, 제 임무가 적힌 리스트가 점점 길어지고 있어요. 당신을 즐겁게 해줘야 하고, 조사를 하는 데 있어 당신의 훌륭함을 칭찬해 줄 누군가가 곁에 있어야 할 때, 지적인 동반자가 되어야 하고, 당신의 침대를 따뜻하게 해줘야 하고……. 그리고 지금 당신은 당신의 부모님에게 했던 일 때문에, 플릿우드 집안 사람들을 보복하고 싶을 때 그 구실로써 저를 이용하겠다고 마음먹고 있어요.”

세바스천이 미끄러지듯 프루던스에게 다가왔다.

“그런 터무니없는 말은 이제 그만 하시오.”

“나도 그렇게 하고 싶어요. 제 자신의 선을 그을 때가 된 것 같군요. 그리고 그렇게 할 거예요.”

“도대체 무슨 선을 긋겠다는 거요?”

세바스천이 프루던스에게 한 발자국 더 다가갔다.

"당신은 친척들에게 복수하기 위한 구실로 저를 이용할 수 없어요. 저는 그런 모욕을 받아도 아무렇지도 않다구요. 당신은 저를 이용할 수 없어요, 알겠어요?"

"당신은 내 아내요, 프루. 나는 당신이 당하는 어떤 모욕도 참을 수 없을 거요. 그 점에 관해서는 어떤 협상도 있을 수 없소."

"그러면 내가 모욕을 받았는지 아닌지에 대해서 결정할 수 있는 권리를 줘요."

프루던스가 도전적인 태도로 말했나.

"제기랄, 프루, 당신 지금 울고 있소?"

"그래요, 울고 있어요."

"경고했지만, 나를 눈물로 다룰 순 없을 거요."

세바스천이 굳은 표정으로 말했다.

"저를 사랑 행위로 다룰 수도 없고요."

세바스천이 아이러닉한 눈빛으로 바라보았다.

"우리가 어디까지 애기했소?"

프루던스는 잠옷 소매로 눈물을 훔쳤다.

"저도 모르겠어요. 괜찮다면, 침대로 돌아가고 싶어요."

세바스천이 열정이 가득한 눈으로 프루던스를 쳐다보았다.

"나도 곧 가겠소."

"아니에요, 오지 마세요. 저는 제 침실로 가겠어요. 여기 당신 침실에서는 잠을 편히 잘 수 없을 것 같아요."

프루던스는 연결된 문 쪽으로 걸어가서 문을 열었다. 그리고 는 자신의 방으로 들어갔다. 프루던스는 등뒤로 문을 닫으며 숨을 죽였다.

　프루던스는 세바스천이 어떻게 행동할지 확신할 수 없었다. 그러나 프루던스는 세바스천이 자신을 쫓아와서 아내의 임무를 가르칠 것이라고 생각하고 있었다.

　하지만 프루던스의 침실 문은 열리지 않았다.

12

"차라리 이 드레스의 목선이 좋겠다."

헤스터가 드레스를 유심히 바라보며 말했다.

프루던스는 순종적으로 패션 팸플릿을 찬찬히 들여다보면서, 점점 사그라지는 흥미를 추스르려고 애썼다. 이 쇼핑을 위한 외출은 자신의 생각이었다는 사실을 상기하면서.

프루던스가 오늘 아침, 이 일에 착수했을 때는 분명히 목적을 가지고 있었다.

하지만 솜씨 좋게 만들어진 작은 인형에서부터 맛있는 아이스크림에 이르기까지, 온갖 상품이 넘쳐나는 북적거리는 거리에서 열정적으로 쇼핑을 시작한 프루던스는 금방 지겨워졌던 것이다.

프루던스는 흘러내린 안경을 제자리로 밀어 올리며 다시 한번 드레스를 자세히 살펴보기 시작했다.

"이걸 입고 숨이라도 깊게 들이쉬면, 바로 몸통 부분이 팡 터질 것 같군요."

"바로 그 점이 중요한 거예요."

살랑거리는 점원이 틀린 불어 발음으로 황급히 프루던스를 안심시켰다.

"숙녀분들 드레스는 환상을 줘야 돼요. 드레스가 오직 거미줄에 아직 이슬이 맺혀 있는 얇고 부드러운 거미집으로 만들어졌다는 환상을 줄 필요가 있다구요."

"아주 옳은 말이란다."

헤스터가 단언했다.

"그리고 유행을 따른다면, 드레스는 라벤더 색깔이어야 한단다."

프루던스는 결정하기 어려운 듯 팸플릿만 열심히 들여다보았다.

"그럼 마담이 내게 맞는다고 생각하는 것으로 지금 당장 주문하겠어요."

헤스터는 만족스럽게 웃으며 점원을 돌아다보았다.

"당장 이 옷을 만들었으면 좋겠어요. 오늘 저녁 8시까지 옷을 배달해 줄 수 있다면, 돈을 더 지불하겠어요."

점원은 잠시 머뭇거리다가 이내 나긋나긋한 웃음을 지어 보였다.

"약속 드릴 수 있어요, 마담. 우리집 재봉사를 전부 동원해서라도 오늘 오후까지 이 옷을 만들도록 시키겠어요.”

“좋아요.”

헤스터가 대답했다.

“자, 그럼 우리는 또 가능한 한 빠른 시일 내에 여성용 승마복이랑, 모닝 드레스 그리고 마차용 드레스가 필요해요. 기억해 둘 것은, 옷을 전부 바이올렛과 라벤더 색깔 천으로 만들라는 거예요. 장식에 자주색이 좀 들어가는 것은 상관 없어요.”

“알겠어요, 마담. 며칠 내로 옷을 모두 배달해 드릴게요.”

점원이 진열된 단추를 살펴보고 있는 프루던스에게로 눈을 돌렸다.

“부인, 치수를 잴 수 있도록 이리로 오시겠어요.”

“뭐라고요?”

프루던스가 단추에서 눈을 떼며 점원을 올려다보았다.

“오, 그래요, 물론이죠.”

프루던스는 가봉실에서 한 뚱뚱한 여자가 줄자를 들고 부산을 떠는 동안, 얌전하게 서 있었다. 점원은 엄격한 눈으로 감독하고 있었다.

프루던스는 점원에게 미소를 보냈다.

“여성용 승마복이나 모피가 딸린 긴 외투에 집안의 좌우명이나 문장이 새겨진 단추를 다는 게 유행이라는 소리를 들었어요. 그게 정말인가요?”

“숙녀분들 옷은 그런 단추와 거의 상관이 없어요.”

점원의 주의는 계속 재봉사에게 쏠리고 있었다.

“신사분들 경우에 그런 종류의 장식 단추를 주문하기가 더 쉽지요.”

“보통 어떤 것들을 새기죠?”

프루던스는 가벼운 호기심 이상으로 들리지 않기를 바라면서 물어 보았다.

“여러 가지죠. 군대 훈장, 아마 연대의 상징도 있을 거고 집안의 문장도 있죠. 어떤 신사분 클럽 회원들은 클럽의 좌우명이나 클럽 이름을 새겨 달라고도 하죠.”

점원이 예의바르게 프루던스를 쳐다보았다.

“혹시 단추에 특별히 뭔가를 새기길 원하시나요?”

“아니요, 그게 유행이 아니라면요. 그냥 궁금해서요. 그런 단추를 주문하려면 어디로 찾아가야 하죠?”

“그런 단추를 구할 수 있는 가게는 꽤 있습니다.”

점원은 재봉사를 쳐다보며 얼굴을 찌푸렸다.

“부인의 가슴 치수를 다시 재는 게 좋겠어, 나네트. 조금도 실수를 해서는 안 되니까. 옷을 고칠 시간이 없을 거야. 마담은 굉장히, 아……, 날씬하고 우아하시군요. 나네트, 드레스의 몸통을 너무 크게 만들지 않도록 해.”

“리스트를 좀 볼 수 있나요?”

나네트가 가슴둘레에 줄자를 단단하게 죄고 있을 때, 프루던스가 물었다.

점원이 다시 프루던스를 바라보았다.

“오, 무슨 리스트를 말씀하셨죠, 마담?”

“특별하게 무엇인가 새겨진 단추를 취급하는 상점 리스트요. 금방 생각난 건데, 아직 여성들 사이에서 그런 아이템이 인기를 끌고 있지 않다면, 틀림없이 내가 그런 단추를 처음 다는 사람이 될 거예요.”

"아, 그래요. 참, 그렇군요. 그런 생각을 하시다니 굉장히 영리하시군요."

단지 손님의 비위를 맞추려고 하는 말이 분명했다.

"마담이 가시기 전에, 장식이나 단추 따위를 전문으로 취급하는 괜찮은 상점 몇 군데를 적어 드릴게요."

"고마워요."

프루던스는 나직하게 말했다. 쇼핑을 시작하고 나서 몇 시간이 지난 후에야 쇼핑에 대한 흥미가 돌아오기 시작했다.

"그래 준다면 참 고맙겠어요."

20분 후에, 프루던스와 헤스터는 엔젤스톤가의 검정색과 황금색 제복을 입은 마부의 도움으로 다시 마차에 올랐다.

"이 말을 꼭 하고 싶구나, 애야."

좌석에 앉자마자 헤스터가 입을 열었다.

"네가 마침내 패션에 흥미를 갖게 되어서 얼마나 기쁜지 모르겠다. 이제 너는 백작 부인이니까 그런 문제에 더 신경을 써야 한단다. 그게 바로 네 의무야. 드루실라 플릿우드와 나머지 엔젤스톤 집안 사람들이 너를 더 유심히 지켜볼 게다."

"무도회에 갈 때 승마복과 부츠를 신고 간다든지 하는, 완전히 경우에 맞지 않는 옷차림 때문에 내 자신을 창피하게 만들고 싶지는 않아요."

헤스터는 프루던스를 유심히 바라보았다.

"그게 네가 최근에 새롭게 드레스와 화려한 장식에 취미를 붙이게 된 이유니? 플릿우드 가 사람들을 기분 나쁘게 할까 봐 두려워서?"

"글쎄요, 오히려 엔젤스톤의 아주머니가 공공 장소에서 더 이상 나를 모욕하지 않았으면 좋겠어요."

프루던스가 메마른 어조로 말했다.

"플릿우드 집안 사람들은 이미 오래 전부터 내가 백작 부인으로서 굉장히 부적합할 것이라고 결론을 내렸어요. 나는 단지 그런 억측을 뒷받침할 만한 어떠한 공격 수단도 집안 사람들에게 주지 않기로 마음먹은 거예요."

"이거야 원 참……,"

헤스터는 거의 낄낄거리고 있었다.

"신경쓰지 마라, 애야. 그렇지만 네가 엔젤스톤 집안 친척들을 기쁘게 해주려는 데, 그렇게 신경을 쓴다는 얘기를 들으니 웬지 재미있구나. 아마 엔젤스톤은 확실히 집안 친척들을 기쁘게 하는 데 조금도 신경쓰지 않을 거다."

"아마도 백작 부인이 되고 나서 사교계를 더욱 잘 알게 된 것 같아요."

프루던스가 중얼거렸다. 프루던스는 바쁜 거리를 내다보며, 패션 팸플릿을 열심히 들여다본 자신의 노력이 어떤 이익을 가져올지에 대해 궁금해했다.

프루던스는 감히 자신의 옷장을 다시 채울 문제를 고려하는 진짜 이유를 헤스터에게 말할 수 없었다. 이 일의 목표는 오로지 세바스천의 복수로부터 운 나쁜 플릿우드 집안 사람들을 구하기 위한 것이었다.

프루던스가 결정 내린 이 문제에 대한 최선의 접근 방법은, 사전에 예방 수단을 강구하자는 것이었다. 오늘 아침에 눈을 떴을 때, 프루던스는 새로 생긴 친척들에게서 조금이라도 치명적인 모욕을 불러일으킬 만한 어떤 구실도 제공하지 않기로 마음먹었다.

프루던스는 우선 실천해야 할 첫 단계가, 좀더 유행에 따라 옷을 입는 것이라고 생각했다. 늦은 아침, 쇼핑하러 가자고 헤스터에게 보낸 전갈에 금세 답장이 왔다. 헤스터는 선택을 그녀의 자유 재량에 맡긴 것과, 사실상 무제한적으로 책정된 쇼핑 예산을 보고 더할 나위 없이 기뻐했다.

헤스터는 프루던스가 이번 기회에 안경도 바꾸도록 조처했다. 최소한 이브닝 드레스를 입을 때만이라도 자주색 벨벳 리본에 매달려 있는 최신 유행인 작은 안경을 쓰도록 했다. 그 안경은 또한 어떤 드레스에도 달 수 있는 것이었다.

프루던스는 무엇을 명확하게 보려고 할 때마다 안경을 눈에 갖다 대는 것은 불합리하다고 불평했지만, 헤스터는 무정하리만치 매몰차게 프루던스의 작은 불평을 들은 척도 안 했다. 두 사람은 또 라벤더와 바이올렛 색깔의 무도회용 슬리퍼와 어울리는 장갑 몇 켤레를 샀다. 여러 가지 모양의 모자와 부채가 든 꾸러미들이 마차 지붕 위에 높이 쌓여 갔다.

"대체로 말해서, 오늘은 아주 성공적인 날이었단다."

헤스터는 굉장히 만족스러운 듯이 말했다.

"잠깐 들러 아이스크림을 먹지 않겠니?"

프루던스는 그 말에 생기를 띠었다.

"좋아요, 맛있을 거예요. 그리고 나서 그 점원이 준 리스트에 있는 상점을 한두 군데 들러 보고 싶어요."

헤스터는 프루던스가 손에 꼭 쥐고 있는 쪽지를 쳐다보았다.

"대체 무엇을 사려고 그러니?"

"특별하게 글씨가 새겨져 있는 단추를 좀 구입할 수 있는지 알아보고 싶어서요."

헤스터가 환한 표정을 지었다.

"네 승마복이나 긴 외투에 흥미를 끄는 장식을 하려고 그러는구나? 정말로 얼마나 영리한 생각인지 모르겠다."

"나도 그렇게 생각해요."

프루던스는 이 작은 결과에 꽤 만족해하면서 대답했다.

"사실 나는 이런 종류의 작업을 할 수 있는 사람을 찾고 있어요. 굉장히 솜씨가 좋죠, 그렇죠?"

프루던스가 손가방에 손을 집어넣어, 컬링 성에서 세바스천과 함께 찾아낸 금단추를 꺼내 보이며 말했다.

"신사들의 상의에 적당할 것 같은 단추처럼 보이는구나."

헤스터가 그것을 유심히 살펴보며 말했다.

"도대체 뭐라고 새겨져 있는 거니?"

"나도 모르겠어요. 아마 신사들의 클럽 이름인 것 같아요. 아니면, 복음주의자들에게 중요하게 생각되는 말이겠죠."

프루던스는 별 생각 없이 단추를 다시 손가방 안에 집어넣었다.

"어디서 났니?"

"어딘가에 떨어져 있었어요."

프루던스는 여유 있게 말했다.

"정확하게 어딘지는 기억이 안 나요. 그렇지만 단추를 만든 솜씨가 보통이 아닌 것을 깨닫고는, 이 단추를 원래 주인에게 판 상인을 찾고 싶어졌어요. 만일 찾는다면, 내 것으로 특별한 주문을 할 생각이에요."

"내가 생각하기에는 글씨가 새겨진 단추를 네게 공급해 줄 수 있는 상인은 꽤 많을 것 같구나. 그런데 왜 꼭 그 단추를 만든 사람을 찾는 번거로움을 감수하는 거니?”

헤스터가 궁금한 듯이 물었다.

“왜냐하면, 이만큼 좋은 솜씨를 보장 받고 싶어서 그래요.”

프루던스는 조금의 거리낌도 없이 설명했다.

“엔젤스톤은 아내가 오직 최고 품질의 옷을 입는 것을 좋아해요.”

“괜찮다, 애야. 네가 남은 시간 동안 단추를 사러 가길 원한다면, 누가 널 막을 수 있겠니?”

2시가 얼마 지나지 않아서, 세바스천은 본드 거리에 있는 상점인 밀웨이와 고든이라는 가게에서 나오고 있었다. 본드 거리에 있는 상점에서는 신사들의 장갑이나 넥타이 그리고 다른 여러 종류의 남성 패션에 필요한 장신구를 전문적으로 취급했다. 세바스천은 하인이 적어 온 상점 리스트를 살펴보기 위해 잠깐 걸음을 멈췄다.

지금까지 세바스천이 돌아본 네 군데 상점에서는 특별하게 글씨가 새겨진 단추를 주문하라고 끈질기게 권했었다. 그러나 세바스천이 설명하는 단추를 알고 있는 사람은 아무도 없었다.

“금으로 만들었고, ‘미덕이 있는 왕자들’이라는 글씨가 새겨져 있소.”

세바스천이 점원에게 열심히 설명했다.

“양복 상의에 적당할 듯싶소. 나는 내 양복 상의에 그것과 똑같은 것을 만들어서 달고 싶소.”

“아마도 손님이 똑같이 만들고 싶어하는 단추를 가지고 오시

기 전에는, 제가 예전에 그 단추를 봤는지 안 봤는지 확실히 말
씀 드릴 수 없을 것 같군요."

어떤 점원의 말이었다.

"우리가 그 단추를 똑같이 다시 만들 수 있다는 점은 확신하
지만, 원본을 보면 많이 도움이 될 것 같아서요."

불행하게도, 세바스천은 상인에게 말로 설명해 줄 수밖에 없
었다. 왜냐하면 프루던스가 그 단추를 가지고 도망치듯 나가 버
렸기 때문이었다. 세바스천은 프루던스가 손가방에 집어넣기 전
에, 장갑 낀 손에서 반짝이던 단추를 언뜻 보았었다.

"제가 조사할 차례예요."

프루던스는 단지 세바스천만이 알아들을 수 있을 정도로 작
게 중얼거렸다.

"우리의 결혼은 일종의 협력이에요, 당신이 기억하고 있을지
모르겠지만……. 그러니까 조사도 그렇게 하는 거예요. 만일 제
가 제 몫의 일을 게을리 한다면, 전 죄책감을 느끼고 말 거예
요."

"제기랄."

세바스천은 못마땅한 듯 중얼거렸다.

"당신은 내가 오늘 어떤 가게를 방문할지 잘 알고 있소. 빌어
먹을 똑같은 가게에서 터무니없는 똑같은 단추를 조사하는 일
은 우리 두 사람에게 아무 쓸모도 없을 거요."

"당신 말이 백 번 옳아요."

프루던스의 눈동자가 단호하게 빛났다.

"우리는 이 일을 현명하게 처리해야만 해요, 그렇지 않아요?
저는 분명히 그 해답을 알고 있어요. 저는 옥스퍼드 거리 근방

을 조사할 거예요. 당신은 다른 곳을 조사해요. 그러면 우리가 같은 상점에서 우연히 만나는 일은 전혀 없을 거예요.”

“제기랄. 프루, 나는 당신이 그렇게 하도록 내버려 둘 수가 없······.”

“용서해요, 나가 봐야 해요. 우리 아주머니가 밖에서 기다리시거든요.”

홀에 하인이 있다는 사실이 세바스천의 행동을 상당히 제한할 것이라는 점을 알고 있었기 때문에, 프루던스는 유유히 세바스천 곁을 빠져나가 문을 통과해서 대기하고 있던 마차 쪽으로 갈 수 있었다.

세바스천은 프루던스를 쫓아가, 바로 하인들이 보는 앞에서 프루던스를 마차에서 끌어내리고 싶어서 못 견딜 지경이었다. 그것이 프루던스에게 당연한 대우인 것 같았다. 프루던스는 바로 그날 세바스천이 단추를 조사할 것이라는 사실을 아주 잘 알고 있었다.

그렇지만 무엇인가가 세바스천을 단단히 자제시키고 있었다. 세바스천은 그것이 단순히 하인들 앞에서 집안일로 사소한 소동이 벌어질 가능성 때문이 아니라는 사실을 알고 있었다. 그것은 좀더 근본적인 문제였다.

세바스천은 지난 밤 프루던스의 마음속에서 타오르던 감정이 다시 일어나는 것을 바라지 않았던 것이다. 세바스천은 프루던스가 눈물을 흘릴 때, 어떻게 프루던스를 다뤄야 하는지 모르고 있다는 사실을 인정해야 했다. 프루던스가 자신의 침실로 가서 바로 세바스천의 코앞에서 문을 닫아 버렸을 때, 세바스천은 매우 혼란스러웠다.

세바스천은 상점들이 적힌 리스트를 다시 접으면서 얼굴을 찡그렸다. 세바스천은 마차 쪽으로 걸어가기 시작하면서, 프루던스가 지난 밤에 너무 과격한 반응을 보였다고 결론 지었다. 문제는 바로 그것이었다. 프루던스의 감정에 논리가 결여되어 있었던 것이다.

그녀는 마치 세바스천이 플릿우드 집안 사람들을 꾀어들여 파멸시키는 데 이용하려는 유일한 목적으로 자신과 결혼한 것처럼 얘기했다.

세바스천은 단지 오랫동안 자신을 거절해 온 목표를 달성하기 위해서 결혼이라는 형식을 이용하려고 했던 것뿐이었다. 세바스천은 뭐가 어디서부터 잘못되었는지 알 수가 없었다. 프루던스의 지나친 감정적 반응은 세바스천을 깜짝 놀라게 했다. 그것은 프루던스다운 행동이 아니었다.

그때였다. 어떤 한 가지 생각이 뇌리를 스치면서, 세바스천은 그 자리에 우뚝 멈춰 서고 말았다. 세바스천은 여자가 임신을 했을 때, 이상한 감정에 빠지기 쉽다는 소리를 들은 적이 있었다.

어쩌면 프루던스는 임신을 했을지도 모른다, 바로 자신의 아이를…….

세바스천은 자신을 억누르던 불쾌한 기분이 일시에 가시며, 그를 완전히 바꾸어 버릴 것만 같은 웃음이 절로 배어나오는 것을 멈출 도리가 없었다. 세바스천은 몸 속에서 자신의 씨앗이 자람에 따라, 통통해지고 한껏 무르익은 프루던스를 그려 볼 수 있었다.

낯선, 하지만 더할 나위 없이 온화한 느낌이 세바스천을 휩쓸었다. 세바스천은 일단 결혼이라는 법적인 끈과 정열이라는 육체적인 요구로 자신에게 묶이면, 프루던스는 도저히 어쩔 수 없는 자신의 사람이 될 것이라고 생각했었다. 세바스천의 생각은 어느 정도 맞아떨어지고 있었다.

그렇지만 지난 밤 세바스천은 결혼이나 정열의 끈, 아니면 심지어 공통된 흥미 거리도 충분할 수 없다는 사실을 처음으로 깨달았다.

마차가 자신 앞에 멈춰 서는 것도 까맣게 모른 채, 세바스천은 아이가 그 어떤 것보다도 더 프루던스를 자신에게 단단하게 묶어 줄 수 있을 것이라며 스스로를 다독거렸다.

마차 문이 열리면서 컬링이 밖으로 나왔다. 컬링은 세바스천에게 고개를 숙여 인사하고, 잠시 길에 멈춰 섰다.

"지금 백작이 무엇 때문에 즐거워하는지 묻기가 망설여지는군요, 엔젤스톤 백작. 백작의 평판을 들어 보면, 다소 이상한 데서 즐거움을 찾는다고 하던데……. 그럼에도 불구하고 궁금해지는군요."

"개인적인 문제요. 당신을 흥미롭게 할 만한 일은 아니오, 컬링."

세바스천은 방금 조사를 마친 상점 문을 쳐다보았다.

"저 상점 단골이오?"

"오랫동안 밀웨이와 고든에서 내 장갑을 만들어 줬지요."

컬링이 미온적인 호기심을 나타내며 세바스천을 살펴보았다.

"백작도 저 상점을 이용하는지는 미처 몰랐습니다."

"최근에 추천 받았소."

세바스천이 능수 능란하게 대답했다.

"그래서 한번 이용해 보려고 생각했소."

"저 상점의 물건이 마음에 들 겁니다."

컬링은 상점 문 쪽으로 가기 시작하다가 다시 멈춰 섰다.

"참, 엔젤스톤 백작, 어젯밤에 백작의 사촌과 카드놀이를 좀 했지요."

"그랬소?"

"플릿우드 씨는 거나하게 취해서 게임을 잘 할 수 없었지요. 내가 좀 많이 땄어요. 그렇지만 그건 별로 대수롭지 않은 문제고, 진짜 중요한 것은 플릿우드 씨가 감정이 폭발하기 직전에 있는 사람처럼 보였다는 것이지요. 굉장히 화가 나 있더군요. 사실 내가 보기에 그 원인은 백작인 것 같았어요."

"그 정보가 그다지 흥미롭게 들리진 않소."

"알고 있어요."

컬링이 낮은 소리로 대답했다.

"백작이 친척들과 좋은 사이로 지냈던 적이 결코 없었다는 사실을 말입니다."

"서로가 그런 감정을 가지고 있지."

세바스천이 대답했다.

"무얼 알고 싶은 거요, 컬링?"

컬링은 세바스천 뒤쪽으로 상점 쇼 윈도에 진열되어 있는 장갑과 액세서리를 살펴보았다.

"나는 어떤 사람보다도 백작에게 충고하는 것이 가장 망설여지는군요. 누구나 백작이 스스로를 돌볼 수 있다는 사실을 알고 있지요. 그래도 나는 백작이 플릿우드 씨가 주변에 있을 때는 뒤를 좀 조심하라고 강력하게 충고하고 싶군요."

세바스천은 담담한 표정으로 고개를 약간 숙이며 인도에서 내려왔다.

"컬링, 당신이 말한 대로 나는 내 몸을 돌볼 수 있소."

"운이 아주 좋은 편이군요."

컬링이 중얼거렸다.

"길을 건널 때, 경계하는 것부터 시작해야 될 겁니다. 만일 백작에게 심각한 사고가 일어나도, 플릿우드 씨는 눈 하나 깜짝하지 않을 것이라는 인상을 분명히 받았지요."

"당신이 내 사촌의 뜻을 잘못 이해하고 있는 것이 확실하오, 컬링. 나는 플릿우드가 내게 심각한 사고의 희생물이 되게 해 달라고 기원한 적이 없다는 사실을 확신하오. 플릿우드는 그 사고가 치명적인 것으로 판명되기를 더 바랄 거요."

컬링이 빙긋 미소를 지었다.

"백작은 나한테서 어떤 충고도 받을 필요가 없다는 사실을 이제야 알겠습니다. 사촌을 아주 잘 알고 있군요. 좋은 하루가 되길 빌겠어요. 아마 오늘 저녁 홀링턴 무도회에서 백작과 매력적인 부인을 만나게 되겠군요."

"아마도."

세바스천은 갑자기 바빠진 것처럼 서둘러 자신을 기다리고 있는 마차 쪽으로 걸어가기 시작했다. 세바스천은 프루던스가 무슨 단서를 찾아냈는지 알아보기 위해 집으로 돌아가기 전에, 돌아볼 가게가 아직도 두 군데나 남아 있었다.

지금까지 세바스천의 흥미를 조금이라도 끈 점은 단 한 가지뿐이었다. 방문한 네 군데 상섬 중에서 세 군데는 글씨가 새겨진 단추를 주문할 것을 끈질기게 권유한 데 반해, 오직 한 군데 밀웨이와 고든에서만은 세바스천에게 단추를 파는 데 전혀 흥미가 없었다는 점이었다.

5시가 되기 직전에, 세바스천은 아내를 마차에 올려 주고 자신도 아내 옆자리에 자리를 잡았다. 세바스천은 곁눈질로 흘끔 쳐다보고, 자신이 프루던스의 얼굴에 나타난 가까스로 화를 참고 있는 표정을 좋아하지 않는다는 결론을 내렸다.

좋은 징조가 아니었다. 가장 우려하고 있던 일이 현실로 다가왔다. 프루던스는 그날 대부분을 어젯밤의 다툼을 떠올리며 안달하면서 보낸 것이 틀림없었다.

세바스천은 하는 수 없이 돌아가는 형편을 살피기로 결정했다.

"그 드레스를 입으니 무척 매력적으로 보이오."

"이 오래 된 드레스가요?"

프루던스는 무시하는 투로, 수수하게 재단된 갈색의 모슬린 드레스와 어두운 갈색의 긴 외투를 내려다보았다.

"당신 눈에 이 드레스가 저를 매력적으로 보이게 한다니 참 놀랍군요. 이 드레스는 최신 유행과는 동떨어져 있거든요."

세바스천은 말을 공원 쪽으로 몰면서 미소를 지었다.

"언제부터 당신이 유행에 그렇게 신경을 썼소?"

"그런 문제를 좀더 의식하는 것이 내 임무라고 느꼈어요. 헤스터 부인이 그 목표를 달성할 수 있게 도와 주고 있고요."

프루던스는 세바스천의 마음을 읽으려는 듯이 세바스천 쪽으로 시선을 돌렸다.

"우리는 오늘 제 새 옷장을 위해 당신 돈을 상당히 많이 썼어요.”

“당신이 쇼핑을 즐겼기를 바라오.”

세바스천은 프루던스가 어젯밤 일의 충분한 보복으로 물건을 왕창 사들이는 계획을 꾸민 것이 아닌가 하는 의문이 생겼다. 만일 그런 것이라면, 죄를 쉽게 모면하게 되어서 운이 좋다고 생각했다.

세바스천은 좀더 일찍, 오후에 공원으로 같이 드라이브 가기를 바란다는 말을 전했었다. 그렇지만 프루던스가 자신을 피할 구실을 찾지 않을까 하는 의심을 품었었다. 몇 시간 전, 프루던스가 단추를 가지고 도망쳤을 때, 그녀의 사랑스러운 눈동자에는 도전과 여성 특유의 냉정한 결심이 들어 있었던 것이다.

본드 거리에서 집으로 돌아가는 길에, 세바스천은 프루던스가 자신을 피하게 그냥 내버려 두지는 않을 것이라고 맹세했다. 사실, 도시에서는 남편과 아내가 서로 자기 생각대로 행동하기가 매우 쉬웠다. 그렇게 행동하는 것이 유행처럼 여겨지고 있기도 했다. 만일 선택만 한다면, 한 집에 사는 남자와 여자가 심지어 거의 얼굴도 안 보고 살 수도 있었다.

세바스천은 자신의 결혼이 그렇게 냉랭하게 변하는 것을 원치 않는다는 사실을 프루던스가 이해해야 한다고 생각했다. 세바스천은 프루던스의 따뜻함이 좋아서 결혼한 것이다.

세바스천은 드라이브를 위한 옷을 입은 프루던스가 아래층으로 내려오자, 안도감이 밀려드는 사실을 가슴 아프게 인식했다. 프루던스는 골이 난 것이 틀림없었지만, 드러내 놓고 세바스천에게 도전해 오지는 않을 것 같았다.

하지만 그렇더라도 프루던스가 지금 행복한 상태가 아닌 것도 분명했다. 세바스천은 안전한 화제를 꺼내기로 결정했다.

"그럼, 마담."

세바스천은 말을 공원으로 몰아가면서 말했다.

"당신은 오늘 내 조사에 참가할 기회를 얻었소. 뭐 알아낸 것이라도 있소?"

"없어요, 지긋지긋했어요."

프루던스는 분명히 울적한 것 같은 분노로 금방이라도 폭발할 것처럼 보였다.

"참으로 실망스러웠다는 사실을 밝혀야겠군요. 단추를 알아보는 점원이 한 사람도 없었어요. 오, 세바스천, 저는 너무너무 실망했어요. 오늘 하루는 망쳤어요, 완전히 엉망이었다구요."

세바스천은 프루던스를 뚫어지게 바라보았다. 프루던스가 지금 우울해하는 이유가 어젯밤의 소동과는 전혀 상관이 없다는 사실이 마침내 분명해졌다.

프루던스는 세바스천에게 화가 난 것이 아니었다. 프루던스는 오늘의 조사가 별 소득 없이 허탕이었기 때문에, 화가 나 있었던 것이다.

세바스천은 모든 것이 너무 잘됐다는 느낌이었다.

세바스천의 기분은 프루던스와는 반대로 한껏 부풀어올랐다. 그가 미소 짓기 시작했다.

"당신이 기뻐하니 좋군요."

프루던스는 세바스천을 몰아세웠다.

"당신이 꽤 오랫동안 고소해할 것이라는 생각이 드는군요. 당신은 정말이지 너무 나빠요."

세바스천은 전혀 예기치 않게 기분이 쾌활해지자, 자신을 제

어할 수 없어졌다. 세바스천의 미소는 활짝 웃는 웃음으로 변했고, 곧 이어 완전히 그것에 압도 당하고 말았다.

세바스천 부부를 일 년 넘게 알고 있는, 지나가는 마차에 타고 있던 사람들이 마치 세바스천을 처음 보는 사람마냥 쳐다보았다. 사람들은 모두 타락한 천사가 포복 절도하며 웃는 모습을 보려고 고개까지 뒤로 돌릴 정도였다.

"날 비웃을 필요는 없어요."

프루던스가 노여워하며 중얼거렸다.

"맹세코, 나는……."

세바스천은 기쁨에 님치는 웃음을 참으려고 애썼다.

"맹세코 나는 당신을 비웃는 게 아니오, 어떻게 내가 그럴 수 있겠소? 나도 당신처럼 오늘 아무 소득도 없었소."

프루던스가 세바스천을 보며 눈살을 찌푸렸다.

"당신도 조사했어요?"

"물론, 했소. 내가 원본 단추를 보여 줄 수 없다는 사실 때문에 굉장한 곤란을 겪었지만. 당신이 실물을 가지고 토망쳤기 때문에, 자세한 설명에 의존할 도리밖에 없었소."

"나는 단추를 훔친 것이 아니에요."

프루던스가 투덜댔다.

"단지 당신이 먼저 단추를 갖고 도망가기 전에 내가 먼저 손에 넣은 것뿐이라구요."

"흥미로운 시각이오. 그래도 나는 내가 알아낼 수 있는 것을 찾아내기 위해서 최선을 다했소. 그렇지만 결국 빈손이오."

세바스천은 리스트의 맨 마지막인 밀웨이와 고든 상점에시 느꼈던 다소 이상한 반응을 기억해 내며 약간 머뭇거렸다.

"비록 어느 한 상인이 약간의 흥미를 끌긴 했지만……."

"그게 어느 상점이죠?"

순간 프루던스의 좌절감이 사라지며 그 자리를 즉시 강렬한 호기심이 메웠다.

"그 상인이 뭐라고 말했냐구요?"

"그가 특별한 말을 한 건 아니오."

세바스천이 얼굴을 찡그렸다.

"그 상인이 내 질문을 무시하는 태도가 이상했소. 아마 내 질문이 그 상인을 불편하게 만든 것 같았소. 오늘 만나 본 상인들 중에서, 내 설명만 듣고 단추를 똑같이 만들 수 있다고 설득하려 들지 않은 유일한 상인이기도 하고."

"당신에게 물건을 팔고 싶지 않은 것처럼 행동했다고요? 굉장히 이상하군요."

"정말 그렇소. 내 생각으로는 이따가 저녁때 다시 가 볼 만한 가치가 있을 것 같소. 그 상점 기록을 보고 싶기도 하고."

"세바스천, 정말 그 상점에 몰래 들어갈 생각이에요? 너무 멋져요, 저도 같이 가겠어요."

세바스천은 프루던스의 주장을 물리치기 위해서 마음을 단단히 먹었다.

"안 되오, 당신은 안 되오, 프루. 이건 굉장히 위험한 일이오."

"컬링 성에서 검은 방을 조사할 때는, 제가 같이 가는 것을 허락했잖아요?"

프루던스가 설득하는 투로 세바스천에게 상기시켰다.

"저는 그때 당신한테 굉장한 도움을 줬다구요."

"나도 인정하지만, 이건 상황이 좀 다르오."

"어떻게 다른데요?"

프루던스가 다그쳤다.

"한 가지 점에서 따져 보면, 우리는 체포된 다음 이송되거나 혹은 교수형을 당할 수도 있는 일은, 어떤 일도 하지 않을 거란 사실이오."

세바스천이 대답했다.

"그만하면 됐소, 프루. 당신은 오늘 밤 조사에 나와 함께 갈 수는 없지만, 내가 돌아와서 자세한 보고를 하겠다고 약속하리다."

"세바스천, 저는 이 일에서 당신이 저를 빼놓는 것을 용납할 수 없어요."

프루던스의 목소리에서 아첨과 설득이 사라져 가고 있었다. 프루던스는 목소리를 훈계조로 바꿨다.

"우리는 팀이에요. 저는 동등한 참여를 강력하게 요구하는 바예요."

프루던스가 돌연 말을 멈추며 마차 옆쪽으로 시선을 돌렸다.

"오, 잘 있었니, 트레버? 정말 반갑구나. 네가 오늘 공원에 올 줄은 몰랐구나."

"안녕, 프루."

트레버가 적갈색 말을 몰아 마차 옆으로 걷게 했다. 트레버는 아주 수줍어하며 세바스천에게 고개를 숙였다. 트레버는 기대하고 있는 것처럼 보이기도 했고, 뭔가 아직 마음을 정하지 못하고 있는 것 같기도 했다.

"엔젤스톤 백작님."

세바스천은 프루던스의 동생에게, 실제로 어떤 감사의 마음이 일어나는 것을 느끼고 재미있어졌다. 이번에는 특히 트레버가 나타나는 시기를 참 잘 맞췄다고 생각했다.

"자네가 재단사를 바꿨다는 사실을 알겠네, 메리웨더. 축하하네."

트레버의 얼굴이 무딘 빨간색으로 변했다.

"백작님의 재단사인 나이팅게일 씨를 만날 수 있었어요. 소개해 줘서 정말 고마워요."

"그 코트의 재단 상태를 알아볼 수 있다고 생각했지."

세바스천이 부드럽게 말했다.

"정확하게 내 코트와 똑같이 생겼군."

"그래요, 내가 특별히 백작님 것과 똑같이 만들어 달라고 나이팅게일 씨에게 부탁했거든요."

트레버는 걱정스럽게 세바스천을 바라보았다.

"백작님이 개의치 않았으면 좋겠어요."

"전혀."

세바스천이 미소를 숨기면서 대답했다.

"조금도 개의치 않네."

오늘의 트레버는 자제력이 있는 품격을 지닌 남성의 전형 그 자체였다. 넥타이는 실제로 옆으로 편안하게 고개를 돌릴 수 있는 단순한 방법으로 매져 있었고, 셔츠의 칼라는 더 이상 귓불을 쓸지 않았다. 양복 상의 또한 보는 사람을 무색하게 만들지 않았다. 세바스천은 시계 주머니에 달려 있는 오직 한 개의 시곗줄도 계산에 넣었다.

"트레버, 너 오늘 아주 멋져 보인다."

프루던스는 얼굴에 순수한 감탄의 표정을 담고 말했다. 그리고 나서 득의 만만한 기대감으로 미소 지었다.

"오늘 저녁때 나도 유행에 맞춰 옷을 입고 갈 생각이야. 내 첫번째 새로운 드레스를 조금만 기다리면 볼 수 있단다. 헤스터 부인이 드레스의 스타일과 색깔이 너무 훌륭하다고 내게 몇 번씩이나 다짐해 주셨어."

"꼭 기대하고 있을게, 프루."

트레버가 정중한 태도로 말했지만, 재빠르게 덧붙인 말로 효과가 반감되었다.

"누나도 유행에 흥미를 가질 때가 됐어."

트레버는 세바스천을 돌아다보았다.

"말이 났으니 말인데 엔젤스톤, 컬링 경의 별장 파티에 초대를 받았어요, 매형과 프루처럼요."

"그런가, 정말?"

세바스천이 뭔가 석연찮은 듯이 물었다.

"그래요, 다음 주말 동안이에요. 이번에는 사람들이 조금만 모일 거라고 했어요, 신사들만요."

트레버가 씩 웃었다. 분명히 사교계에서 지위가 상승한 증거에 대해 기뻐하고 있는 듯했다.

"아주 선별된 그룹이에요, 아마 분명히 사냥과 낚시도 하게 될 거예요."

세바스천은 조금도 건전한 목적으로 쓰일 것 같지 않은 검은 방을 떠올리며 씁쓸해했다.

"정확히 얼마나 적은 인원이고, 얼마나 선별된 그룹인가?"

세바스천이 낮은 음성으로 물었다.

"정확히는 모르겠어요. 컬링 경 말에 따르면, 이번 파티가 아주 드문 경우라고 했어요. 굉장한 상류층만 모인다고 하던 걸요.”

“그 초대에 관해서 다시 생각해 보겠네, 나라면 말이야.”

세바스천이 진지하게 대답했다.

“나는 컬링의 초대에 더 이상 응하지 않을 생각이라네, 컬링의 파티는 정말 재미없더군.”

트레버는 놀라는 것 같았다. 순간적으로 혼란스러운 표정을 짓다가 이내 다 알겠다는 시선을 세바스천에게 보냈다.

“재미가 없다구요?”

“지겨워서 죽을 지경이라는 게 더 맞겠군.”

“됐어요, 무슨 말인지 알겠어요.”

트레버는 남자끼리의 대화라는 태도로 대답했다.

“비밀 정보 고마워요, 엔젤스톤 백작님. 어쨌든 다음 주말에 컬링 성으로 어슬렁거리며 찾아가서 내 시간을 허비하지 않기로 결심했어요.”

“현명한 결정이네.”

세바스천이 너그럽게 대답했다.

“그럼, 이만 저는 가 봐야겠어요.”

트레버가 누나에게 모자를 기울여 인사했다.

“이따 저녁때 봐, 프루. 누나의 새 드레스를 고대하고 있을게. 오늘 즐겁게 보내세요, 엔젤스톤 백작님.”

세바스천이 고개를 끄덕였다.

“잘 가게, 메리웨더.”

트레버는 다른 방향으로 말을 돌려서 느린 구보로 길을 따라 내려갔다.

프루던스가 세바스천을 보며 눈살을 찌푸렸다.

"도대체 그게 다 무슨 말이죠? 도대체 언제부터 컬링 성 초대가 그렇게 죽을 정도로 지겨워졌어요?"

"2분 전에 결정했소."

세바스천이 대답했다. 세바스천은 말의 걸음을 스마트한 속보로 늦췄다.

"나는 당신 동생이 어떤 방법으로든 이 조사에 걸려드는 것을 원치 않소. 당신도 그걸 원한다고 생각지는 않는데?"

"아니에요, 물론이죠. 그렇지만 컬링 성의 별장 파티 초대가 어떻게 문제를 일으킬 수 있다는 거예요?"

"나도 모르겠소."

세바스천이 대답했다.

"나는 단지 내 본능에 따르는 것뿐이오. 트레버가 컬링과 섞이지 않는 것이 가장 좋을 듯싶소."

"좋아요, 당신은 이 방면에서는 전문가이니까요, 세바스천. 저는 우리가 당신 의향대로 행동하는 것에 찬성이에요."

"당신 말을 들으니 기쁘군. 왜냐하면 내 본능이 또한 오늘 밤 내가 밀웨이와 고든 상점 안을 조사하러 갈 때, 당신을 데려가지 않는 편이 좋을 것이라고 얘기하고 있거든."

"현명한 아내는 언제 남편의 충고를 들어야 할지 잘 알고 있죠."

프루던스는 매력적인 세련미를 풍기며 대답했다.

세바스천은 너무 쉬운 승리에 어안이 벙벙해져서 하마터면 고삐를 놓칠 뻔했다.

"그리고 또한 언제 남편의 충고를 무시해야 할지도 알고 있구요.”

프루던스는 굉장히 메마른 어조로 덧붙였다. 프루던스의 눈동자는 세바스천에 대한 도전의 빛을 뿜어내고 있었다.

“빌어먹을.”

세바스천이 작은 소리로 내뱉었다.

13

　프루던스는 나중에 홀링턴 저택에서 세바스천을 만났을 때 그를 설득하려고 마음먹었었다. 그렇지만 그것은 아무런 성과가 없었다. 사실 프루던스는 세바스천이 자신을 군중 속에서 발견하는 순간, 그 완고하고 고압적인 자세가 더 심해졌다고 맹세할 수 있었다.

　세바스천은 프루던스에게 다가오자마자 팔을 붙잡고 억지로 문 쪽으로 끌고 갔다.

　계단에 서서 마차가 안개 속에서 나타나기를 기다리면서, 프루던스는 사신의 최침딘 유행을 따른 새로운 안경 너머로 세바스천을 혐오스럽게 바라보았다.

“도대체, 오늘 밤 왜 그러는 거예요?”

프루던스는 손으로 안경을 더듬거리며 물었다. 부채와 달랑거리는 안경, 거기다가 작은 손가방까지 다뤄야 한다는 사실은, 여성에게 실제로 너무 많은 것을 요구하는 것이라고 그녀는 성미 급하게 생각했다. 유행을 좇는다는 것이 그리 만만한 일이 아니었던 것이다.

“맹세코 당신은 너무 악마 같아요.”

“내가 말이오? 정말 그렇소?”

세바스천의 턱이 굳어졌다. 세바스천은 저택 앞 거리에서 주인을 기다리고 있던 긴 마차 행렬 속에서, 마부가 엔젤스톤의 마차를 움직이는 것을 초조하게 지켜보고 있었다.

“그래요, 당신이요, 세바스천. 이런 태도는 확실히 정도가 심하다고 생각하지 않아요? 제가 오후 내내 당신한테 바가지를 긁었다고 해서, 오늘 밤 제 친구들 앞에서 그렇게 노골적으로 무례하게 구는 것은 정말로 비신사적인 행동이에요.”

“내가 무례했다구? 당신은 나한테 상처를 입혔소. 내 행동이 부당했다고 조금도 생각하지 않소.”

“말도 안 돼요. 당신 행동이 굉장히 부당했다는 사실을 당신도 잘 알고 있어요.”

프루던스는 달랑거리는 안경을 내리며 수가 놓여 있는 깃털처럼 가벼운 캐시미어 숄을 꽉 붙잡았다. 아름다운 숄은 유행의 최첨단이었지만, 운 나쁘게도 안개 낀 축축한 밤공기를 거의 막아 주지 못했다.

“당신은 알고 있었소, 그렇지 않소?”

마차가 계단 아래쪽에 도착했을 때쯤 그가 한 말이었다. 세바스천은 프루던스의 팔을 잡고 반쯤 끌다시피 해서 마차로 데리고 갔다.

"나는 당신에게 말할 수 없이 놀랐소. 그리고 이 말을 꼭 해야만 하겠소. 당신은 심지어 당신의 벌거벗은 가슴 주변에 모여 있던 신사들 무리 사이에 서 있는 당신의 불쌍한 남편을 보면서 굉장히 우쭐해했소."

홀링턴 저택의 하인 한 사람이 서둘러 마차 문을 여는 사이, 프루던스는 눈을 가늘게 뜬 채 세바스천을 노려보았다.

"제 벌거벗은 가슴이요?"

프루던스가 새된 소리를 냈다.

"지금 제 새 드레스가 마음에 안 든다는 뜻이에요?"

"무슨 드레스 말이오?"

세바스천은 어두운 마차 안으로 프루던스를 거의 던져 넣다시피 하면서 뒤이어 급히 올라탔다.

"나는 오늘 밤 당신이 입은 드레스를 볼 수도 없었소, 마담. 내 생각에는 아마 집에서 나올 때, 드레스 입는 것을 잊은 것 같소."

프루던스는 세바스천이 새로 산 라벤더 실크 무도회 드레스를 모욕하자 격분했다.

"이 드레스가 유행의 최전방을 달리고 있다는 사실을 당신도 알아주었으면 좋겠군요."

"전선도 없는데 그 드레스가 어떻게 최전방을 달릴 수 있단 말이오?"

프루던스는 목이 멘 소리로 작은 감탄의 소리를 질렀다. 프루던스는 매달려 있는 안경을 사용하려는 시도를 포기하고, 구슬 장식이 달린 작은 손가방 안에서 안경을 꺼냈다.

"당신은 정말 터무니없는 사람이군요. 당신도 그 사실을 알고 있다는 것을 확신할 수 있어요."

프루던스는 코에 안경을 얹고, 세바스천을 쏘아보았다.

"저는 당신이 이 드레스를 정말 좋아할 줄 알았어요."

"나는 당신이 평소 입던 대로 입는 것이 더 좋소."

"저는 헤스터 부인과 트레버를 포함한 수많은 사람들에게서 늘 들어 왔어요, 제 평상시 스타일이 전혀 품위가 없다구요."

세바스천은 마차 안의 램프에 불을 붙이고, 쿠션에 기대 앉았다. 세바스천은 팔짱을 낀 채 곰곰이 생각하는 눈길로 프루던스의 깊게 파인 얇은 드레스를 살펴보았다.

"왜 갑자기 패션에 흥미를 갖게 된 거요, 마담?"

프루던스는 가벼운 숄을 가슴 쪽으로 더 끌어당겼다. 마차 안은 확실히 추웠다. 프루던스는 망토를 입고 있었으면 하고 바랄 정도였다.

"당신이 바로 제게 저의 새로운 지위를 항상 명심하고 있어야 하는 임무를 상기시켜 준 장본인이에요."

세바스천의 표정이 굳어졌다.

"당신의 새로운 지위는 당신이 좋아하는 대로 옷을 입을 수 있는 특권을 부여하고 있소. 엔젤스톤 백작 부인으로서 당신이 패션을 결정하는 것이지, 패션이 당신을 결정하는 것이 아니오."

프루던스는 턱을 치켜 올렸다.

"제가 공교롭게도 이런 드레스를 좋아한다면, 어쩌겠어요?"

"빌어먹을⋯⋯. 프루, 그 생각은 잊어버려요. 방에 있던 모든 남자들이 오늘 밤 당신한테 추파를 던지고 있었소. 당신은 그런 효과를 바란 거요? 당신이 지금 교묘하게 내 질투심을 유발시키려고 하고 있다는 거요?”

프루던스는 경악했다.

“물론 아니에요, 세바스천. 도대체 제가 무엇 때문에 당신이 질투심을 느끼길 바라겠어요?”

“좋은 질문이오.”

세바스천의 시선은 냉혹하고 위험했다.

“그것이 당신의 목표라면, 효과가 있었다고 확신하오.”

프루던스는 놀라서 눈을 깜빡거렸다.

“당신이 저 때문에 질투를 한다고요?”

세바스천의 입이 우울하게 비틀어졌다.

“오늘 밤 방안에 들어가서 대여섯쯤 되는 남자들이 당신 곁을 맴도는 것을 목격했을 때, 내가 어떻게 행동하기를 기대했었소?”

“저는 결코 당신의 질투심을 유발하려고 했던 것이 아니에요.”

프루던스는 세바스천이 자신의 의도를 너무나 완벽하게 오해하고 있다는 데 온몸에 소름이 끼쳤다.

“정말 탁 터놓고 얘기해서, 제가 그럴 수 있다고 상상도 못해봤어요.”

“그렇소? 글쎄, 당신이 이런 게임을 벌이는 첫번째 여자는 아니오.”

세바스천은 시트에 등을 기대고 앉아, 속눈썹이 반쯤 덮인 눈으로 프루던스를 관찰하듯 쳐다보았다.

“그런 기술을 무척이나 능수 능란하게 사용하는 다른 여자들이…… 그렇게 질투심을 유발하려는 책략을 시도했었소.”

프루던스는 라벤더 스커트의 주름을 반반하게 펴면서, 예전에 헤스터 부인에게 들었던 악명 높은 찰스월시 부인의 얘기를 기억해 냈다. 헤스터는 그 부인이 세바스천에게서 질투심을 유발하려던 시도는 불행하게 끝났다고 말했었다.

“저도 알고 있어요.”

프루던스가 조용하게 말했다.

“저도 제 능력의 한계를 깨달았어요. 제가 당신을 질투나게 할 수 있다는 사실은 정말 꿈에도 생각지 못했어요.”

프루던스는 세바스천의 냉랭하고 애매 모호한 표정을 살펴보았다.

“제가 당신에게 그런 종류의 힘을 발휘할 수 있으리라곤…… 상상도 못 했어요.”

“내 아내로서 당신은 많은 힘을 가지고 있소, 마담.”

세바스천은 끔찍이도 조용한 목소리로 대답했다.

“우리는 함께 묶여 있소, 당신과 나 말이오. 과거에 다른 여자들이 내 질투심을 자극하려고 했을 때, 나는 내 마음대로 그런 여자들을 떠났소. 그렇지만 나는 아내로부터 떠날 수는 없소, 그렇지 않소?”

“안 되죠, 절대 그럴 수 없어요.”

프루던스는 이상하게도 온몸에 기운이 빠지며 풀이 죽었다. 프루던스는 세바스천이 사랑이 아닌, 자존심과 소유욕에 근거해서 조금이라도 질투심을 느낄 수도 있다는 사실을 알고 있어야 했다.

“질투는 나를 즐겁게 만들지 않소, 마담.”

"세바스천, 당신은 완전히 잘못 이해하고 있어요."

"내가 말이오?"

"그래요."

프루던스는 힘없이 한숨을 쉬었다.

"저는 다른 남자들의 관심을 끌려고 이 드레스를 선택한 것이 아니에요."

세바스천은 궁금하다는 듯 침착하게 물었다.

"그러면 왜 그런 드레스를 선택했소?"

"더 이상 어떤 평도 듣고 싶지 않아서 그랬어요."

프루던스는 악이 올라시 중얼거렸다.

세바스천은 동요하지 않았지만, 세바스천의 갑작스러운 경계 분위기는 프루던스를 긴장시키기에 충분했다.

"누구로부터의 평이오?"

세바스천이 실크같이 부드러운 목소리로 물었다.

프루던스는 자신이 위험한 입장에 놓여 있다는 사실을 뒤늦게야 깨달았다. 프루던스는 질투에 관련된 터무니없는 사건에도 불구하고, 그 경계의 분위기에 자신이 말려들고 있는 것이 아닐까 하는 생각이 들었다. 세바스천은 정말 영리한 사람이었다.

"그야 물론, 사교계로부터죠."

"당신은 친절한 우리 아주머니를 두고 말하는 것이 아니오, 그렇지 않소?"

프루던스는 손가락으로 마차 시트를 두드렸다. 빈틈 없는 남자와 결혼했다는 사실엔 분명한 불이익이 있었다.

"이것 봐요, 세바스천. 결론을 비약시키지 말아요."

"제기랄."

세바스천은 막 먹이에 덤벼들려던 육식 동물이 먹이를 죽이려는 순간 보여 주는 아량처럼, 다그치던 것을 그만두었다. 세바스천은 손을 뻗어 재빨리 양쪽 문에 달린 창에 커튼을 내렸다.

"지금 뭐 하는 거예요?"

프루던스는 화들짝 놀라며 날카롭게 물었다.

프루던스의 질문에 대답하는 대신에, 세바스천은 프루던스의 팔 윗부분을 붙잡아 시트에서 들어 올렸다.

"당신이 갑자기 패션에 흥미를 보이는 데는 그럴 만한 이유가 있다는 것을 알고 있소."

"정말⋯⋯."

세바스천이 프루던스를 무릎에 앉히자 속이 비치는 스커트가 크게 부풀어올랐다. 숄이 어깨에서 흘러내리자, 즉시 윗가슴의 곡선이 적나라하게 드러났다.

"단지 내가 패션에 흥미를 가졌다는 이유만으로, 그렇게 발끈할 필요는 없어요."

"당신은 그 늙은 마녀 같은 드루실라로부터 받을 모욕을 아예 처음부터 없애려고 그런 거요, 그렇지 않소?"

램프 불빛 속에서 세바스천의 눈동자가 황금색으로 불타올랐다. 심지어 희미하게 질투심과 닮은 것 같았던 감정뿐만 아니라, 얼음 같았던 분노의 흔적도 모두 사라지고 없었다.

"세바스천, 당신 아주머니를 계속해서 늙은 마녀라고 부르는 것은 좋지 않아요."

"왜 안 되오? 그게 정확한 그 여자의 본모습인데. 당신은 지금 최고급품의 다이아몬드로 변해서, 드루실라가 모욕할 구실을 찾지 못하게 되기를 바라고 있소.”

프루던스는 터져나오는 욕설을 꾹 눌러 참았다. 낯익은 사악한 흥미가 세바스천의 눈동자에 돌아와 있었다. 프루던스는 세바스천이 속임수를 써서 실토시키려 한다고 확신했다.

“저는 단지 사교계가 당신의 아내로서 적당하다고 생각하는 스타일의 옷을 입으려고 하는 것뿐이에요.”

“내 아내에게 적당한 스타일은 내가 결정할 거요.”

프루던스는 자신의 엉덩이로 느껴지는 세바스천의 허벅지 근육 곡선이 굉장히 신경쓰였다. 유행하는 얇은 무도회 드레스의 스커트는 상상의 여지를 주지 않았다.

“당신의 오만함 때문에 숨이 막힐 지경이에요.”

세바스천의 긴 손가락이 프루던스의 허리를 조였다. 세바스천의 금 인장 반지가 램프 불빛에 무딘 광채를 뿌렸다.

“만일 공개 석상에서 내 아주머니가 당신에게 모욕하는 것을 막으면, 당신은 내가 플릿우드 집안 사람들에게 복수하는 것을 막을 수 있다고 생각한 거요, 그렇지 않소?”

“저는 그런 바보 같은 결론을 절대 인정할 수 없어요.”

세바스천이 희미하게 미소를 지었다.

“현명한 생각이었소. 하지만 당신에게 알려 줄 것이 있소. 그 생각이 별로 효력이 없을 것이라는 거요. 드루실라는 당신을 헐뜯으려는 구실을 찾고 있소. 드루실라를 회유하는 것은 아무 소용도 없을 거란 말이오. 드루실라는 절대로 회유되지 않을 테니까. 만일 당신이 어떤 평도 나올 수 없을 만한 옷차림을 한다고 해도, 드루실라는 반드시 다른 비평 거리를 찾아낼 거요. 그게 바로 짐승의 본능이오.”

"당신 아주머니는 이 드레스에 관해서 당신이 이미 말한 것보다 조금이라도 더 많이 모욕하지는 않을 거예요."

프루던스는 머리에 꽂힌 라벤더 색깔 깃털을 똑바로 하려고 애썼다.

"당신 남편으로서 나의 지위는 내게 몇 가지 특권을 제공하고 있소."

"그건 논쟁의 여지가 있어요."

프루던스는 세바스천을 의미 심장하게 쳐다보았다.

"진실을 말해 줘요. 이 드레스가 정말 그렇게 깊이 파였다고 생각해요?"

"공개 석상에서 입기에는 너무 파였소."

세바스천이 진지한 관심을 가지고, 프루던스 가슴의 부드러운 곡선을 훑어보았다.

"그렇지만 당신 옷의 낮은 어깨선은 매우 실용적으로 쓰일 것 같구려."

"실용적이라구요?"

"매력적인 구경거리에 용이하게 접근할 수 있도록 해주지."

세바스천의 손가락이 낮은 어깨선 가장자리 바로 아래로 미끄러져 들어갔다.

프루던스는 세바스천의 온몸에 흘러넘치는 심술궂은 흥분의 전율을 느낄 수 있었다.

"세바스천, 이러지 말아요. 여기 마차 안에서 이런 짓을 하면 안 돼요."

"왜 안 되오? 이렇게 마차가 많아서는 마부가 거의 30분은 걸려야 집에 데려다 줄 것 같은데. 안개가 점점 짙어지고 있소. 안개는 마부를 한층 더 오래 걸리게 만들 거요.”

세바스천이 부드럽게 드레스의 가장자리 부분을 끌어내리자, 프루던스의 한쪽 가슴이 자유로워졌다.

프루던스의 온몸에 열기가 몰려드는 것 같았다. 하지만 그녀는 아무런 효과도 없는 것처럼 곧바로 세바스천의 손을 쳐내 버렸다.

“세바스천, 당신 정말 못됐군요. 저는 마차 안에서 당신이 사랑 행위를 하도록 허락할 수 없어요.”

“이게 다 당신이 최신 유행의 드레스를 입어서 생긴 결과요.”

세바스천이 가슴의 장밋빛 꼭지를 향해 고개를 숙이기 시작했다. 프루던스는 자기도 모르게 손가락을 세바스천의 머리카락 사이에 파묻고 눈을 감았다. 그러나 가까스로 자신의 주요 목적에 생각을 집중하려고 애썼다.

“저, 제 드레스에 관한 토의는 이제 끝내야겠어요. 저는 오늘 밤 본드 거리의 상점을 다시 찾아가는 계획에 관해서 당신과 애기하고 싶어요.”

“내가 집에 돌아와서 완전한 보고를 하겠다고 약속하리다.”

프루던스의 살갗에 닿는 세바스천의 숨결이 지독히도 따뜻했다.

“저를 뒤에다 남겨 두다니 너무 불공평해요. 저는 당신의 파트너라구요.”

세바스천의 엄지손가락이 뜨겁게 달아오른 가슴의 단단한 봉오리에 스치자, 프루던스는 숨을 헐떡거렸다. 프루던스가 겨우 눈을 떴을 때, 자신이 앉아 있었던 좌석에 놓여 있는 종이 조각을 발견했다.

"이게 뭐죠?"

"내가 보기에는 젖꼭지요."

세바스천이 혀끝으로 정신 없이 그것을 핥으며 말했다.

"그래, 확실히 젖꼭지요. 게다가 굉장히 사랑스럽소."

"아니요, 그거 말구요."

프루던스는 숙이고 있는 세바스천의 머리 너머를 응시했다.

"좌석 위에 종이가 있어요. 몇 분 전에 마차에 올라탔을 때, 제가 그 위에 앉아 있었던 것이 틀림없어요. 무슨 쪽지 같아요."

세바스천이 귀찮다는 듯이 고개를 약간 들고, 접혀져 있는 종이 쪽지를 흘끗 바라보았다.

"도대체 뭘 말하는 거요?"

세바스천이 마침내 그것을 발견하고는 손을 뻗어 쪽지를 집어 올렸다. 그리고 나서 몸을 일으키며 마차 램프의 불빛이 비취지도록 쪽지를 들었다. 세바스천은 쪽지를 자세히 점검하고 나서 그것을 펼쳐 보았다. 안에는 휘갈겨 쓴 짧은 메시지가 적혀 있었다.

"내 생각에는…… 그래, 쪽지요. 누군가 우리가 무도장에 있는 동안 마차 안에 집어넣은 것 같소."

프루던스는 드레스의 몸통 부분을 잡아당겨 다시 제대로 입으며 안경을 똑바로 썼다. 프루던스는 세바스천이 소리내어 읽고 있는 쪽지의 낯선 필적을 들여다보았다.

<'미덕이 있는 왕자들' 클럽의 회원은 링크로스, 옥슨햄, 블룸필드, 컬링입니다. 당신이 제게 정보를 더 요구하지 않기를 바라는 마음에서 이 쪽지 밑에 그 사람들의 주소를 동봉합니다.

맹세코 이젠 더 이상 알려 드릴 것이 없습니다. 저를 이제 편안히 내버려 두세요.>

　세바스천은 얼굴을 찌푸렸다.
　"서명이 없군. 내가 오늘 만나 본 점원 중 한 사람이 보낸 것이 틀림없소."
　"어떻게 확신할 수 있죠?"
　"우리의 계속되는 조사에 곤란을 받지 않으려는 사람한테서 온 것이 분명하오. 그리고 우리가 조사하고 있는 사람은 점원밖에 없고 말이야."
　"컬링 경의 이름이 리스트에 있어요."
　프루던스가 지적했다.
　"말이 되는 것 같아요. 어쨌든 컬링의 옷장에서 단추를 발견했으니까요."
　"링크로스는 죽고, 컬링은 링크로스의 죽음을 조사하기를 바라고 있소. 두 사람 다 '미덕이 있는 왕자들'의 회원인 게 분명하오."
　세바스천은 멍하니 쪽지를 허벅지에 얹고 가볍게 두드렸다. 그의 얼굴 표정은 진지하다 못해 심각했다.
　"내 생각에 다음 단계는 블룸필드, 옥슨햄과 더불어 애기를 해보는 것이라고 생각하오."
　"그 사람들을 알아요?"
　"옥슨햄은 만난 적이 있소. 해운업을 하고 있지. 두 번씩이나 상속녀와 결혼했었지. 둘 다 젊은 여성이었는데, 결혼하고 얼마 안 있어 죽었다고 들었소. 첫번째는 마차 사고였고, 두 번째는 약물 과다 복용이었소. 불과 몇 년 전 일이오.”

프루던스는 몸을 떨었다. 자신도 모르게 숄에 손을 뻗어 몸을 감쌌다.

“다소 불길한 징조처럼 들리네요.”

“그렇소, 그렇게 느껴지는구려.”

세바스천이 마차 구석에 등을 기대며, 사려 깊은 표정으로 프루던스를 바라보았다.

“내 생각엔, 서둘러 우선 옥슨햄과 얘기를 해야 할 것 같소.”

“블룸필드는 어떤 사람이에요?”

프루던스가 물었다.

“나도 그에 관해선 잘 모르오. 소문에 약간 정신이 나갔다고 하더군. 그 사람은 클럽에도 거의 나오지 않고, 사교계에서도 그 사람을 한 번도 만난 적이 없소.”

“그리고 컬링은요?”

“조사는 한 번에 한 발자국씩만 나아가야 하는 거요.”

세바스천이 주의를 주듯 말했다.

“이 사건에서 컬링의 역할이 아직 명확하지 않소. 우리는 내 사촌이 맡은 역할도 모르고 있지 않소?”

프루던스는 잠시 쪽지를 보며 곰곰이 생각했다.

“이 쪽지에는 옥슨햄이 로랜드 거리에 산다고 되어 있군요.”

“그렇소.”

세바스천이 잠시 말을 끊었다.

“내 생각에 그 사람들과 얘기하기 전에, 그 사람들이 집을 비운 사이에 방문하는 것이 좋을 듯싶소.”

“내 생각에는……,”

프루던스가 침착하게 대답했다.

"당신이 오늘 밤 더 이상 본드 거리의 상점에 가 볼 필요가 없어졌으니 당신은 지금부터 완전 자유예요."

"만일 이 리스트에 나와 있는 이름이 확실하다고 가정한다면, 그것은 매우 위험한 가정이오."

세바스천이 도저히 읽어 내릴 수 없는 시선으로 프루던스를 바라보았다.

"당신 무슨 말을 하고 싶은 거지?"

프루던스는 기대감에 부풀어 미소를 지었다.

"오늘 밤 우리는 집에 가는 길에 로랜드 거리 근처를 지나갈 거예요."

"안 되오."

세바스천이 즉시 대답했다.

"내가 당신을 데리고 밤늦게 옥슨햄 저택을 방문한다고 하는 생각은 꿈에라도 하지 않는 게 좋을 거요."

"우리는 최소한 그 집을 지나치면서, 오늘 밤 옥슨햄이 외출을 했는지의 여부 정도는 알아볼 수 있어요."

프루던스가 설득하는 투로 말했다.

"확실히 그런 일은 하나도 위험하지 않을 거예요, 세바스천."

"분명히 그렇소. 나는 당신이 그 집 근처에는 얼씬도 하지 못하게 할 생각이니까."

"우리는 마차를 멈출 필요도 없어요."

프루던스가 끈질기게 주장했다.

"우리는 단지 오늘 밤 옥슨햄이 집에 있는지 없는지만 확인할 거라구요. 그리고 나서 당신이 나중에 그 집에 가기로 결정한다면, 그 방문이 안전한지 알 수 있고요.”

세바스천이 주저했다. 분명히 갈등하고 있는 것 같았다.

“그 집을 단순히 거쳐서 집에 가는 일은, 별로 해로울 게 없을 것 같군.”

프루던스는 애써 만족스런 미소를 감추며 태연하게 말했다.

“전혀 없을 거예요. 우리는 단지 무도회에서 집으로 가는 마차 여행을 한 번 더 하는 것뿐이라구요. 아무도 우리를 알아보지 못할 거예요.”

“그래, 어쩌면 매우 좋은 생각일지도 몰라.”

세바스천이 일어서서 마차 꼭대기에 있는 지붕 들창을 열었다.

“예, 주인님.”

마부가 위에서 소리쳤다.

“로랜드 거리를 거쳐서 집으로 가세.”

세바스천이 지시했다.

“약간 돌아가는뎁쇼, 주인님.”

“그래, 나도 알고 있네. 그렇지만 덜 복잡하니까 오히려 더 빨리 갈 수 있을 것 같네.”

“예, 주인님 분부시라면……..”

세바스천이 지붕 들창을 내리며 천천히 프루던스 앞에 자리를 잡았다.

“멀리 돌아가는 여행을 하도록 당신한테 설득 당한 것을 후회할 것 같은 느낌이 왜 드는지 모르겠소.”

“저도 모르겠군요.”

프루던스가 가볍게 대꾸했다.

“확실히 아무런 위험도 없을 텐데요.”

“음……”

프루던스가 참지 못하고 낄낄거리고 말았다.

“당신은 진실을 외면하지 않는 편이 낫겠어요, 세바스천. 당신도 저만큼이나 이 일을 바라고 있잖아요. 당신이 제게 지적하고 있는 것처럼, 여러 가지 점에서 우리는 매우 비슷해요.”

“점점 예감이 불안해지고 있소.”

세바스천이 마차 안의 램프를 끄고, 창문을 덮고 있던 커튼을 옆으로 밀어젖혔다. 그리고는 창문 유리를 내렸다.

프루던스가 그를 주의 깊게 지켜보았다.

“무엇을 하는 거예요?”

“로랜드 거리에 있는 동안, 우리의 익명성을 확실하게 해두려는 거요. 다행스럽게도 지금은 안개가 자욱하게 끼어서, 아마 누군가 우리 마차를 알아볼 수도 있다는 염려는 안 해도 될 것 같소. 어쨌든 아무리 조심해도 지나치지 않는 법이니까.”

세바스천은 좌석 밑에 손을 집어넣어, 검정색으로 칠해져 있는 평평한 나무 판자를 꺼냈다. 세바스천은 문 안쪽에 있는 두 개의 갈고리에 검은 판자의 줄을 걸어서 바깥문 쪽으로 나무 판자를 넘겼다.

프루던스는 검정색으로 색칠된 나무 판자가 독특한 엔젤스톤의 문장을 가려 준다는 사실을 깨달았다.

“당신 정말 굉장히 똑똑하군요, 세바스천.”

“당연한 예방책이오.”

세바스천이 좌석에 다시 앉았다.

프루던스는 미소를 지었다.

"아마 전에도 이 나무 판자를 쓴 적이 있겠죠?"

"그렇소."

프루던스는 너무 어두웠기 때문에 세바스천의 얼굴 표정은 확실히 볼 수 없었지만, 세바스천의 목소리에서 기대의 물결을 느낄 수 있었다. 세바스천은 지금 모험의 흥분에 사로잡혀 있는 것이다, 바로 프루던스처럼.

로랜드 거리는 상당히 조용한 주택가였다. 세바스천이 예상한 대로 교통도 복잡하지 않았다. 프루던스는 열린 창밖을 응시하고 있었다. 비록 덩굴손 같은 안개가 떠돌고 있었지만, 프루던스는 대부분의 집들이 어둠에 싸인 것을 알 수 있었다.

세바스천은 앞으로 몸을 숙였다.

"만일 이 쪽지에 적힌 주소가 맞다면, 저 집이 옥슨햄 저택일 거요."

"전혀 불빛이 없네요."

프루던스가 세바스천을 바라보았다.

"집에 아무도 없다는 것을 제가 보장할게요. 지금이 저 집에 들어가 볼 기회예요."

"아마 하인들이 집에 있을 거요."

세바스천이 어둠에 싸인 저택을 흥미로운 듯 열심히 바라보고 있었다.

"만일 그렇다고 하더라도 아래층에서 잠자고 있을 거예요. 어쩌면 하인들이 외출했을지도 몰라요."

프루던스는 어깨를 으쓱해 보였다.

"만일 주인이 꽤 늦은 밤까지 집에 들어오지 않는 것이 확실하다면, 하인들은 밤에 일을 하지 않는 법이거든요."

“맞소.”

“마부에게 우리가 옥슨햄 저택 뒷골목을 산책해서 내려가는 동안, 저 모퉁이에서 기다리라고 지시해 놓으면 돼요.”

“프루, 내가 옥슨햄 저택에 갈 때, 당신을 데려가지 않겠다는 것을 이미 말했잖소?”

“하지만 지금 같은 기회가 또 생긴다고 누가 보장하겠어요? 당신이 저를 집에 데려다 놓고 다시 돌아왔을 때쯤이면, 옥슨햄 역시 돌아왔을 가능성이 아주 높아요. 그러면 당신은 또 다른 밤을 기약해야 하겠죠.”

세바스천이 잠시 머뭇거렸다.

“내가 저 집 뒤쪽을 금방 살피고 돌아올 동안, 당신을 이 마차에 남겨 둘 수 있을 것 같소.”

“저는 당신과 함께 가고 싶다구요, 정말 모르시겠어요?”

“안 되오, 허락할 수 없소.”

세바스천이 마차 들창을 들어 올리며, 작은 소리로 마부에게 지시했다.

“이 거리 끝까지 가서 모퉁이를 돌게. 나는 잠깐 나갔다 오겠네. 만일 내가 없는 동안 조금이라도 이상한 일이 생기면, 즉시 엔젤스톤 부인을 집으로 모시고 가게. 나는 딴 방법을 찾아 집에 가겠네.”

“예, 주인님.”

마부는 체념한 듯한 목소리로 말했다. 이렇게 이상한 늦은 밤 일과, 심지어 매우 이상한 주인으로부터 더 이상한 지시를 받는 데 익숙한 것 같았다.

프루던스는 세바스천의 마음을 돌리기 위한 마지막 시도를 했다.

"이건 너무 불공평해요."

"이건 당신의 아이디어요."

세바스천이 프루던스에게 상기시켰다. 세바스천은 외투를 벗었다.

"받아요, 당신이 이걸 입는 게 더 나을 것 같소. 꽤 시간이 걸릴 것 같은데, 당신이 그 동안 추위에 떠는 것은 원치 않소."

"그렇지만 저는 정말 당신과 같이 갈 생각인데요?"

프루던스는 세바스천의 외투를 입으려고 애쓰면서 말했다.

"나는 처음부터 안 된다고 얘기했소."

세바스천이 대답했다.

"만일 제가 로랜드 거리로 마차를 몰고 갈 생각을 안 했더라면, 당신은 심지어 지금 여기 있지도 않을 거예요."

"당신 말이 지극히 옳소."

세바스천은 마차가 멈추자 대답했다.

"그래도 당신의 조사는 여기까지요."

세바스천은 장갑 낀 손으로 프루던스의 얼굴을 감싸, 격렬하게 키스했다.

"세바스천, 제 말 좀 들어 봐요."

"정신 좀 차려요, 프루. 당신은 그런 옷을 입고 있어서, 이런 안개 속을 뛰어갈 수도 없소."

"감히 내 드레스를 핑계로 삼지 마세요. 사실은 저한테 어떤 재미도 느낄 수 없게 하려는 거지요? 정말 원망스러워요."

어둠 속에서 세바스천의 가지런한 이가 빛을 발했다.

"곧 돌아오겠소, 절대로 마차를 떠나지 마시오."

세바스천이 마차 문을 열고, 길로 뛰어내렸다. 그리고 이내 안개에 휩싸여 있는 어둠 속으로 사라져 버렸다.

"빌어먹을."

프루던스가 중얼거렸다.

그로부터 1분 후에 다시 한 번 마차 문이 열렸다.

"죄송하지만, 마담, 어디 가시는 겁니까요?"

마부가 놀라서 쉰 목소리를 냈다.

"마님을 잘 지키고 있으라는 분부를 받았습죠. 만일 마님이 마차에 계시지 않으면, 저는 주인님한테 해고되는 신세가 됩니다요."

"걱정하지 말아요."

프루던스가 안심시키려는 듯이 작은 소리로 말했다.

"내가 백작님께 잘 말씀 드리겠어요. 이 일로 결코 문책 당하게 하지 않을 거예요."

"제발 그래야죠. 그러니까 제발, 마님, 앉아 계십쇼. 마차로 돌아가세요."

"걱정하지 말아요, 곧 돌아오겠어요."

"저는 죽은 목숨입니다요."

마부가 슬프게 대답했다.

"주인님이 결혼하실 때, 주인님같이 동정심이라고는 조금도 없는 여자분을 선택하실 거라고 항상 생각했습죠. 주인님과 딱 어울리거든요. 그렇지만 제게 무슨 일이 생길지 물어 봐도 됩니까요?"

"해고되지 않도록 내가 조처하겠어요."

프루던스는 부드럽게 말했다.

"이제 가 봐야 되겠어요."

프루던스는 도회지 주택이 늘어서 있는 뒤쪽 길로 걸어내려 가면서, 세바스천의 어깨 망토가 달린 무거운 외투에 감사해했다. 프루던스는 아까 세바스천이 가리킨 집의 정원 문에 다다를 때까지, 집집마다 있는 정원 문을 자세히 살피면서 걸었다.

프루던스는 걸쇠가 벗겨져 있는 정원 문을 발견했을 때 별로 놀라지 않았다. 결국 세바스천이 프루던스보다 단지 몇 분 먼저 이 길에 있었던 것이다. 세바스천은 벌써 이 길을 지나갔다. 프루던스는 옥슨햄 저택 뒤편의 1층 창문에서 빛이 새어나오는 것을 깨닫자, 온몸을 파고드는 매서운 공포를 느꼈다.

집안에 누군가 있다.

프루던스는 세바스천이 집안에 사람이 있는지 알면서도, 정원 안으로 들어간 이유를 궁금히 여기면서 순간적으로 머뭇거렸다. 이내 프루던스는 지난번 톤브리지 부인이 아래층에서 전체 톤의 반에 해당하는 사람들을 여주인으로서 접대하는 동안, 부인의 침실을 조사하던 세바스천의 완벽한 재능을 떠올렸다. 게다가 컬링의 손님들이 한 층 아래에서 침실마다 어슬렁거리는 상황에서, 컬링 성의 맨 꼭대기 층을 탐험하는 것에 조금도 주저하지 않았었다.

한 창문에 불이 켜졌음에도 불구하고, 옥슨햄 저택을 더 자세히 살펴보기로 세바스천이 결정한 것에 별로 놀랄 필요가 없는 것이었다.

세바스천이 이미 앞질러 들어가 있다는 생각이 프루던스에게 용기를 주었다. 프루던스는 문을 열고, 정원 안으로 발걸음을 내디뎠다. 프루던스는 자갈길을 발견했을 때 조금 주춤거렸다.

프루던스의 부드러운 새틴 이브닝 슬리퍼 바닥으로 조그만 조
약돌을 하나하나 모두 느낄 수 있었다.

정원을 가로질러 나 있는 가운뎃길에서, 프루던스는 높은 울
타리 때문에 진로를 약간 수정할 수밖에 없었다. 프루던스가 가
시 많은 수풀이 있는 모퉁이를 돌자마자, 그만 거대하고 단단한
남자의 가슴에 부딪치고 말았다. 힘센 팔이 프루던스를 감싸 안
자, 낯익은 셔츠에 얼굴이 파묻혔다.

“읍……!”

“제기랄.”

세바스천의 목소리는 굉장히 작은 반면, 굉장히 화가 나 있었
다.

“당신이 내 말을 듣지 않을 것 같은 예감이 들었소. 소리내지
마시오, 알겠소?”

프루던스가 고개를 세차게 끄덕거렸다.

세바스천은 조심스럽게 프루던스를 놓아 주었다. 프루던스는
가까스로 얼굴을 들어 세바스천의 성난 얼굴 표정을 들여다보
았다.

“이제 우리는 무엇을 해야 하죠?”

프루던스는 세바스천보다도 더 작은, 거의 기어들어가는 소리
로 말했다.

“내가 더 가까이 가서 살펴보는 동안, 당신은 바로 여기에 그
대로 서 있을 거요. 그런 다음, 우리는 가능한 빨리 이 집을 벗
어날 거요.”

세바스천은 프루던스를 세워 놓고 집 가까이로 다가갔다. 프
루던스는 세바스천이 1층의 불 꺼진 창문을 지나가는 동안, 갈

망하는 눈으로 지켜보고 있었다. 프루던스는 세바스천이 한 번 내지 두 번씩 손을 놀려서, 창문이 열려 있는지 확인하는 것을 볼 수 있었다.

세바스천이 불이 켜진 창문으로 다가가자 프루던스는 숨을 죽였다. 세바스천은 벽에 납작하게 붙어서, 한 귀퉁이에서 방안을 들여다보고 있었다.

세바스천은 한동안 움직이지 않았다. 그런 다음 더 가까이 다가가, 약간 다른 각도에서 다시 방안을 관찰했다. 프루던스는 무언가 잘못되었다는 사실을 깨달았다.

프루던스는 세바스천이 다소 편하게 서 있는 것을 보고 그 사실을 느낄 수 있었다. 세바스천은 지금 내부 광경을 매우 자세하게 살피면서, 유리창 안을 쳐다보고 있었다. 프루던스는 앞으로 조심스럽게 발걸음을 내디뎠다.

세바스천은 알아차리지 못하고 있는 것 같았다. 세바스천은 지금 방안에 있는 모든 것에 신경을 집중시키고 있었다.

세바스천이 손을 뻗어 창문을 열자, 프루던스는 놀라서 쳐다보았다. 다음 순간, 프루던스는 세바스천을 향해 돌진했다.

"돌아가요."

프루던스가 다가가자, 세바스천이 작은 소리로 명령했다.

"내 말 들어요, 프루. 날 따라오지 마시오."

"뭘 하는 거예요? 안에 들어갈 수 없어요. 누군가 분명히 방에 있다구요."

"나도 알고 있소."

세바스천이 침착하게 대답했다.

"옥슨햄이오. 하지만 방문객이 있다는 사실을 알아차리지 못할 거요.”

세바스천은 다리를 창턱에 올리고는, 가볍게 방안으로 넘어들어갔다.

세바스천의 터무니없는 대담함을 보여 주는 이 새로운 증거에 자신도 모르게 충격을 받은 프루던스는 창문 쪽으로 서둘러 다가갔다. 프루던스는 방안을 흘끗 쳐다보았다.

한순간, 프루던스는 자신이 보고 있는 것을 제대로 파악할 수가 없었다. 그러다가 그 장면이 점차 또렷한 그림이 되어 머리에 입력됐다. 프루던스는 공포에 질려 본능적으로 한 발자국 뒤로 물러났다.

카펫 위에 한 남자가 얼굴을 바닥에 댄 채 엎어져 있었다. 머리가 온통 피투성이였으며, 주변 카펫 위에는 더 많은 피가 흥건히 괴여 있었다.

14

옥슨햄은 자살했다. 자살이 아니면, 누군가 자살처럼 보이게 하기 위해서 일부러 꾸며 놓은 것이리라.

권총이 죽은 사람 손에서 몇 인치 정도 떨어져 있었다. 다툼이 있었던 흔적도 없다.

세바스천은 재빨리 서재 안을 둘러보았다. 세바스천은 오래 머물 수가 없었다. 프루던스를 데리고 이 근처에서 되도록 멀리 벗어나야 했다. 하지만 세바스천은 옥슨햄이 자기 머리에 권총을 들이대고 방아쇠를 당겼다는 가정을 확신할 만한 증거를 찾고 싶었다.

어쩌면 옥슨햄이 자살하지 않았다는 증거를 찾고 싶은지도 모른다.

아무렇게나 널부러져 있는 옥슨햄의 손 가까이 카펫 위에서 금조각 같은 것이 번쩍거렸다. 세바스천은 피가 묻지 않게 조심하면서 가까이 다가갔다. 세바스천은 창문 쪽을 흘끗 보고, 프루던스가 자신을 뭔가 갈망하는 눈빛으로 지켜보고 있다는 사실을 알았다.

카펫 위에 있던 금빛 물체는 반지였다. 세바스천은 쭈그리고 앉아서, 반지가 왜 이렇게 낯이 익은지 궁금하게 여기면서 더 자세히 들여다보았다. 그러자 반지 꼭대기에 정교하게 새겨진 'F'지가 마치 살아 움직이듯 그의 눈으로 튀어 들어왔다. 자신의 것과 아주 똑같은 플릿우드 가문의 반지였다.

"빌어먹을."

반지에 대해서 계속 골똘히 생각하면서, 세바스천은 반지를 주워 재빨리 몸을 일으켰다.

세바스천은 창문 쪽으로 몸을 돌렸다. 그리고 이내 다시 한 번 머뭇거렸다.

세바스천은 이 흥건한 피웅덩이 속에 누워 있는 사람이 바로 옥슨햄이라는 확신이 필요했다. 그러나 그가 서 있는 각도에선 누워 있는 남자의 얼굴을 보는 것은 불가능했다. 세바스천은 마음을 단단히 먹고 시체 쪽으로 돌아갔다.

"시체를 만지지 말아요."

프루던스가 소리를 죽여 다급하게 외쳤다.

"세바스천, 우리는 여기서 벗어나야 해요."

"나도 알고 있소."

그렇지만 세바스천은 확신을 얻을 때까지 떠날 수가 없었다.

세바스천은 손을 내려 시체의 어깨를 붙잡았다. 그리고 왼쪽 얼굴을 충분히 볼 수 있을 만큼 시체를 돌렸다.

분명히 옥슨햄이었다.

세바스천은 흐느적거리는 시체를 다시 제자리로 돌려놓기 시작했다. 또다시 금이 번쩍거리고 있었다. 이번에는 옥슨햄의 양복 상의 단추에서 나오는 빛이었다. 세바스천은 몸을 수그리고, 단추에 새겨진 '미덕이 있는 왕자들'이라는 문구를 보았다.

세바스천은 시체를 카펫 위에 다시 엎어 놓았다.

"제발, 세바스천, 빨리요."

프루던스가 작은 소리로 다시 한 번 재촉했다.

"책상만 빨리 한번 보고 싶소."

세바스천은 조심스럽게 카펫 위를 가로질러 책상 쪽으로 다가갔다. 책상 위에는 몇 장의 종이가 흩어져 있었다. 세바스천은 죽은 사람이 메모를 남겼는지 알아보기 위해 재빨리 책상 위를 훑어보았다.

자살을 설명하는 편지는 없었지만, 과연 누군가 남겨 놓은 듯한 메시지가 있었다. 세바스천은 희미하게 꺼져 가는 램프 불빛 아래서 그것을 읽었다. 짧게 요점만 적은 메시지였다.

<릴리안이 복수할 것이다.>

세바스천은 프루던스와 동시에 집 앞쪽에서 나는 소리를 들었다. 하인들이 돌아온 것이다.

"세바스천, 제발, 빨리 거기서 나와요."

세바스천은 쪽지를 집어, 플릿우드 가문의 반지와 같이 주머니에 찔러 넣었다. 그리고 급히 창문 쪽으로 뛰어갔다.

세바스천은 창턱을 뛰어넘어, 프루던스의 손을 잡고 재빨리 정원 문 쪽으로 끌어당겼다.

두 사람은 아무런 사고 없이 골목길로 나올 수 있었다. 세바스천이 어깨너머로 뒤를 흘끗 쳐다보았지만, 추격해 오는 기색은 없었다.

세바스천은 기다리고 있는 마차 쪽으로 프루던스를 서둘러 가게 했다.

세바스천과 프루던스가 안개를 헤치고 나타나자, 마부는 애처로운 체념이 담긴 눈빛으로 두 사람을 바라보았다.

"마님이 주인님을 쫓아간 것은 제 잘못이 아닙니다요, 주인님. 저는 최선을 다했습죠."

"집으로!"

세바스천이 명령했다.

"자네의 직무에 관해서 나중에 논의하겠네."

"예, 주인님. 그러면 저는 아직 해고된 것이 아닙니까요?"

"자네의 직책은 적어도 우리를 집에 안전하게 데려다 줄 때까지는 안전하네."

세바스천이 마차 문을 열고, 프루던스를 거의 던지듯 안으로 밀어 넣었다.

"그 후에, 이 문제가 논의될 것이네."

세바스천은 프루던스가 마차에 올라타자, 자신도 황급히 마차에 올라타며 문을 닫았다.

"저 불쌍한 마부를 질책해서는 인 돼요. 저 사람은 당신 지시를 이행하려고 최선을 다했어요."

프루던스는 숨죽이며 말했다.

"저 마부는 내가 명령할 때는 그 명령이 지켜지기를 바란다는 사실을 알 만큼 내 밑에 있었소."

세바스천이 냉정하게 대답했다.

"나는 런던에서 제일 높은 급료를 주는 대신, 내 집에 있는 모든 하인들이 내 명령을 충실히 이행할 것을 요구하고 있소. 당신도 그 사실을 충분히 알고 있었어야 했고."

"걱정일랑 이제 그만 하세요, 세바스천. 우리가 안전하다는 사실은 확실하다구요."

프루던스는 겹겹이 접힌 엄청난 크기의 외투를 벗으려고 고군 분투하고 있었다.

"누군가 서재를 확인해 보고, 옥슨햄의 시체를 발견할 때까지는 꽤 시간이 걸릴 거예요."

"아니면, 전혀 시간이 안 걸릴 수도 있소."

세바스천은 마차가 앞으로 덜커덕거리면서 나아가자 커튼을 내려 창문을 가렸다.

"프루, 앞으로 내 명령을 어겨서는 안 되오."

"훈계는 나중에 할 수도 있어요. 당신이 그 안에서 발견한 것을 말해 주세요."

세바스천은 조사에 대한 열망을 함께 소유한 여성과 결혼한 자신 외에는 탓할 사람이 없다고 생각했다. 세바스천은 마차 내부 램프를 손으로 더듬어 불을 밝혔다. 그런 다음 시트에 몸을 기대고, 프루던스의 얼굴 표정을 살폈다. 프루던스의 눈동자가 방금 두 사람이 함께했던 모험의 흥분으로 빛나고 있었다. 혈관을 타고 흐르는 똑같은 스릴을 맛보고 있는 지금, 세바스천은 좀체로 프루던스를 야단치기가 어려웠다.

세바스천은 주머니에서 반지와 쪽지를 꺼내서 한 마디 말도 없이 프루던스에게 건네었다.

"난 아직 내가 발견한 것을 믿을 수가 없소. 참, 그리고 옥슨햄의 양복 상의 단추에 '미덕이 있는 왕자들'이란 문구가 새겨져 있었소."

"매혹적이에요."

프루던스는 잠시 반지를 유심히 살펴보았다.

"이 반지는 당신 것과 똑같잖아요?"

"그렇소."

"어째서 이 반지가 옥슨햄의 시체 근처 마룻바닥에 떨어져 있었던 거죠?"

"좋은 질문이오."

세바스천이 여유 있게 대답했다.

"그리고 릴리안이 누구예요?"

세바스천은 프루던스가 쪽지가 아닌 반지의 안쪽을 자세히 살펴보고 있다는 사실을 깨달았다.

"무슨 말을 하는 거요?"

"이 반지 안쪽에 새겨져 있어요."

프루던스가 램프 불빛에 더 가까이 반지를 갖다 대며 소리내어 읽었다.

"사랑하는 릴리안에게."

"나 좀 봅시다."

세바스천이 프루던스의 손가락에서 반지를 낚아채서 새겨진 글씨를 확인했다.

"도대체 릴리안이 누굴까?"

"이전에 그런 이름을 들어 본 적이 없나요?"

"쪽지를 읽어 봐요."

세바스천이 대답했다.

프루던스는 무릎 위에 놓여진 쪽지를 응시했다.

"'릴리안이 복수할 것이다.' 세상에! 세바스천, 도대체 무슨 일이 벌어지고 있는 거죠?"

"나도 모르겠소. 하지만 릴리안이 컬링 성에서 그 미친 노인이 말했던 여자 이름이 아닌가 하는 의심이 들기 시작했소. 그 노인이 말했던 꼭대기 방에서 뛰어내렸다는 여자 말이오."

"그 노인이 말한 유령이 저주를 실행하러 돌아온 것이라구요?"

프루던스는 곰곰이 생각하는 듯이 아랫입술을 잘근잘근 깨물었다.

"당신은 링크로스와 옥슨햄의 죽음이 그 노인이 말한 얘기와 조금이라도 관련이 있다고 생각해요?"

"아마도."

세바스천은 손바닥 위에 놓여진 반지를 응시했다.

"미스터리한 존재인 릴리안에게 관심이 있는 누군가가 '미덕이 있는 왕자들'이란 클럽이 릴리안의 죽음에 책임이 있다고 결론을 내렸을 가능성도 있소."

프루던스는 세바스천을 바라보았다.

"그러면 릴리안의 원한을 갚아 주려는 사람이, 차례로 그 클럽 회원들 뒤를 쫓고 있다고 생각하는 거예요?"

"그렇게 보이오."

프루던스의 시선이 반지에 쏠렸다.

"세바스천, 당신 반지는 가문의 반지라고 했잖아요?"

"이 반지는 다섯 세대 동안 플릿우드 집안 남자들에게 끼워졌소."

세바스천은 아버지로부터 반지를 받던 날을 떠올렸다. 세바스천은 그때 자부심을 가지고 반지를 끼라는 말을 들었었다. 아버지는 이 반지가 개인적 명예의 상징이라고 설명했다.

"세상의 견해는 중요하지 않단다, 아들아. 가장 중요한 것은 네가 명예를 더럽힌 적이 없다는 사실을 네 마음으로 아는 것이란다. 명예는 신성한 믿음이고, 또 그렇게 다뤄져야 하지. 만일 자신의 명예가 안전하다는 사실을 안다면, 남자는 스캔들이나 파멸 혹은 더 나쁜 상황도 견뎌 낼 수 있단다."

세바스천은 반지를 움켜쥐었다.

"플릿우드 집안 사람이 릴리안에게 그 반지를 주었다는 사실이 가능하다고 생각해요?"

프루던스가 물었다.

"그렇소, 가능한 일이오."

사실 가능한 것 이상이라고 세바스천은 생각했다. 그럴 가능성이 아주 높았다.

프루던스는 세바스천을 주시했다.

"당신 지금 제레미 도런님의 코담뱃갑이 컬링 성에서 발견됐다는 사실을 생각하고 있죠, 그렇죠? 그리고 반지도 제레미 도런님 것이 아닌가 의심하고 있구요?"

"그렇소."

"그렇지만 세바스천, 저는 오늘 저녁 일찍 제레미 도런님을 봤어요. 장갑을 안 끼고 있었지만, 확실히 이것과 똑같은 반지를 끼고 있었던 기억이 나요."

세바스천이 프루던스를 주시했다.

"이런 반지를 똑같이 복제하는 일은 어렵지 않소. 누군가 돈만 있으면, 솜씨 좋은 보석상에게 똑같은 것을 만들어 달라고 하는 것은 간단한 문제요."

프루던스는 잠시 말이 없었다.

"그렇다면 이젠 무얼 해야 하죠? 보석상을 만나 볼 건가요?"

"아니오."

세바스천은 결정을 내렸다.

"내 생각에는 사촌과 다시 만나 얘기를 해봐야 될 것 같소. 조사 도중에 제레미의 이름이 너무 자주 튀어나오고 있으니까."

"동감이에요."

프루던스가 대답했다.

"당신이 제레미 도련님을 만나는 것을 돕겠어요."

"좋은 생각인지 그다지 확신할 수는 없소, 마담."

"제레미 도련님의 반응을 최소한 두 사람의 평가 기준으로 보는 것은 매우 유용할 거예요, 당신도 그렇게 생각하죠?"

세바스천은 잠시 머뭇거렸다. 세바스천은 프루던스가 제레미를 관찰한다는 사실은 신경쓰이지 않았다. 그것을 부정할 수도 없었다. 솔직히 프루던스는 굉장한 통찰력을 가지고 있으니까. 그렇지만 예측할 수 없는 행동을 하는 경향이 있다는 것도 부인할 수 없는 사실이었다. 가족에 대해서는 한없이 관대해지는 것은 말할 것도 없었다.

"좋소, 프루. 내가 제레미와 애기하는 동안, 옆에서 들어도 좋소. 그렇지만 어떤 식으로든 끼어들어서는 절대로 안 되오. 내 말 이해하겠소?"

프루던스는 즐겁게 웃었다.

"완전히 이해해요."

다음날 아침 11시 30분에 제레미가 서재에 모습을 나타냈다. 제레미를 보는 순간, 여지없이 프루던스의 동정심이 솟아오르고 있었다. 그는 집안의 최고 어른이 정식 절차를 생략하고 소환한 것에 분개하고 있는 것이 분명했다.

"대체 무슨 일이지, 엔젤스톤? 나는 당신 메시지에 대답하는 것보다 훨씬 중요한 일이 많은 사람이야."

세바스천은 창문 가까이 책상 앞에 앉아 있었다. 한 팔에는 루시퍼를 안은 채. 세바스천은 제레미가 들어왔을 때, 일어나려고도 하지 않았다.

"서로한테 좋은 일이지. 그런데 내게 생각하고 있는 것을 말하기 전에, 예의를 차려서 내 아내에게 인사할 마음은 없나?"

제레미는 그제야 방을 둘러보고, 차 쟁반 가까이에 서 있는 프루던스를 발견했다. 제레미의 얼굴이 무딘 적색으로 변했다.

"엔젤스톤 부인."

제레미는 멋쩍게 고개를 숙였다.

"용서하세요, 거기 계신지 몰랐어요. 안녕하세요, 마담."

"안녕하세요, 제레미 도련님."

프루던스는 기꺼운 미소를 지어 보였다.

"차 좀 드실래요?"

제레미는 불편해하는 듯이 보였다. 그는 세바스천을 흘끗 쳐다보았다.

"시간이 있을지 모르겠습니다."

"차 마실 시간은 아주 많이 있지."

세바스천은 냉랭하게 제레미에게 확인시켰다.

"앉게, 사촌."

제레미는 프루던스가 주는 찻잔을 받아 들었다.

"감사합니다, 마담."

제레미는 프루던스가 자리에 앉을 때까지 기다렸다. 그리고 나서 불편한 자세로 세바스천의 맞은편에 있는 의자에 앉았다.

"그럼……,"

제레미가 퉁명스럽게 물었다.

"얘기를 시작해 보세요. 왜 나를 부른 거죠?"

세바스천은 꽤 오랫동안 아무 말도 없이 제레미를 관찰했다. 프루던스는 그 침묵이 제레미를 위협하기 위한 교묘한 술수가 아닐까 생각했다. 프루던스가 막 털어놓고 얘기를 하려고 했을 때, 세바스천이 몸을 움직였다. 세바스천은 조용히 책상 서랍을 열어 옥슨햄의 서재에서 발견한 반지를 꺼내, 제레미에게로 던졌다.

"대체 이게 뭐죠?"

제레미는 화를 내면서, 반사적으로 반지를 받았다. 제레미는 반지를 바라보았다.

프루던스는 손에 쥐고 있는 것이 무엇인지를 깨닫고 놀라움의 충격에 휩싸이는 제레미의 표정을 놓치지 않았다. 프루던스가 세바스천을 바라보았을 때, 세바스천도 제레미를 매우 유심히 지켜보고 있다는 사실을 깨달았다. 그러나 세바스천의 눈에서 냉랭한 즐거움의 기색은 찾아볼 수 없었다. 단지 상대를 안절부절못하게 만드는 빈틈 없는 총명함이, 불타고 있는 황금처럼 번쩍거리고 있었다.

"빌어먹을."

제레미는 혼동스러워하면서도 경계하는 표정으로 고개를 들었다.

"대체 이걸 어디서 났죠?"

세바스천은 아주 천천히 루시퍼를 쓰다듬었다.

"그걸 알아보겠나?"

"그래요, 물론이죠. 내 반지니까요."

제레미의 목소리에선 이상한 위기감이 느껴졌다.

"3년 전쯤에 잃어버렸어요. 어머니께서 한바탕 난리를 치실 것 같아서 아무 말도 하지 않았죠. 잘 알다시피, 어머니께서는 집안 전통을 아주 중요하게 생각하시니까요."

"그래."

루시퍼를 쓰다듬던 세바스천의 손이 멈췄다.

"나도 잘 알고 있지."

"아버지께 받은 조상 대대로 물려 내려오던 반지를 잃어버렸다고 말씀 드려서, 어머니를 혼란스럽게 만들고 싶지 않았어요. 그래서 대신 다른 반지를 만들었어요."

"릴리안이 누구지?"

세바스천이 낮은 음성으로 물었다.

"모르는 이름이에요."

제레미가 들고 있던 찻잔이 떨리면서, 받침접시에 부딪혀 덜그덕 소리를 냈다.

“릴리안이 누구지?”

반복해서 묻는 세바스천의 목소리는 섬뜩할 정도로 낮았다. 루시퍼가 꼬리를 홱 잡아당겼다.

“당신이 말하고 있는 사람이 누군지 모른다고 이미 말했잖아요.”

제레미는 급기야 소리를 질렀다.

“나는 어떤 릴리안도 몰라요.”

제레미는 요란한 소리를 내면서 찻잔을 내려놓았다.

“너는 알고 있어.”

세바스천이 말했다.

“릴리안이 누군지 말하기 전에는 여기서 한 발짝도 나갈 수 없어.”

“제기랄. 엔젤스톤, 당신이 도대체 뭐나 되는 줄 아는 모양이지?”

“엔젤스톤은 집안의 가장 큰어른이에요.”

프루던스가 재빨리 말했다. 프루던스는 세바스천에게 진정하라는 눈빛을 보냈지만, 세바스천은 그것을 무시했다.

“그리고 엔젤스톤은 단지 제레미 도련님을 도우려고 그러는 거예요. 제 말이 맞죠, 엔젤스톤?”

“내가 지금 하려고 하는 것은 단지…….”

세바스천은 조금의 흔들림도 없이 대답했다.

“릴리안이 누군지 알아내는 일이오.”

프루던스는 세바스천을 뚫어지게 노려보았다.

“그렇게 협박하는 것처럼 말할 필요는 없잖아요? 우리는 몇 가지 사실을 확인하려는 것뿐이에요. 당신 사촌을 놀라게 하는 일은 바라지 않아요.”

세바스천은 제레미에게서 눈을 떼지 않았다. 또한 프루던스의 호소에도 눈 하나 깜짝하지 않았다. 프루던스는 세바스천의 태도를 자제시키려는 노력을 포기하고, 제레미에게로 시선을 돌렸다.

“제발 이해하세요, 제레미 도련님.”

프루던스는 부드럽게 말했다.

“우리는 단지 그 반지가 어젯밤에 왜 그렇게 이상한 상황에서 발견되었는지 알아내려고 하는 것뿐이에요.”

세레미가 프루던스를 비라보았다.

“어떤 상황이요?”

“옥슨햄의 시체 옆에 떨어져 있었어요.”

그러자 세바스천이 퉁명스럽게 말했다.

“공교롭게도 이 반지가 어떻게 거기에 있게 됐는지도 모르겠지, 그렇지 않은가?”

“시체요?”

제레미가 혼란스러운 듯 눈살을 찌푸렸다.

“옥슨햄이 죽었어요?”

“정확한 사실이지.”

세바스천이 대답했다.

제레미의 눈이 약간 커졌다.

“내 반지가 그 근처에 있었다구요?”

“그래.”

“내가 옥슨햄을 죽였다고 생각하는 서예요, 그거에요?”

제레미의 분노가 혼란을 제압했다.

“누군가 시체 옆에서 내 반지를 발견했기 때문에?”

“바로 그 질문이 생각났지.”

세바스천의 미소는 간단 명료했다. 루시퍼가 황금색 눈을 깜빡거렸다.

프루던스는 세바스천을 보며 얼굴을 찡그렸다.

“제레미를 그만 협박해요.”

“이 일에서 빠져 있어요, 마담.”

세바스천은 프루던스에게 눈길도 주지 않았다.

프루던스는 그의 경고를 무시한 채, 다시 제레미를 바라보며 안심시키려는 미소를 보냈다.

“플릿우드 도련님, 지금 경찰에서는 옥슨햄 시체 가까이에서 그 반지가 발견된 것을 모르고 있어요. 그리고 우리는 그 얘기를 경찰에 알릴 생각도 없고요, 그렇죠, 세바스천?”

“아직 듣고 싶은 얘기가 남아 있네.”

세바스천이 차갑게 말했다.

“그렇지만 나는 옥슨햄을 안 죽였어요.”

제레미의 절망적인 시선이 프루던스와 세바스천 사이를 바쁘게 오갔다.

“맹세할 수 있어요. 내가 왜 옥슨햄을 죽이겠어요?”

세바스천이 루시퍼의 귀를 문질렀다.

“아마 옥슨햄이 릴리안의 죽음과 틀림없이 관련되어 있다고 생각했기 때문이겠지.”

“그렇지만 릴리안의 죽음은 사고였어요. 릴리안은 물에 빠져 죽었다구요, 제발……”

제레미는 돌연 말을 멈췄다. 방금 릴리안이 누군지 안다는 사실을 시인했다는 것을 깨달았기 때문이었다. 제레미는 애원하는 눈빛으로 프루던스를 바라보았다.

"나는 릴리안이 익사했다고 들었어요."

프루던스는 제레미의 아픔과 당황에 본능적인 반응을 보였다. 프루던스는 몸을 숙여, 위로하는 마음으로 제레미의 손을 다독거렸다. 프루던스는 세바스천의 눈동자에서 순간 번득인 노여움을 알아차렸다. 하지만 세바스천은 아무 말도 하지 않았다.

"릴리안은 누구였지요, 플릿우드 도련님?"

프루던스가 조용하게 물어 보았다.

제레미는 몇 초 동안 눈을 감고 있었다. 제레미가 다시 눈을 떴을 때, 그의 얼굴에는 쓸쓸한 체념의 빛이 떠올라 있었다.

"이 얘기를 전부 말씀 드리는 것이 좋을 것 같군요. 결국은 이번 일이 왜 나를 좌절시켰는지 드러나더라도 말이에요."

제레미는 침착하게 차를 한 모금 마셨다. 그리고 찻잔을 내려 놓고는 프루던스에게 시선을 고정시켰다.

"나는 릴리안을 사랑했어요."

"그랬어요?"

"릴리안은 부유한 상인의 딸이었어요. 유일한 혈육이었던 릴리안은, 아내가 죽은 후로는 상인에게 오로지 하나밖에 없는 희망이었죠. 상인은 릴리안을 지체 높은 집안의 자녀들처럼 길렀죠. 릴리안은 훌륭한 교육을 받았고, 예의 범절도 나무랄 데가 없었어요. 릴리안은 모든 면에서 숙녀였지요. 단지 출생 환경만 빼놓고는요."

"무슨 말인지 알겠어요."

프루던스가 작은 소리로 동의했다.

"릴리안의 아버지가 죽은 후에도 나는 때때로 릴리안을 만났어요. 릴리안은 나이 많은 아저씨 손에 맡겨졌는데, 그 사람은 릴리안의 상속 재산을 탕진하고, 릴리안을 자신의 선술집에서 억지로 일하게 했어요."

프루던스의 시야에 세바스천이 질문을 하려고 하는 것이 들어왔다. 프루던스는 손을 약간 움직여 세바스천에게 잠시만 조용히 있으라는 신호를 보냈다. 놀랍게도, 세바스천은 정말 가만히 있었다.

"어떻게 릴리안을 만나게 됐죠?"

프루던스가 물었다.

"물론 이 도시에서, 3년 전에 만났어요."

그때를 회상하는 제레미의 얼굴에 미소가 떠올랐다.

"릴리안은 아이스크림을 먹고 있었어요. 우연히 나와 부딪쳤는데, 내 코트에 온통 아이스크림이 묻었죠. 그것은 첫눈에 반한 사랑이었어요."

"그리고 무슨 일이 있었죠?"

프루던스가 재차 물었다.

"그 이후로 기회 있을 때마다 릴리안을 만나기 시작했어요. 물론 나는 어머니께서 결코 허락하시지 않을 것이라는 사실을 알고 있었어요. 어머니의 눈에 릴리안은 단지 선술집 하녀로 보였을 테니까요. 게다가 그때는 집안 배경을 메꿔 줄 상속 재산도 없었죠."

제레미의 입이 굳어졌다.

"기억이 나실 거예요. 그 당시 어머니께서는 내가 다음 엔젤스톤 백작이 될 것이라고 철석같이 믿고 계셨죠."

"우리 아주머니가 선술집 하녀를 다음 엔젤스톤 백작 부인감
으로 전혀 받아들일 수 없었다고 해도 틀린 말은 아니라고 생각
하네."

세바스천의 어조는 상당히 건조했다.

"거의 여배우의 경우처럼 받아들일 수 없었겠지."

제레미는 얼굴을 붉혔다.

"당신에게 조금 위안이 될 수 있다면……, 엔젤스톤, 나는 종
종 당신 아버지가 사랑하는 여자와 결혼하기로 결정한 것을 이
해할 수 있다고 생각했어요. 나도 똑같은 계획을 세웠었죠. 결
과에 상관 없이 말이에요."

세바스천의 눈이 가늘어졌다.

"그랬나?"

"그래요, 나는 진심으로 릴리안을 사랑했죠. 릴리안은 정말
아름다웠어요. 상냥하고 순수한 사람이었고요."

제레미는 한숨을 쉬었다.

"그렇지만 우리가 결혼도 하기 전에 릴리안은 죽고 말았어
요."

"정말 비극이로군요."

프루던스가 말했다.

"나는 어머니나 다른 가족들에게도 릴리안의 이름을 말한 적
이 없어요."

제레미가 말했다.

"릴리안은 이미 죽었기 때문에, 굳이 그렇게 할 이유가 없어
졌다고 생각했어요."

"릴리안이 익사했다고 누가 말해 줬나?"

세바스천이 물었다.

"릴리안의 아저씨요. 그 사람 말로는 릴리안이 며칠 동안 시골에 사는 친구를 만나러 갔었는데, 그곳에서 그 당시 내렸던 폭우로 물이 불어난 시내에 빠졌다고 했어요. 릴리안은 결국 물살에 휩쓸려 익사했다고 했어요."

"너무 안됐군요, 제레미 도련님."

프루던스가 나직하게 위로했다.

"도련님한테는 정말로 끔찍한 일이었겠어요."

제레미는 반지를 내려다보았다.

"가장 참을 수 없었던 것은 내 슬픔에 대해 터놓고 말할 사람이 아무도 없었다는 사실이었죠. 아무도 이해하거나 동의해 줄 사람이 없었어요."

제레미는 다시 눈길을 들었다.

"나는 그 상처에서 회복됐죠, 누구나 마침내 그렇게 되듯이. 릴리안은 지나갔어요, 그렇지만 절대로 릴리안을 잊을 수는 없을 거예요."

세바스천은 사촌을 바라보았다.

"자네가 릴리안에게 반지를 줬나?"

제레미는 고개를 끄덕였다.

"내가 지금 끼고 있는 것은 똑같이 만든 거예요. 릴리안에게 내 반지를 주었을 때 만들었죠. 어머니나 다른 친척들에게 내가 플릿우드 집안 반지를 끼고 있지 않은 이유를 설명해야 한다는 사실이 싫었어요. 적어도 내가 결혼을 발표할 준비가 될 때까지는 말이에요."

"플릿우드 집안 사람들에게 반지를 잃어버린 이유를 설명할 필요가 없었겠지.”

세바스천이 냉혹하게 지적했다.

“그렇지만 나는 왜 그 반지가 옥슨햄의 서재에 있게 되었는지 자네의 설명을 들어야겠네.”

“그래도 나는 그 반지가 어떻게 거기에 있게 되었는지 몰라요.”

제레미가 재빨리 대답했다.

“맹세할 수도 있다구요. 내가 아는 바로는, 그 반지가 릴리안이 익사했을 때 없어졌다고 들었어요. 그래서 나는 누군가……, 그러니까 아마 마을 사람 중에서 누군가가 릴리안의 시체를 발견한 후, 반지를 훔쳐 간 것이 틀림없다고 생각했어요. 어쨌든 그 반지는 좀 값이 나가는 물건이니까요. 하지만 나는 그 반지를 다시 찾을 길이 거의 없다고 생각했어요. 그래서 그냥 그대로 내버려 둔 거죠.”

프루던스가 세바스천을 돌아다보았다.

“아마도 릴리안의 아저씨와 얘기를 해봐야 할 것 같군요. 그 선술집 주인 말이에요.”

“그럴 수 없을 거예요.”

제레미가 조용하게 말했다.

“열병에 걸려 죽은 지 1년이 넘었어요. 하루는 우연히 그 선술집 앞을 지나다가 새 주인이 운영하고 있는 것을 보게 되었죠.”

“그 생각은 이쯤에서 그만두지요.”

프루던스는 실망한 듯이 말했다.

“나는 이번 일을 조금도 이해할 수 없어요.”

제레미는 세바스천을 노려보았다.

"처음에는 내 코담뱃갑을 돌려주더니, 지금은 내 반지를 돌려 줬어요. 당신은 사실상 두 사건에서 나한테 살인죄를 뒤집어씌우고 있어요. 도대체 지금 무슨 게임을 벌이고 있는 거죠, 엔젤스톤?"

세바스천은 잠시 루시퍼를 쓰다듬는 일에 열중했다.

"최근에 두 남자가 죽었지, 링크로스와 옥슨햄."

"나도 그 일을 알아요."

"자네의 개인적인 물건이 살인 현장 근처에서 발견되었네. 또한 이 쪽지가 옥슨햄의 시체 가까이에 있었지."

세바스천은 제레미에게 발견한 쪽지를 건네었다.

제레미는 쪽지를 급하게 읽었다. 제레미가 시선을 들었을 때, 이전보다 더 당황스러워하는 표정이 되어 있었다.

"릴리안이 복수한다는 것이 무슨 얘기예요? 대체 무슨 일이 벌어지고 있는 거냐구요?"

"두 가지 가능성이 있는 것처럼 보이네."

세바스천이 대답했다.

"자네가 릴리안의 죽음이 사고가 아니라고 믿기 때문에 릴리안의 복수를 하기로 결정했을 가능성과, 아니면……"

"아니면 뭐죠?"

프루던스는 제레미의 입에서 똑같은 질문을 튀어나오기 전에 세바스천을 다그쳤다.

"아니면, 누군가 이 사건이 그렇게 보이길 원하고 있다는 가능성이지."

세바스천은 침착하게 결론을 내렸다.

"그렇다면 대체 누가 그렇게 되길 바라죠?"

프루던스가 신속하게 물었다.

세바스천은 루시퍼를 찬찬히 내려다보았다.

"진짜 살인자겠지, 아마……."

제레미는 분명히 동요하기 시작했다.

"이 모든 사실을 어떻게 알게 됐죠, 엔젤스톤?"

세바스천이 조소하는 웃음을 지었다.

"소문이 나한테까지 왔네."

"어디서 들은 소문인데요?"

제레미가 다그쳤다.

"바우 가."

"바우 가……."

제레미는 확실히 겁에 질린 듯했다.

"지금 바우 가에서 링크로스와 옥슨햄의 죽음을 조사하고 있다고 말하는 건가요?"

"그렇지."

세바스천이 대답했다.

"물론 매우 신중하게."

"그렇지만 만일 바우 가에서 살인 현장을 발견했다면, 당신이 내 코담뱃갑과 반지를 어떻게 손에 넣을 수 있었죠?"

"이를테면 나는 도처에 연락책을 가지고 있지. 그 중 한 명이 바우 가에도 있다네."

"별로 놀라운 사실도 아닌 것 같군요."

제레미가 중얼거렸다.

"맹세코 당신은 당신의 촉수를 도처에 뻗어 놓고 있을 테니까."

"확실히 그런 식으로 말할 수도 있겠지."

세바스천이 동의했다.

"어쨌든 내 촉수 중의 하나가……, 내 말은 내 연락책 중의 한 명이 이 조사에 연관되어 있네. 그 사람은 이번 살인과 자네가 연관되어 있다는 증거가 드러나자 내게 알리는 것이 좋겠다고 생각했지. 다행히 그 사람은 내가 이 문제를 처리하도록 기꺼이 맡겨 주었네."

"이 일을 알아내려고 꽤 많은 대가를 지불했겠군요."

제레미가 쏩쓸하게 말했다.

"그래, 나는 알고 싶었네."

세바스천은 억양 없는 말투로 대답했다.

프루던스는 잠시 세바스천에게 감탄하는 눈길을 보냈다. 세바스천이 이 문제를 굉장히 잘 둘러대고 있다고 생각했다. 세바스천의 막강한 위치로 보면, 바우 가에 있는 연락책이 그런 정도의 소문은 충분히 알려 줄 수 있을 것 같았다. 특히 집안 사람에게 영향을 미치는 소문은 더욱 그랬다. 세바스천이 자신의 영향력을 당국에 있는 사람에게 행사해서, 그 증거가 사촌에게 불리하게 사용되기 전에 건네 받았다는 가정 또한 이치에 맞는 일이었다.

"문제는,"

세바스천이 침착하게 말을 이어 나갔다.

"살인이 더 일어날 것이라는 사실이네. 만일 살인이 또 일어나면, 내가 이 사건에서 계속 자네 이름을 빼줄 수 있을지도 모르겠네."

"이거 큰일이군요."

제레미는 세바스천을 바라보았다.

"내가 할 수 있는 일이 뭐죠? 나는 링크로스와 옥슨햄의 죽음에 관해서 아무것도 몰라요. 누군가 나에게 죄를 뒤집어씌우려 하고 있다면, 나는 결국엔 틀림없이 살인죄로 체포되겠죠. 도대체 어떻게 나의 무죄를 증명하죠?"

"불안해해서는 안 돼요, 제레미 도련님."

프루던스가 제레미의 팔을 다독거렸다.

"엔젤스톤이 도련님을 도와 줄 거예요. 안 그래요, 엔젤스톤?"

세바스천이 어깨를 으쓱해 보였다.

"어쩌면."

"엔젤스톤, 무슨 말을 하는 거예요?"

프루던스가 자리를 박차고 일어섰다.

"이런 식으로 제레미 도련님을 괴롭히다니 너무 몰인정하군요. 지긋지긋해요."

제레미가 돌연 일어섰다. 그는 주먹을 불끈 쥐고 있었다.

"남편께선 이 일을 즐기고 있는 것 같군요, 엔젤스톤 부인. 내가 만일 살인죄로 체포된다면, 남편은 집안 사람들에게 추악한 복수를 하게 되는 셈이니까요. 우리 어머니께 어떤 충격과 스캔들이 따라붙을지 말할 필요도 없지요."

"그런 말씀 마세요, 제레미 도련님."

프루던스는 간청했다.

"도련님이 살인죄로 체포돼서 집안 사람들을 가슴 아프게 한다는 따위는 생각해 보지도 않았어요."

"아니라구요?"

제레미는 프루던스를 내려다보았다.

"부인께서 결혼하신 남자가 어떤 사람인지 완전히 이해하시지 못한 것 같아서 드리는 말씀인데, 엔젤스톤은 우리 집안 사람들을 증오하고 있어요. 엔젤스톤은 우리 플릿우드 집안이 몰락해도 눈 하나 깜짝하지 않을 거예요."

"절대 그렇지 않아요."

프루던스가 강력하게 주장했다.

"사실이에요."

제레미는 세바스천에게 냉혹한 시선을 던졌다.

"사실 지금 나는 엔젤스톤이 이 모든 사건을 뒤에서 조종하고 있을 가능성이 아주 높다고까지 생각하고 있어요."

"아니에요."

프루던스가 숨을 몰아쉬었다.

제레미가 세바스천을 노려보았다.

"바로 당신이 이 일을 벌이고 있지, 엔젤스톤? 나를 살인죄로 체포되게 하려고?"

"만일 그게 목표였다면, 자네 코담뱃갑과 반지를 돌려주지도 않았겠지. 바우 가 수중에 그 증거가 그대로 들어가도록."

세바스천이 차갑게 대꾸했다.

"어떻게 내가 그 말을 믿을 수 있지?"

제레미는 충격을 받은 듯 뒤로 주춤거렸다.

"아마 이건 전체 줄거리의 일부분이겠지. 당신은 생쥐와 같이 있는 고양이 같아. 그렇지 않나? 당신은 이 일이 지루해질 때까지 얼마 동안, 우리 집안 사람들을 괴롭히면서 즐거워할 생각인 거야. 그러다가 지겨워지면 놀이를 끝내겠지. 내가 교수형을 당하고, 우리 집안 사람들이 수모를 받아도 눈곱만큼도 개의치 않고."

세바스천의 입이 냉소적인 즐거움으로 빛났다.

"자네의 왕성한 상상력에 경의를 표하네, 사촌."

"두 사람 다 그만둬요."

프루던스가 명령하듯 큰 소리로 말했다. 프루던스는 책상 앞으로 걸어가, 제레미와 세바스천의 사이에 섰다.

"이것으로 오늘 아침의 연극은 충분해요. 플릿우드 도련님, 지금 가시는 게 좋겠어요. 살인죄로 체포될 염려는 하지 마세요. 엔젤스톤이 그런 일이 일어나게 놔두지는 않을 테니까요."

"엔젤스톤은 그 일을 막을 수 없을지도 모르오."

세바스천이 매우 낮은 음성으로 말했다.

"당신은 말이에요, 세바스천, 당신 사촌을 겁주는 일을 당장 그만두세요."

프루던스는 세바스천을 꾸짖었다.

세바스천의 눈이 번득였다.

"왜 당신은 번번이 내 재미를 망치려 드는 것이오, 마담?"

"그만 하세요."

프루던스는 이를 악물고 대답했다.

프루던스는 어깨너머로 제레미를 바라보았다.

"좋은 하루 되세요, 플릿우드 도련님. 제가 사건에 대해서 알려 드릴게요. 제발 너무 걱정하지 마세요, 모든 것이 잘될 거예요."

"만약 엔젤스톤이 어떤 사악한 놀이를 즐기기로 결정한 것이 아니라면요."

제레미는 뻣뻣이 굳은 자세로 작별 인사를 했다.

"좋은 하루 되세요, 마담. 아울러 마담께 깊은 위로의 말씀을 드리고 싶군요. 타락한 천사와의 결혼이 결코 순조롭지 않을 것입니다."

제레미는 뒤도 돌아보지 않고 서재를 나가 버렸다.

15

제레미의 등뒤로 문이 닫히자마자, 세바스천은 프루던스가 다시 자신에게 비난의 말을 퍼부어댈 것이라는 사실을 알고 있었다. 그렇지만 세바스천은 그것을 받아 줄 기분이 아니었다.

제레미가 방을 나가는 순간, 프루던스는 몸을 돌려 세바스천을 마주 보았다. 안경 렌즈를 통해 보이는 눈동자에선 분노의 불꽃이 일었다.

"어떻게 불쌍한 제레미 도련님에게 그렇게 매정하게 대할 수 있어요?"

"맹세코, 조금도 어려운 일이 아니오."

세바스천은 루시퍼를 책상 위에 올려놓고는 그대로 일어섰다.

어쩔 수 없이 제레미를 돕게 될 것이라는 사실을 세바스천은 알고 있었다. 하지만 그 일을 좋아할 필요는 없었다.

플릿우드를 돕게 되리라는 예상은 세바스천의 성질을 돋우고, 아내 손에 쥐어 사는 남자처럼 느끼게 만들 뿐이었다. 이런 때 남자들은 클럽이 필요했다. 운 나쁘게도 세바스천은 지켜야 할 약속이 있었기 때문에, 전통적인 남성의 피난처에 갈 수가 없었다. 그렇지만 적어도 집을 빠져나갈 구실은 된다고 위안을 삼았다.

"당신은 너무 무례해요. 당신도 분명히 당신 사촌이 공포에 떠는 모습을 볼 수 있었을 거예요. 제레미는 도움의 손길과 안도감을 간절히 원했어요. 더 이상 제레미와 이런 게임을 벌이지 말라고 강력하게 주장하는 바예요, 세바스천."

"그리고 나는 당신에게 내 일에 끼어들지 말라고 주장하는 바요, 마담."

세바스천은 책상 끝으로 성큼성큼 걸어갔다.

"게다가 나는 지금 내가 친척들을 다루는 방법에 대해서 훈계 받고 싶은 기분도 아니오."

프루던스는 가슴 아래쪽으로 팔짱을 끼고, 슬리퍼 신은 발끝으로 바닥을 톡톡 두드렸다.

"당신도 사촌을 돕게 되리라는 사실을 아주 잘 알고 있어요. 그런데 사촌이 왜 그 반대로 생각하게 만들죠?"

세바스천은 책상 모서리에 기대어 섰다.

"당신은 왜 내가 사촌을 도울 것이라고 생각하게 됐소?"

프루던스는 호통치는 눈길을 퍼부어댔다.

"그 점에는 어떤 의문도 있을 수 없어요."

"그 반대요, 마담."

세바스천이 온화하게 미소 지었다.

"나로서는 그 문제가 아주 의심스럽소. 나는 이미 은혜의 은 자도 알아볼 줄 모르는 사촌에게 많은 은혜를 베풀었소. 아니면, 내가 두 사람이 죽은 사건에서 제레미가 관련된 증거를 빼돌렸다는 최근의 사실을 잊었나?"

프루던스는 입술을 깨물었다.

"인정해요, 당신은 정말 그 증거를 감췄어요. 그리고 단지 그 증거를 올바른 주인에게 되돌려 줬죠."

"그가 살인자일지도 모르지."

"플릿우드 도련님은 링크로스와 옥슨햄을 죽이지 않았어요. 저는 그 사실을 확신할 수 있어요."

"당신이 그 사실을 그렇게 확신하고 있다니 기쁘오, 나는 그렇지 않기에 더더욱."

"어떻게 그렇게 말할 수가 있어요?"

프루던스가 다그쳤다.

"그렇게 말할 수도 있소, 충분히."

세바스천은 몸을 똑바로 세우고 문을 향해 걸어가기 시작했다.

"만일 내가 내 여자의 죽음과 관련된 네 사람의 이름을 알아냈다면, 조금도 주저하지 않고 차례로 네 사람을 전부 죽여 버렸을 것이오."

팔짱을 푼 프루던스는 놀라움에 입이 쩍 벌어졌다.

"세바스천, 지금 무슨 말을 하는 거예요? 그러니까 당신 사촌이 그 사람들을 죽였을지도 모르는 그 심정을 이해한다는 뜻인가요?"

"나는 제레미가 그렇게 할 수도 있었던 심정을 완벽하게 이해하고 있소."

세바스천은 이윽고 문 손잡이를 잡았다. 프루던스의 얼굴이 밝아졌다.

"그러면 심지어 제레미 도련님이 유죄라고 해도, 도울 생각이 있다는 말이군요?"

"반드시 그런 것은 아니오. 나는 아직 고려해 봐야 할 점들이 많이 있소."

세바스천은 문을 열고 어깨너머로 그녀를 흘끗 쳐다보았다.

"그리고 맹세코, 플릿우드 집안을 돕는 일은 고려 사항에 포함되지 않소. 나로서는 이미 제레미에게 충분한 일을 했소, 이미 경고도 했고. 도움을 주는 일이라면, 내가 제레미에게 빚진 것이 아무것도 없다는 것을 기억해 두시오."

"그렇지만, 세바스천⋯⋯."

세바스천은 문밖으로 나가 재빨리 문을 닫았다. 카펫을 가로질러 뛰어오는 프루던스의 슬리퍼에서 부드럽게 토닥토닥 하는 발소리가 들렸다. 세바스천은 안전하게 현관 문을 나가려면 단지 몇 초밖에 남지 않았다는 사실을 알고 있었다.

"마님께 내가 오후까지 들어오지 않을 것이라고 말씀 드리게, 플라워즈."

플라워즈는 세바스천에게 모자와 장갑을 건네면서 약간 비난하는 눈초리를 보냈다.

"예, 주인 어른."

플라워즈가 세바스천에게 현관 문을 열어 주는 순간, 서재 문이 거칠게 열렸다.

"여보, 잠깐만 기다려요!"

프루던스가 다급하게 소리쳤다.

"엔젤스톤, 이리 돌아와요."

"미안하지만, 지금 나가 봐야 하오. 약속 시간에 늦을까 걱정이군."

세바스천은 신속하게 계단을 내려가서 보도 위에 섰다.

프루던스는 세바스천이 막 벗어난 문간에 도착했다.

"당신에게 할말이 아직 남아 있어요."

"나도 알고 있소."

세바스천은 안전하게 거리로 나서면서 혼자 중얼거렸다. 프루던스가 길거리까지 자신을 따라올 수 없다고 확신하며.

"겁쟁이!"

프루던스는 계단 끝에서 이렇게 고함쳤다.

세바스천은 몇몇 사람들이 걸음을 멈추고, 충격 받은 눈빛으로 엔젤스톤 백작 부인이 입이 험한 여자처럼 남편에게 고함치는 것을 보려고 몸을 돌리는 장면을 보았다.

세바스천도 하는 수 없이 돌아볼 수밖에 없었다. 프루던스는 문간에서 격분한 얼굴로 자신을 노려보며 서 있었다. 심지어 세바스천이 쳐다보자, 화가 나서 격렬하게 작은 발을 굴러대기까지 했다.

바로 뒤쪽으로는 어눌한 평상시 얼굴에 걱정스러운 웃음을 띠고 있는 폴라워즈가 어렴풋이 보였다. 문득 세바스천은 플라워즈가 저렇게 웃는 모습을 처음 보았다는 생각이 들었다.

참으로 희한하게도 기분이 갑자기 가벼워지는 느낌이랄까. 세바스천은 마음이 심난했음에도 불구하고, 스스로 웃고 있다는 사실을 깨달았다. 프루던스가 가지고 있는 사랑을 불러일으키는 아내다운 많은 미덕 위에, 잔소리가 심한 요부의 역할도 첨가된 셈이었다. 세바스천은 이미 알고 있는 사실의 새로운 확인이라고 결론을 내렸다. 프루던스와 함께하는 인생은 결코 지루하지 않을 것이다.

세바스천은 전세 마차를 소리쳐 불러서, 마부에게 늘 가는 부두 근처의 커피 숍에 가자고 말했다. 세바스천은 마차에 올라 좌석에 앉으며, 휘슬크로프트가 보낸 메시지를 주머니에서 꺼냈다. 약 한 시간 반 전에 도착한 것이었다.

<가능한 빨리 어른을 뵙고 싶습니다, 굉장히 급합니다. 늘 만나던 장소에서 12시 좀 지나서부터 기다리겠습니다.
충성스러운 W.>

프루던스에게 약속 시간에 늦었다고 한 말은 거짓말이 아니었다. 세바스천은 시계를 꺼내 보고 지금이 벌써 12시 20분이라는 사실을 깨달았다. 휘슬크로프트는 이 정도 늦는 것쯤은 아무렇지도 않게 생각할 것이다. 세바스천은 좌석에 기대어 앉아서, 다시 한 번 제레미와의 대화를 곰곰이 생각해 보았다.

그로부터 30분 후에 전세 마차가 커피 숍 앞에 도착했다. 세바스천은 마차에서 내려 안으로 들어갔다. 휘슬크로프트가 언제나처럼 늘 앉던 칸막이 좌석을 차지하고 있었다.

"제가 갑자기 뵙자고 했는데, 이렇게 순조롭게 도착하셔서 정말 기쁩니다요."

휘슬크로프트는 늘 쓰던 손수건으로 코를 훔치며 말했다.

"안 오시면 어쩌나 걱정했습죠. 의뢰인께 문제가 생겼습니다요."

"무슨 문제인가?"

세바스천은 손짓으로 커피를 주문했다.

"불안에 떨고 있습죠, 암요. 지난 밤에 옥슨햄 경이 서재에서 죽은 채로 발견된 것 같습니다. 컬링 경은 그야말로 굉장히 혼란스러워하고 있습죠. 어떤 연관성이 있다고 확신하는 것 같았습니다요."

휘슬크로프트의 눈이 세바스천에게 바짝 다가왔다.

"왜 우리 수사에 진척이 없는지 궁금해하고 계십니다요."

"정말 그런가?"

세바스천은 앞에 놓인 커피가 든 머그잔을 내려다보았다.

"자네 의뢰인이 정확히 얼마나 걱정하고 있다고 생각하나?"

휘슬크로프트는 몇 번씩 코를 킁킁거리며, 콧물을 훌쩍거렸다. 그리고 나서 몸을 앞으로 숙이고, 목소리를 낮췄다.

"자신이 다음 차례가 될 것이라고 생각하는 것 같은 강한 인상을 받았습죠."

"재미있군."

세바스천은 그 사실을 단순하게 받아넘겼다. 그러니까 컬링은 점점 더 걱정스러워하고 있다? 아마도 '미덕이 있는 왕자들' 회원이 두 명밖에 남지 않았다는 사실을 알기 때문일 것이다. 자기 자신과 블룸필드.

"자네 의뢰인에게 가서 수사에 진척이 있을 것이고, 또 빠른 시일 내에 이 사건이 해결될 수 있을 거라고 말해도 괜찮네."

휘슬크로프트의 눈이 가늘어졌다.

"그게 확실합니까요? 왜냐하면 의뢰인께서 만일 제가 링크로스와 옥슨햄의 죽음을 조종한 배후 인물을 빨리 찾아내지 못하면, 다른 정보원을 고용할 것이라고 말씀하셨기 때문입니다요."

"걱정하지 말게, 휘슬크로프트. 나는 이 사건도 성공적으로 해결되어서 자네가 보수를 충분히 받을 수 있을 것이라고 굳게 믿고 있네."

"저도 물론 믿고 있습죠."

휘슬크로프트가 다소 퉁명스럽게 대답했다.

"이제 식구들이 우리집을 가지게 되었습죠. 그런데 제 여편네가 거기다가 사교계 사람들이나 갖는 수세식 변기를 갖겠다고 마음먹고 있습죠. 제발 제 여편네한테 가서, 마당에 있는 변소도 쓸 만하다고 전해 주시겠습니까? 그래도 집안에다가 변소를 갖겠다는 일념이 대단합니다요. 여자들이 한번 마음먹으면 어떻게 되는지 잘 아실 겁니다요."

"나도 지금 배우고 있다네."

오후 3시에 프루던스는 서점을 한 바퀴 돌고 집으로 돌아왔다. 프루던스는 아침에 세바스천이 비겁하게 도망친 것에 대해 여전히 씨근거리고 있었다. 유령 현상에 관한 꽤 흥미로운 책 몇 권을 발견해 낸 것도 프루던스의 화를 누그러뜨리지는 못했다.

프루던스는 플라워즈가 방문객을 알리러 서재에 왔을 때까지, 구입한 책을 훑어보고 있었다.

"플릿우드 부인이 오셨습니다, 마담."

플라워즈는 잠시 공손하게 말을 멈췄다가, 조용히 덧붙였다.

"물론 마님께서 지금 집에 안 계시다고 알릴 수 있다면 기쁘겠습니다."

"아니에요, 절대로 아니에요. 괜찮아요."

프루던스는 무의식적으로 자신의 차림새를 점검했다. 다행스럽게도 새로 산 드레스를 입고 있었다. 색깔이 어울리는 리본과 가장자리에 주름 장식이 몇 줄 달린 옅은 라벤더 색깔의 모슬린 드레스였다. 프루던스는 이 드레스의 주름 장식이 다소 성가시다고 생각했지만, 헤스터 말에 따르면 이 드레스가 '대유행'이라고 했다. 드루실라 플릿우드라 해도 설코 홈을 잡을 수는 없으리라.

"부인을 들여보내세요, 플라워즈."

경계의 빛이 플라워즈의 사냥개같이 충성스러운 얼굴에 잠깐 떠올랐다.

"아마 잘못 들으신 것 같은데, 플릿우드 부인이 오셨습니다. 주인 어른의 아주머님이요."

"나도 그렇게 들었어요, 플라워즈. 제발 가서 모셔와요. 그리고 차를 들여보내 줘요, 어서요."

플라워즈는 작게 헛기침을 했다.

"만일 제 의견을 말씀 드린다면, 주인 어른께서 돌아오셔서 아주머님을 접대할지 안 할지 의견을 말씀하실 때까지, 기다리시는 것이 가장 좋을 것 같습니다."

"공교롭게도 지금 이 집은 엔젤스톤의 집인 동시에 내 집이기도 해요."

프루던스는 냉랭하게 대답했다. 바로 지금 이 순간, 자신이 손님을 접대할지 안 할지에 대해서 세바스천의 의견을 물어야 한다는 생각만큼 프루던스의 화를 치솟게 만드는 발상은 없을 듯싶었다.

"플릿우드 부인을 안으로 모셔와요, 플라워즈. 아니면, 내가 나가서 직접 할까요?"

"아, 아닙니다, 마담. 그렇지만 주인 어른께 플릿우드 부인을 접대하기로 결정한 것은 마님의 의견이었다고 말씀 드려 주신 다면, 더없는 은혜로 알겠습니다."

플라워즈가 애처롭게 대답했다.

"물론 그러죠."

프루던스는 격분한 나머지 코에 주름이 잡힐 정도였다.

"제발, 플라워즈, 주인 어른을 너무 두려워할 필요는 없어요. 그분은 이성적으로 행동하는 사람이니까요."

"말씀 드릴 것이 있습니다, 마담. 외람되지만, 아마도 마담이 바로 그런 관점으로 주인 어른을 이해하시는 유일한 사람인 것 같습니다."

프루던스는 못내 씁쓸하게 미소를 지었다.

"걱정하지 말아요, 플라워즈. 주인 어른 일은 내가 잘 처리할 테니까요."

"예, 마담."

플라워즈는 기묘한 시선을 보냈다.

"마님께서 충분히 그러고도 남을 것이라는 믿음이 생기기 시 작했습니다."

플라워즈는 지극히 공손한 태도로 서재에서 물러났다.

잠시 후, 드루실라가 방안으로 안내되었다. 드루실라는 아름

답게 재단된 녹색의 드레스를 입고 당당한 걸음걸이로 들어왔
다. 벨벳으로 만든 긴 외투는 약간 더 짙은 녹색을 띠었고, 머리
에 알맞은 각도로 얹혀져 있는 우아한 작은 모자는 옷차림과 멋
들어진 조화를 이루고 있었다. 프루던스는 드레스의 가장자리에
단지 한 줄의 작은 주름 장식이 달려 있다는 사실을 알아보았
다.

“좋은 날이군요, 마담.”

프루던스는 예의를 갖춰 일어났다.

“전혀 예상치 못했던 놀라운 일이네요. 앉으세요, 차를 들여
보내라고 말했어요. 저와 차를 드셨으면 좋겠어요.”

“고마워요.”

드루실라는 눈을 내리깔고 프루던스의 장식이 많은 드레스를
슬쩍 훑어보았다. 하지만 아무 말도 하지 않았다.

드루실라는 우아한 동작으로 의자에 앉았으며, 등이 결코 의
자 뒤에 닿지 않았다.

가정부가 차 쟁반을 가지고 나타났다. 가정부는 바야흐로 일
어나려고 하는 운명의 순간을 감지하고 있다는 듯한 표정을 띤
채, 가지고 온 것을 프루던스 가까이에 내려놓았다.

“고마워요, 뱅크스 부인.”

프루던스가 말했다.

“내가 따를게요.”

“예, 마담. 그런데 이 일에 관해서 주인 어른께 말씀 드리지
않으시리라 생각해요.”

뱅크스 부인은 거의 중얼거리고 있었다.

프루던스는 일부러 그 말을 못 들은 척했다. 뱅크스 부인이

서재 문을 닫고 나가자, 프루던스는 찻잔을 드루실라에게 건넸다.

"이렇게 절 찾아 주시다니 정말 친절하시군요, 아주머님."

"마치 이것이 사교적인 방문인 것마냥 행동할 필요는 없어요."

드루실라는 찻잔을 근처 테이블 위에 올려놓았다.

"나는 굉장히 긴급한 용무로 여기 왔으니까……. 단지 내가 아주 절박한 필요성 때문에 이 집에 왔다는 사실을 신만은 아시겠지."

"알겠어요. 어떤 일이시죠?"

프루던스가 조심스럽게 물었다.

"집안일이에요."

"아…… 예, 집안일이요."

드루실라는 이미 굉장히 활짝 펴고 있던 어깨를 더욱 과장되이 폈다.

"나는 내 아들과 오랜 시간 얘기를 했어요. 내 아들이 굉장히 사악한 상황의 희생자라고 하더군."

프루던스는 터져나오는 작은 신음 소리를 참았다. 제레미가 엄마를 이 상황 속으로 일부러 끌어들일 필요는 없다고 생각하기를 바랐었는데. 드루실라가 개입되지 않으면, 세바스천이 이 조사를 계속하게 하는 일이 쉬워질 것이라고 프루던스의 본능이 말하고 있었던 것이다.

"제레미 도련님이 뭐라고 말씀 드렸죠, 마담?"

"누군가 아마 엔젤스톤일 가능성이 높은데, 잔인한 게임을 하고 있다더군. 엔젤스톤은 확실히 두 사람의 죽음과 내 아들이 관련되어 있다는 증거를 찾았다고 주장한다던데? 완전히 말도 안 되는 얘기지, 물론. 엔젤스톤은 분명히 거짓말을 하고 있어."

프루던스는 얼굴을 찌푸렸다.

"맹세코, 엔젤스톤은 거짓말을 하고 있는 것이 아니에요."

"분명히 거짓말을 하고 있어. 다른 설명이 있을 수가 없어. 우리 집안 사람들에게 복수를 하려고 교활한 속임수를 꾸미고 있는 것이 확실히 내 눈엔 보여."

"엔젤스톤이 제레미에게 불리한 증거를 만들어 낸 것이 아니에요."

프루던스가 결연히 대답했다.

"내 말을 반박하지 말아요, 마담. 나는 그 문제에 대해서 많이 생각했어요. 지금 일어나고 있는 상황에 대한 유일한 설명이지. 엔젤스톤은 집안 사람들을 스캔들과 파멸로 몰아넣으려는 데 있어, 내 아들을 인질로 이용하려고 하고 있어. 나는 그렇게 하도록 가만 놔두지 않을 거야."

드루실라에 대한 프루던스의 동정심이 뜨거운 분노의 파도에 밀려 사라지고 있었다.

"맹세코 엔젤스톤에게 제레미 도련님이 처한 상황에 대한 책임이 있는 것이 아니에요. 오히려 엔젤스톤은 자신을 희생해서 그 증거가 경찰 수중에 떨어지지 않도록 힘썼다구요."

"흥!"

"사실이에요."

프루던스는 찻잔을 받침접시에 쾅 소리가 나게 내려놓았다.

"알려 드릴 것이 있어요, 마담. 만일 엔젤스톤이 그렇게 막지 않았다면, 제레미 도련님은 벌써 체포되었을 거예요."

"내 아들은 그 두 사람의 죽음과 아무 관련도 없어. 심지어 그 사람들을 알지도 못해."

"제레미 도련님은 그 사실을 증명해야만 할 거예요, 마담. 왜냐하면 일이 돌아가는 것을 보면, 제레미 도련님은 굉장히 위험한 거미줄 속에 걸려들 위험이 있거든요."

"당신 남편이 만든 거미줄이지."

드루실라의 목소리가 한 옥타브 높아졌다.

"그건 거짓말이에요. 왜 제 남편이 제레미 도련님이 체포되는 것을 바라겠어요?"

"복수 때문이지."

드루실라의 입이 얇고 씁쓸한 선을 그렸다.

"엔젤스톤은 우리 모두를 미워하고 있어. 엔젤스톤은 살인 혐의에 관련된 스캔들이 집안 식구들에게 미칠 영향에 대해 누구보다도 잘 알고 있지."

"저는 공교롭게도, 엔젤스톤이 플릿우드 집안 사람들에게 복수할 생각이 없다는 사실을 알고 있어요. 왜냐하면 과거에 있었던 어떤 일 때문이죠. 아주머님은 그 점에 있어서는 아주 안전해요."

"잘도 단언하는군."

드루실라는 경멸 어린 시선을 보냈다.

"그렇지만 자네는 엔젤스톤 쪽 집안 식구들을 전혀 모르고 있어. 엔젤스톤의 아버지를 만난 적이 없지?"

이상한 표정이 드루실라의 눈동자를 스치고 지나갔다.

"공교롭게도, 난 그 사람을 좀 알고 있지."

프루던스는 꼼짝 않고 앉아 있었다. 방금 전, 드루실라의 눈동자에 나타난 것이 아픔이라는 생각이 들었기 때문이었다.

"그러세요?"

"오, 물론이지, 사실이야."

드루실라는 우아하게 장갑 낀 손으로 이상하게도 잔인한 느낌을 주는 작은 제스처를 만들어 냈다.

"그 사람은 집안의 전통을 전혀 존중할 줄 모르는 사람이었지. 책임감이 조금도 없었어, 잔인하고 무정했지. 그 아들 역시 아버지 성격을 그대로 빼닮았어."

프루던스는 노부인의 마음속에서 타오르는 깊은 아픔에 자신도 모르게 충격을 받았다. 여기에는 분명히 오만하게 권력을 휘두르는 집안의 여자 가장격인 사람으로서의 못마땅함보다 더한 무엇인가가 있었다.

"굉장히 충격적인 말씀이네요, 아주머님. 어떻게 엔젤스톤의 아버지에 관해서 그런 판단을 내릴 정도로 잘 알게 된 거죠?"

"한때,"

드루실라가 냉랭하게 대답했다.

"엔젤스톤의 아버지와 나 사이에 혼담이 오고 갔었지, 물론 없었던 일로 돌아갔지만. 그 사람이 보잘것없는 여배우와 도망쳐 버리는 바람에, 나는 그 사람의 동생과 결혼하게 된 거야."

프루던스는 벼락이라도 맞은 것 같았다.

"아주머님이 엔젤스톤의 아버지와 약혼한 사이였다구요?"

드루실라의 입에 화난 표정이 떠올랐다.

"우리는 약혼하지 않았어. 혼담은 더 진척되지 않았지. 내가 말한 것처럼, 우리 사이에는 결혼 얘기가 오고 갔지만, 그게 전부였어. 양쪽 집안에서는 잘 어울리는 한 쌍이 될 것이라고 확신했지. 그런데 그 사람은 보잘것없는 여배우와 사랑에 빠졌다고 믿었어. 그 사람은 여배우를 선택했고, 그것으로 모든 것이 끝이 났지.”

“모든 면을 따져 봤을 때, 엔젤스톤의 아버지께서는 그 여배우를 사랑하셨어요.”

“무슨 소리!”

드루실라는 작은 혐오의 외침 소리를 냈다.

“그런 지위에서 태어난 남자는 절대로 사랑만 보고 결혼할 수 없어. 설사 그 여자를 좋아했다고 하더라도, 함께 도망칠 필요는 없었어. 그 사람은 집안 사람들 곁에서 임무를 수행하면서, 한쪽 편에 정부를 둘 수도 있었지. 아무도 그 일을 가지고 뭐라고 하지 않았을 거야.”

“심지어 아주머님까지도요?”

드루실라는 움찔했다.

“이건 확실히 자네가 상관할 일이 아니지, 그렇지 않은가?”

“아마 그렇겠죠.”

프루던스가 대답했다. 프루던스는 완전히 새로운 시각에서 플릿우드 집안의 불화를 보기 시작했다.

“그렇다고 하더라도, 저는 아주머님이 단지 엔젤스톤의 아버지께서 그의 어머니와 결혼하기로 선택했다는 사실만으로, 내 남편 쪽 가족을 모욕하는 것을 참을 수가 없어요.”

“그 여자는 배우였어.”

드루실라는 괴로움에 가득 찬 분노를 아무런 여과 없이 나타내고 있었다.

“그 사람은 나와 결혼할 수 있었는데, 직업적인 정부나 다름

없는 여자를 선택했어. 참을 수 없는 사실이지. 그 사람은 단지 집안 사람들을 괴롭히려고 그런 짓을 했을 거야."

"너무 말씀이 지나치시군요, 아주머님. 만일 아주머님 머릿속에 예의를 갖춘 말이 더 이상 떠오르지 않는다면, 그만 가시라고 말씀 드릴 수밖에 없겠네요."

그런데 드루실라가 미처 대답하기도 전에 서재 문이 거칠게 열렸다.

프루던스는 거의 찻잔을 떨어뜨릴 뻔했다. 프루던스는 의자에 앉은 채로 몸을 비틀거리다가, 겨우 세바스천을 바라보았다. 세바스천은 그 어느 때보다도 타락한 악마와 아주 흡사해 보였다. 세바스천은 가까스로 격한 감정을 억제한 분위기로 방안에 폭풍처럼 밀어닥쳤다.

"도대체 여기서 뭐 하고 있는 거요?"

세바스천은 섬뜩할 정도의 낮은 음성으로 물었다.

프루던스는 튕기듯 일어나, 얼굴 가득 미소를 불러들였다.

"당신 아주머님이 매우 친절하게도 방문해 주셨어요."

세바스천은 프루던스에게 차가운 시선을 던졌다.

"정말이오? 집에 일찍 돌아온 것이 얼마나 행운인지 모르겠군."

세바스천은 드루실라에게 고개를 숙였다.

"안녕하세요, 마담. 오신다는 말을 미리 전하셨어야지요."

세바스천의 미소가 그 눈동자만큼이나 차갑게 빛났다.

"하마터면 아주머니를 못 뵐 뻔했습니다."

"나는 자네 안사람과 얘기하려고 왔네, 엔젤스톤."

드루실라가 딱딱하게 대답했다.

"특별히 자네를 만나고 싶지는 않네."

"굉장히 놀랍군요."

세바스천은 크리스털 붉은 포도주병이 놓인 테이블 쪽으로 성큼성큼 걸어갔다.

"내가 없을 때, 프루를 더 쉽게 협박할 수 있다고 생각하셨습니까?"

프루던스는 인내심을 기원하며, 눈을 올려 천장을 바라보며 숨을 길게 내쉬었다.

"엔젤스톤, 그렇게 무례하게 굴 것까진 없어요. 아주머님은 제레미 도련님이 빠진 곤경이 너무 걱정스러우신 거예요."

"그래서 그녀석이 곧장 엄마한테로 달려갔단 애긴가, 그런가? 그녀석이 그렇게 하지 않을까 하는 의심은 했었지."

세바스천은 붉은 포도주를 한 모금 마시고 타락한 천사의 미소를 지어 보였다.

"그런 어머니다운 염려의 증거를 보고 깊은 감명을 받았습니다. 뭐가 문제지요, 아주머니? 제레미가 살인죄로 체포되면, 더 이상 남의 집 응접실에서 환영을 받지 못할까 봐 두려운 겁니까?"

"엔젤스톤……."

프루던스는 경고하는 음성으로 입을 열었다. 그렇지만 마치 세바스천을 지옥에서 서재로 풀려난 악마마냥 쳐다보던 드루실라가 프루던스의 말을 잘랐다.

"내 아들을 가지고 자네의 그 사악한 놀이를 하면서 즐거워할 생각일랑 하지 말게."

드루실라가 말했다.

"맹세컨대, 나는 자네가 제레미를 당장이라도 체포될 것처럼 겁에 질리게 해서 얻고자 하는 것이 무엇인지 모르겠지만, 당장 그 짓을 그만두게."

세바스천이 잔을 돌리자, 붉은 포도주에서 소용돌이가 일었다.

"왜 내가 놀이를 한다고 생각하시는 거죠?"

드루실라는 세바스천을 노려보았다.

"확실히, 아무리 자네라도 죄 없는 젊은이가 살인죄로 교수형에 처해지도록 내버려 두지는 않겠지."

세바스천이 주의 깊게 그녀를 쳐다보았다.

"나는 그 점에 대해서 확신을 드릴 수 없습니다. 어쨌든 그녀석은 플릿우드이니까요."

"괘씸한 것 같으니."

드루실라가 중얼거렸다.

"수치심도 없나?"

프루던스는 지금의 상황에 대한 통제권을 다시 가지려고 애썼다.

"아주머님, 세바스천은 제레미 도련님을 겁주지 않을 거예요. 아울러 제레미 도련님이 체포되도록 할 생각도 전혀 아니구요."

프루던스는 엄하게 세바스천을 노려보았다.

"그렇죠, 경?"

세바스천은 붉은 포도주를 한 모금 마시고, 그 말을 주의 깊게 생각하는 표정을 지었다.

"글쎄……."

프루던스는 다시 플릿우드 부인에게 안심시키는 미소를 지어 보였다.

"걱정하지 마세요, 마담. 세바스천이 제레미 도련님을 잘 돌볼 거예요."

"내가 자네 말을 믿을 거라고 정말 기대하나?"

드루실라는 급기야 프루던스를 몰아세우고 있었다.

세바스천은 프루던스에게 위험한 즐거움을 띤 미소를 보냈다.

"아주머니가 회의적으로 생각하는 것이 아주 당연하오. 왜 내가 플릿우드를 돕기 위해서 내 일을 희생해야 되오?"

"그만해요, 엔젤스톤."

프루던스가 짜증스럽다는 투로 말했다.

"당장 그만둬요. 당신이 이렇게 아주머니를 괴롭혀서는 안 돼요. 아주머님은 지금 굉장히 걱정하고 계신단 말이에요."

"당연하오."

세바스천이 대답했다.

플릿우드 부인은 분노의 긴장감 때문에 콧구멍이 오그라들 정도였다.

"나도 자네를 상대하는 것이 별 의미가 없다는 사실을 잘 알고 있네, 엔젤스톤. 그것이 바로 내가 엔젤스톤 부인과 개인적으로 얘기하려고 노력하는 이유이기도 하지."

"그런 노력이 실패하셨군요."

세바스천은 천천히 방을 가로질러 걸어가 책상 앞에 앉았다. 그리고 마호가니 책상 위에 부츠 신은 발을 올려놓았다.

"말해 보세요, 아주머니. 내 아내에게 아주머니 일을 간청해서 얻어내려는 것이 뭡니까?"

"나는 오늘, 누구에게 내 일을 간청하려고 여기 온 것이 아니네. 나는 자네에게 당장 생쥐와 고양이 게임을 그만두라고 말하려고 온 것뿐이야. 엔젤스톤 부인이 그래도 조금은 자네에게 영향력을 행사하는 것 같다고 생각했지.”

“정말입니까?”

세바스천은 눈썹을 치켜 올렸다.

“도대체 프루던스가 이 일에서 아주머니 편을 들 것이라고 생각한 이유가 뭡니까? 어쨌든 프루던스는 제 아내입니다. 프루던스는 제게 충실하고 있어요.”

“엔젤스톤, 점잖게 구세요.”

프루던스는 드루실라를 쳐다보았다.

“안심하세요, 마담. 엔젤스톤은 가족을 위험에 빠뜨릴 음모 같은 것은 꾸미지 않아요. 엔젤스톤이 경찰 손에서 빼낸 증거는 너무나 확실히 유죄를 증명하는 것이긴 하지만요. 왜 그것이 살인 현장에 있었는지 알아낼 필요가 있어요.”

“나는 링크로스는 사고로 죽었고, 옥슨햄은 자살했다고 들었네.”

드루실라가 따지듯이 말했다.

“그 누구도 살인이라고 말하지 않지, 엔젤스톤만 빼놓고 말이야.”

“제레미 도련님과 관련된 증거를 엔젤스톤이 감췄기 때문에, 살인이라고 말하지 않는 거예요.”

프루던스가 침착하게 대답했다.

“엔젤스톤은 가족들을 위해서 커다란 위험을 감수했어요, 마담.”

세바스천은 가장 사악한 미소를 지으면서, 붉은 포도주를 한 모금 더 마셨다.

"가족에 대한 나의 헌신은 거의 끝이 없다고 할 수 있죠."

드루실라는 눈을 가늘게 뜨고 세바스천을 흘끗 쳐다보았다.

"흥, 나는 살인 현장에 제레미와 관련된 증거가 있었다는 사실을 절대 믿을 수 없어. 그것은 모두 엔젤스톤이 꾸며낸 얘기일 거야."

"아니에요, 엔젤스톤이 꾸며낸 얘기가 아니에요."

프루던스는 그러지 말아야지 하면서도 다시 화가 나기 시작하는 것을 어쩔 도리가 없었다.

"맞아, 엔젤스톤이 꾸며낸 얘기지."

드루실라가 반박했다.

"나는 그 사실 전부를 아주 명확하게 알 수 있어. 엔젤스톤은 분명히 두 사람의 불행한 영혼이 지상을 떠났다는 얘기를 듣고, 내 아들과 관련된 증거를 창조해 내고, 그것을 살인 현장에서 발견했다고·주장하면서, 증거랍시고 제레미에게 넘겨 준 거야. 엔젤스톤은 소위 말하는 그 증거를 위협처럼 사용해서 우리 머리를 겨눌 생각이지."

"굉장히 논리적인 결론이군요."

세바스천이 기꺼이 찬성한다는 듯이 동의했다.

"날 놀라게 만드시는군요, 아주머니. 나는 아주머니로부터 그런 명석한 추론을 기대해 본 적이 없었거든요. 다만 그 추론에는 한 가지 작은 결점이 있군요. 나는 증거를 창조해 내지 않았습니다. 엄연한 사실이죠. 게다가 정말로 살인 현장에서 그걸 발견했습니다. 그리고 만일 이후로도 그렇듯 이상한 죽음이 더 발생한다면, 더 많은 증거가 나올 거라고 확실히 주장하는 바입니다."

"터무니없는 말이군, 이 모든 일이 단지 가족들을 괴롭히려고 짜낸 계획의 일부겠지."

드루실라가 마침내 자리에서 일어섰다.

"자네 쪽 가족들이 할 수 있는 행동을 알고 있는 바로, 나조차도 자네가 실제로 경찰에 자네가 조작한 가짜 증거를 넘기리라고는 믿을 수 없네."

"그렇게 생각하세요?"

세바스천이 미소를 지었다.

"하지만 그 일은 굉상히 재미있을 것 같군요, 그렇지 않은가요? 플릿우드가 살인죄로 재판에 회부되었다는 기사가 실린 신문을 상상해 보십시오. 톤의 여기저기에서 수군대는 것을 상상해 보시라구요."

"세바스천."

프루던스는 세바스천이 감정을 억제하길 바랐다.

드루실라는 세바스천을 응시했다.

"나는 단지 자네가 아무 죄도 없는 청년을, 단지 자네가 즐기고 싶다는 이유만으로 죽게 할 것이라고는 생각지 않네. 아무리 자네 같은 인간이라도 복수를 위해서, 그렇게 천해질 수는 없을 테니까."

"제레미가 무죄가 아니면 어쩌시겠어요?"

세바스천이 낮은 음성으로 물었다. 드루실라는 문을 향해 걷기 시작했다.

"그런 바보 같은 말은 하지도 말게, 엔젤스톤. 내 아들은 그 두 사람을 죽일 아무런 이유가 없어."

프루던스는 세바스천이 그 말에 막 반박하려고 한다는 사실을 깨달았다. 프루던스는 재빨리 플라워즈를 부르기 위해 끈을 세차게 당겨 종을 울리면서, 세바스천에게 경고의 눈빛을 보냈다.

"좋은 하루 되세요, 아주머님. 이번 사건이 다소 불쾌한 경험이라는 사실을 알고 있어요. 다시 한 번 확신시켜 드리는데, 엔젤스톤이 이 사건을 잘 해결할 거예요."

"내가 보기엔……."

플라워즈가 문을 열자, 드루실라는 새삼스럽게 프루던스의 드레스를 찬찬히 살펴보았다.

"라벤더 색깔은 자네에게 지독하게도 안 어울리는군, 마담. 자네를 창녀처럼 보이게 하니 말이야."

프루던스는 세바스천이 부츠 신은 발을 책상 위에서 내리는 것을 보았다.

"의견 참 감사합니다, 아주머님."

프루던스는 서둘러 말했다.

"다음에 쇼핑 갔을 때, 꼭 마음에 새기고 있겠어요."

"무엇보다도 옷가게를 바꾸는 것이 가장 좋을 듯싶네."

드루실라는 열린 문을 향해 휙 지나갔다.

"어젯밤 홀링턴 무도회 때 입은 드레스는 확실히 너무 상스러웠어. 자네 위치에 조금도 걸맞은 차림이 아니었지. 꼭 오페라를 위해 분장한 화류계 계집처럼 제멋대로……."

세바스천이 분노의 화신처럼 일어서서는 드루실라를 향해 호령하듯 고함을 질렀다.

"빌어먹을, 내 아내는 입고 싶은 옷을 마음대로 입을 수 있소.”

“엔젤스톤, 제발.”

프루던스가 세바스천을 말리며 덧붙였다.

“어젯밤에 당신도 내 드레스에 대해서 같은 의견이었잖아요, 기억이 안 날지도 모르지만…….”

“그건 다르오.”

세바스천은 아주머니를 위압하려는 듯한 무시무시한 표정으로, 방을 가로질러 성큼성큼 그녀에게로 다가갔다.

“내 아내의 옷에 관해서 또 다른 할말이 있습니까, 마담?”

“왜 당신이 그렇게 화를 내는지 모르겠어요, 엔젤스톤.”

드루실라는 문간에 서서 뒤를 돌아보았다.

“그 드레스는 망신스러웠네. 누구나 자네 부인의 젖가슴을 거의 똑똑히 볼 수 있었지. 그 드레스는 배우들이나 입는 그런 드레스였어.”

세바스천의 눈동자가 지옥의 불처럼 타올랐다.

프루던스는 몸으로 세바스천이 가려는 길을 막았다.

“아마도 지금 가시는 것이 좋겠어요, 아주머니.”

프루던스가 어깨너머로 외쳤다.

“확실히 여기 더 있을 이유가 없지.”

드루실라는 플라워즈 옆을 그대로 지나쳐 홀로 나갔다. 그녀는 어쩌면 약간 모자란 사람처럼, 위험한 상황을 잊어버린 것 같았다.

플라워즈는 주인의 얼굴을 슬쩍 쳐다보고는 조심스럽게 문을 당겨 단숨에 닫았다.

“저런 암여우 같으니.”

　세바스천은 프루던스의 두 손을 거칠게 떼어 냈다.

　"저 여자와 저 여자 패거리 모두를 지옥에 가게 해주겠어. 제레미가 교수형을 당하든, 그건 내가 알 바도 아니지. 그 패거리들이 모두 교수형을 당해도 말이야."

　"세바스천, 안 돼요, 기다려요. 그렇게 말하면 안 돼요. 제발, 거기 서요."

　프루던스는 세바스천을 향해 돌진해 가서, 문 앞으로 몸을 날렸다. 프루던스는 문에 등을 대고 서서, 양팔을 바리케이드 모양으로 쫙 뻗었다.

　"비키시오, 프루."

　"내 말 좀 들어요. 아주머니가 당신에게 그렇게 화를 내는 이유는, 당신 아버지를 사랑했기 때문이에요."

　"당신, 지금 정신 나갔소? 그 여자는 우리 아버지를 증오한단 말이오."

　"당신 아버지께서 딴 여자와 결혼했기 때문이죠. 정말 이해하지 못하겠어요? 아주머니는 당신 아버지를 사랑했는데, 당신 아버지께서는 딴 여자와 사랑의 도피를 해버렸어요. 당신이 돌아와서 백작의 작위를 요구했죠. 아주머니는 당신 아버지를 절대로 용서할 수 없을 거예요. 어쩌면 당신도요."

16

"제발 침착하게 이성적으로 생각해요, 세바스천."

프루던스는 문 앞에 단단히 버티고 선 채 숨을 헐떡거렸다.

"아주머니를 쫓아가서 뭘 어쩌려구요? 아주머니는 여자예요. 게다가 당신보다 적어도 스무 살은 더 위죠. 아주머니에게 주먹을 휘두를 수는 없어요, 그건 당신도 알죠?"

"나는 그 여자에게 손을 대려는 것이 아니오."

세바스천은 화가 머리끝까지 치밀어 올라 있었다.

"나는 단지 그 늙은 암여우에게, 플릿우드 집안 재산에서 그 여자 몫으로 돌아가는 수입의 대부분을 삭감하겠다고 알릴 생각이었소. 또한 여분으로 이 싸움을 하고 있는 동안, 나머지 집안 사람들의 용돈도 줄일지 모르오.”

“내 옷에 대한 아주머니의 평가 때문에요?”

프루던스는 불신에 찬 눈으로 세바스천을 바라보았다.

“그 여자는 당신을 모욕했소.”

“아주머니는 저를 모욕하지 않았어요. 아주 친절하시게도 전문가적인 충고를 해주신 것뿐이에요.”

“충고?”

“아주머니는 상당히 옷을 잘 입는다고 알려져 있어요. 헤스터 아주머니도 그렇게 말했죠. 당신 아주머니는 옷에 관한 한 아주 정통하세요.”

프루던스가 숨가쁘게 대답했다.

“그 여자는 당신 면전에서 당신을 모욕했소, 그것도 바로 내 앞에서.”

“그래요, 그런데 공교롭게도 저는 이 드레스에 대한 아주머니 의견에 동의해요.”

프루던스는 자신의 스커트를 펼쳐 보였다.

“저는 특별히 라벤더 색깔을 좋아한 적이 없어요. 단지 이 색깔이 대유행이라고 해서 주문한 것뿐이죠. 그리고 저도 이렇게 많은 주름 장식에 회의를 느끼고 있었어요. 당신 아주머니 말씀이 백 번 옳다구요. 저는 옷가게를 바꿔야 할 것 같아요.”

“빌어먹을.”

세바스천의 귀에 이윽고 거리에서 드루실라의 마차 바퀴가 굴러가는 소리가 들렸던 것이다. 비록 세바스천이 프루던스를 그럭저럭 문에서 밀어낸다고 해도, 쫓아가기엔 너무 늦은 시간이었다. 세바스천은 발을 돌려 성큼성큼 책상으로 돌아왔다.

"그 여자는 암여우요."

"저는 당신이 복수를 하려는 핑계로, 제 차림새에 관한 아주 하찮은 말을 이용하도록 내버려 둘 수 없어요, 세바스천."

"안 된다?"

세바스천은 의자에 털썩 주저앉아 발을 도로 책상 위에 올려 놓았다.

"안 돼요."

프루던스는 천천히 문에서 비켜났다. 코에 얹혀진 안경을 밀어 올리고, 눈을 몇 번 깜빡거리면서 열심히 화를 참았다. 프루던스는 오로지 난로에 초점을 맞추었다.

"네, 제가 그런 식으로 이용되는 것을 원치 않는다고 말하고 있어요. 그건 당신 지위나 명예에도 맞지 않는 일이에요."

세바스천은 욕구 불만에 가득 찬 눈빛으로 프루던스를 쳐다 보았다. 그리고 나서 프루던스가 주머니에서 손수건을 꺼내 눈가를 훔치자, 세바스천은 못내 얼굴을 찡그렸다.

"제기랄, 프루, 또 우는 거요?"

"아니에요, 물론 아니에요."

프루던스는 손수건을 다시 주머니에 찔러넣었다.

"눈에 뭐가 들어간 것뿐이에요. 지금은 없어진 것 같군요."

세바스천은 프루던스가 거짓말을 하고 있다는 사실을 알고 있었다.

"당신은 이해 못 하고 있소."

세바스천이 거친 음성으로 말을 꺼냈다. 세바스천은 감히 프루던스를 쳐다볼 수가 없었다. 더 많은 눈물을 볼까 봐 두려웠던 것이다.

프루던스는 코를 훌쩍거리며 물었다.

"제가 뭘 이해 못 한다는 거죠?"

세바스천은 자기 자신도 방금 이해하기 시작한 감정을 설명하려고 애썼다.

"조금 전 아주머니를 쫓아가려고 했을 때, 내 마음속에 있었던 것은 과거에 대한 복수의 감정이 아니었소."

"과거에 있었던 일 때문에, 아주머니에게 복수할 평계를 찾는 것이 아니라면, 내 드레스에 대한 평을 듣고 왜 그렇게 화를 냈죠?"

프루던스의 목소리는 차츰 안정을 찾고 있었다.

그는 다시 프루던스를 쳐다봐도 괜찮을 것 같다는 판단이 서기 시작했다. 세바스천은 요행히 프루던스의 눈물이 다 말랐기를 바라면서, 아주 조심스럽게 그녀에게로 시선을 돌렸다.

눈물은 다 말라 있었다. 프루던스는 두 손을 앞으로 모아 쥐고, 엄격한 표정으로 세바스천을 바라보고 있었다. 안경 렌즈를 통해서 보이는 눈동자는 맑았고 눈에 띄게 열정적으로 보이기까지 했다.

세바스천은 적지 않게 안심이 되었다.

"단지 당신을 모욕했기 때문에 화가 났던 거요."

"저를요?"

프루던스는 깜짝 놀란 듯했다.

"그게 화를 낸 이유의 전부라구요?"

"아주머니는 당신에게 그런 식으로 말할 권리가 없소."

루시퍼가 자신의 무릎 위로 가볍게 뛰어오르자, 세바스천은 아래쪽으로 시선을 내렸다. 세바스천은 고양이를 쓰다듬기 시작했다.

프루던스는 굉장히 안심한 듯한 표정으로 미소를 지었다.

"아무 일도 아니에요, 세바스천. 약간 기분 상하는 정도인 아주머니의 말씀은 확실히 당신이 복수를 결심할 성질의 것이 아니었어요."

"나는 그렇게 확신할 수 없소."

세바스천이 말을 잠시 멈췄다.

"그런데 아주머니가 우리 아버지를 사랑했었다는 터무니없는 말은 도대체 무슨 말이오?"

"당신이 오기 전에 아주미님이 하셨던 말씀을 들으면서, 본능적으로 그 사실을 깨달았어요."

프루던스는 세바스천 맞은편에 자리를 잡았다.

"너무 안됐어요, 그렇지 않아요?"

"내 아주머니가 누군가를 사랑했었다고는 도저히 상상할 수 없소."

"저는 할 수 있어요."

프루던스는 의자에 몸을 기댔다.

"자, 그럼 이제 제레미 도련님에게 해드릴 일에 관해서 최종적으로 결정을 내릴 시간이 됐어요. 저는 단지 당신이 그러는 것이 즐겁다는 이유만으로, 저를 비롯한 모든 사람들을 계속 조바심나게 만드는 것을 원치 않아요."

세바스천은 밀봉할 밀초를 녹일 때 사용하는 은 도금한 밀초잭을 가지고 장난을 치고 있었다.

"나는 계속 조사를 하고 있소."

"당신이 그럴 것이라고 예상은 하고 있었어요. 당신은 제레미 도련님을 도울 거죠, 그렇죠?"

"아마 그럴 거요."

"왜냐고 물어 봐도 될까요?"

"그것이 그렇게 중요하오?"

세바스천은 프루던스의 질문에 화가 치밀기 시작했다.

프루던스는 미안하다는 듯한 미소를 지었다.

"궁금한 것을 참을 수가 없어서요. 당신도 알다시피 제 성격이잖아요. 가족에 대한 의무라고 생각하기 때문에, 계속 조사를 하려는 건가요?"

"맹세코, 아니오."

실망감이 프루던스의 기대에 부푼 미소 위에 내려앉았다.

"알겠어요. 그러면 해답을 알고 싶은 마음을 참을 수 없을 만큼 호기심이 강하게 발동했기 때문인가요?"

세바스천은 어깨를 으쓱해 보였다.

"분명히 그쪽일 거요."

세바스천은 루시퍼의 귀를 긁어 주었다.

"하지만 그게 전부는 아니오."

"즐거움을 찾기 위해서 조사를 계속하는 건가요?"

"빌어먹을……, 프루, 나는 당신 때문에 이 일을 하고 있소."

세바스천은 밀초 잭을 옆으로 밀쳐 버렸다.

"자, 이제 만족스럽소?"

프루던스는 생소한 것이라도 마주한 것처럼 세바스천을 응시했다.

"제가 원하기 때문에 제레미 도련님을 도울 거라구요?"

"그렇소."

세바스천이 대답했다.

"나는 내 신부를 기쁘게 해주고 싶소. 뭐 이상한 것이라도 있소?"

프루던스는 눈살을 찌푸렸다.

"알겠어요. 저를 기쁘게 해주는 것이 좋아서 이 일을 할 거란 말이죠."

"모든 사람이 말하고 있는 것처럼, 나는 다소 이상한 방법으로 즐거움을 찾는 경향이 있소."

"그렇지만 세바스천······."

그때 조심스럽게 서재 문을 두드리는 소리가 났다. 이 방해가 구사일생으로 세바스천을 구원해 준 셈이랄까.

"들어오게."

플라워즈는 지독히도 조심스럽게 서재 문을 열었다. 그는 접힌 쪽지가 놓여진 작은 은쟁반을 들고 있었다. 주인 내외가 싸우고 있지 않다는 사실을 알고는, 플라워즈의 완고한 얼굴이 다소 밝아졌다.

"죄송합니다, 주인 마님, 주인 어른. 엔젤스톤 마님께 메시지가 도착했습니다."

"나요? 누가 보냈을까?"

프루던스는 플라워즈가 미처 갖다 주기도 전에, 펄쩍 뛰어 일어나서 급히 방을 가로질러 갔다.

프루던스의 강한 활동력에 플라워즈는 안도의 한숨을 내쉬었다. 플라워즈는 쪽지를 건네고, 서둘러 서재를 나갔다.

세바스천은 프루던스가 밀봉을 여는 것을 경이로움을 느끼며 지켜보았다. 세바스천은 프루던스가 자신을 매혹시켰다고 생각할 수밖에 없었다. 아니, 완전히 사로잡았다고 하는 편이 더 정확했다.

프루던스에 관한 모든 것이 세바스천에게 차가움을 내쫓는 마법의 주문처럼 작용했다. 프루던스의 생기 넘치는 얼굴, 여성스러운 생명력, 열정적인 성실……, 그 모든 것이 세바스천을 몸 안에서부터 바깥 구석구석까지 따뜻하게 만들어 주었다.

"이런, 세바스천!"

프루던스는 쪽지에서 얼굴을 들었다. 얼굴은 홍분으로 잔뜩 긴장되어 있었다.

"블룸필드 경한테서 왔어요."

"블룸필드? 도대체 무엇 때문에 보낸 거지?"

세바스천은 루시퍼를 옆에 놓고 자리에서 일어섰다. 그리고 재빨리 방을 가로질러 와서, 프루던스의 손에 들린 쪽지를 낚아채듯 집어들었다. 세바스천은 가늘고 긴 육필의 문장을 자세히 살펴보았다.

<친애하는 엔젤스톤 부인께.

부인의 전문적인 분야에 대해서 부인과 상담하고 싶습니다. 굉장히 급한 성질의 문제입니다. 최근에 발생한 유령 현상과 관련된 일입니다. 제가 부인을 방문해야 하지만, 신경 쇠약으로 고생하고 있기 때문에 아주 짧은 거리라 해도 밖에 나가기가 어렵습니다. 괜찮으시다면, 내일 아침 11시에 저를 방문해 주실 수 있겠습니까? 그렇게 해주신다면, 굉장히 감사하겠습니다.

C. H. 블룸필드>

"최근에 일어난 유령 현상에 대해서 언급하고 있지요?"
프루던스는 곰곰이 생각하는 표정으로 눈을 가늘게 떴다.
"블룸필드가 다른 두 사람의 '미덕이 있는 왕자들' 회원의 죽음을 말하고 있다는 생각이 들지 않아요?"
"블룸필드는 굉장히 이상한 사람이라고 들었소. 어쩌면 완전히 미친 것 같소. 아마 링크로스와 옥슨햄이 죽었다는 사실을 알고, 릴리안의 유령이 돌아왔다고 확신한 것이 틀림없소."
"그 일을 믿는 사람은 블룸필드뿐만이 아닌 것 같은데요?"
프루던스는 세바스천에게 그 사실을 환기시켰다.
"자신을 히긴스라고 말한 불쌍한 노인도 확실히 그 일을 믿고 있었잖아요."
세바스천은 쪽지를 뚫어져라 살펴보았다.
"블룸필드가 소문대로 미쳤거나, 집으로 당신을 꾀어 들이려는 계략이거나 둘 중 하나요."
"계략이오? 도대체 왜 저를 집으로 불러들이고 싶어하겠어요?"
"나도 모르오. 그렇지만 한 가지는 확실하오, 당신은 절대로 그 집에 혼자 가서는 안 되오."
"물론 혼자 가지 않을 거예요. 하녀를 데리고 갈 거니까요."
"아니오."
세바스천이 대답했다.
"당신은 나를 데리고 갈 거요."
"당신을 데려가고 싶지 않아요. 어쨌든 이 일은 제 전문 영역이니까요."
"당신이 내 분야에 얼마나 많이 간섭했는지 누구나 다 알고 있소.”

세바스천은 블룸필드의 쪽지를 다시 접었다.

“최소한 당신 영역에 내가 조금이라도 간섭할 수 있게 해주는 것이 당신 도리요. 자, 이제 나를 용서해 줘야 되겠소. 클럽에 나가 봐야 하오.”

“하지만 플라워즈가 쪽지를 가져오기 전에, 우리는 아주 흥미로운 대화를 하던 중이었어요. 저는 그 대화를 계속하고 싶어요.”

“미안하오, 프루. 서턴과 만나기로 약속했소.”

세바스천은 프루던스의 입술에 가볍게 키스를 하고 문으로 향했다.

“또 휘슬크로프트가 말한 대로, 컬링이 불안해하는 것처럼 보이는지 알아봐야겠소.”

“휘슬크로프트가 그런 말을 했어요?”

프루던스는 세바스천을 쫓아서 홀로 나왔다.

“저한테 그런 말 안 했어요.”

“그럴 기회가 없었소. 잘 생각해 보면 내가 돌아왔을 때, 당신은 내 아주머니를 접대하느라 매우 바빴던 것을 기억해 낼 수 있을 거요.”

세바스천은 플라워즈한테서 모자와 장갑을 받아 들었다.

“날 기다리지 마시오. 오늘 밤 집에 늦게 들어올 것 같소.”

“엔젤스톤, 기다려요.”

프루던스는 마치 귀머거리가 된 것처럼 보이는 플라워즈를 재빨리 힐끔 쳐다보았다. 프루던스는 앞으로 급하게 몇 걸음 다가와서 목소리를 낮췄다.

"우리는 불과 몇 분 전에 다소 중요한 대화를 나누고 있었어
요. 저는 아주 많이 그 대화를 계속하고 싶다구요."

"나중에, 아마도……."

"엔젤스톤, 혹시 절 피하려고 하는 거예요?"

"물론 아니오, 마담. 왜 내가 당신을 피하고 싶어하겠소?"

세바스천은 하루에 두 번씩이나 자기 집 현관을 도망치듯 빠
져나가고 있었다. 등뒤에서 플라워즈가 현관 문을 닫는 소리가
들리자, 세바스천은 안도의 한숨을 내쉬었다.

곰곰이 생각해 보니, 세바스천은 블룸필드의 쪽지가 도착하기
전에 프루던스와 몰두해 있던 대화의 결론에 도달하고 싶지 않
은 게 분명했다. 그 대화가 계속되는 것을 왜 그렇게 두려워했
는지 분명하게 알 수는 없었지만. 오직 확신할 수 있는 것이라
고는 프루던스가 자신이 조사를 계속하는 이유에 관해서, 그런
날카로운 질문을 더 이상 하지 않기를 바랐다는 것뿐이었다.

세바스천은 이 일로 프루던스를 기쁘게 해주고 싶다고 말했
지만, 그 말이 완전한 사실이 아니라는 점 또한 알고 있었다. 사
실 프루던스는 세바스천에게 매우 중요한 사람이었기 때문에,
세바스천을 움직일 수 있는 믿을 수 없을 만큼 엄청난 힘을 가
지고 있었다. 세바스천은 프루던스를 기쁘게 하는 일이라면 무
엇이든지 할 수 있을 것만 같았다. 하지만 그 사실이 웬지 세바
스천을 근심스럽게 만들었다.

사라그스탄 산맥에서 안개에 휩싸인 차가운 새벽을 보낸 이
후로, 조금이라도 실질적인 감정의 힘을 세바스천에게 휘두른
사람은 지금까지 아무도 없었다. 세바스천은 조금이라도 있을
수 있는 위협에 대비해서 단단히 얼음 장막을 치고 있었던 것이

다. 세바스천이 건설한 차가운 공간이 지금까지 자신을 보호해 주고 있었지만, 몸 속 어딘가에서 조금씩 마음이 풀리기 시작했다는 사실을 부인할 수 없었다. 프루던스가 세바스천의 인생에 가져다 준 햇빛이 모르는 사이에 효력을 발휘하고 있었던 것이다.

세바스천은 프루던스의 따뜻함을 갈망했지만, 한편으론 지독히도 그것을 두려워했다. 만약 몸 안을 메우고 있는 얼음이 완전히 파괴된다면, 그 빈 공간을 채울 만한 것을 전혀 찾아내지 못할 가능성이 매우 높다는 사실을 알고 있기 때문일까?

지금은 비록 차가움이 존재하고 있지만, 그 뒤에서 기다리고 있는 암흑과도 같은 공허를 두려워하면서도, 프루던스가 자신에게 느끼고 있는 감정을 간절히 알고 싶어했다. 세바스천은 프루던스가 공통된 흥미 거리와 함께 나누는 정열보다 더욱 깊은 어떤 감정으로 인해서, 자신에게 마음이 끌리고 있는지 알 필요가 있었다.

세바스천은 프루던스가 언제쯤이면 자신을 사랑해 줄 수 있을지 궁금해졌다.

세바스천은 자정이 되기 직전에 클럽의 카드 룸에서 빠져나왔다. 링크로스와 옥슨햄에 관해서 쓸 만한 정보를 알아내겠다는 일념으로, 거의 세 시간 동안이나 술이 잔뜩 취한 몇 명의 클럽 회원과 휘스트 게임을 했던 것이다.

두 사람의 죽음과 관련된 뒷공론은 무성했지만, 살인이라는 단어를 입밖에 내는 사람은 아무도 없었다. 또한 '미덕이 있는 왕자들'이란 클럽에 대한 언급도 전혀 없었다.

대충 세 시간을 허비한 셈이었다.

"오, 여기 있었군, 엔젤스톤."

개릭이 방을 가로질러 성큼성큼 걸어와서, 난로 앞에 있는 세바스천과 합세했다.

"자네가 아직도 카드놀이를 하고 있는지 궁금했지. 저기서 재미 좀 보았나?"

개릭은 카드 룸을 가리키며 고갯짓을 했다.

"약간."

세바스천은 어깨를 으쓱해 보였다.

"에번스에게서 천 파운드를 땄네. 아마 더 많이 딸 수도 있었지만, 너무 지겨워져서 더 이상 게임을 할 수가 없었네. 도전이라고는 조금도 없는 경기지. 에번스는 술이 머리 꼭대기까지 올라서, 카드도 가까스로 손에 쥐고 있는 상태였다네."

세바스천은 문득 개릭에게 최근의 사건에 대해서 말하지 않았다는 생각이 들었다.

세바스천은 친구에게 사건을 털어놓지 않은 데에는 두 가지 이유가 있다는 것을 깨달았다. 첫째로, 플릿우드와 관련된 조사였기 때문이었다. 자신이 외부 사람과 의논하는 것을, 프루가 원치 않을 것이라는 사실은 물어 볼 필요도 없었다. 사실 스스로도 그렇게 하고 싶지도 않았다. 좋든 싫든 그것은 집안 문제였던 것이다.

두 번째 이유는 더 이상 흉금을 털어놓을 친구가 필요하지 않게 되었다는, 자신도 깜짝 놀랄 새로운 사실이었다.

세바스천에게는 어느 새 프루던스가 있었다. 마치 아득히 먼 옛날부터 존재했던 분신과도 같이.

"술이 머리 꼭대기까지 오르는 것에 관해서라면,"

개릭이 낮은 음성으로 말했다.

"저기 컬링이 오는군. 컬링도 가까스로 똑바로 서 있는 것 같은데?"

세바스천은 컬링이 많이 취한 사람처럼 지나치게 발걸음에 신경쓰면서 클럽 문으로 들어오는 것을 보았다.

"컬링이 저런 상태까지 마시는 일은 흔한 일이 아니지."

개릭은 불 쪽으로 손을 뻗었다.

"석 달쯤 전에 컬링이 저런 상태까지 마신 것을 보았지. 우린 둘 다 밤새워 마시고 결국 카드 테이블에까지 앉게 되었거든. 그 이상은 더 기억할 수 없지만, 나만큼이나 컬링도 취한 것 같았지."

"문제의 그날 밤이 분명히 기억나는군."

세바스천은 컬링이 매우 조심스럽게 의자에 앉는 것을 눈여겨보며 말했다.

"다음날 아침, 자네는 내게 한동안 술을 끊을 생각이라고 말했었지."

개릭의 입이 굳어졌다.

"엔젤스톤, 나는 다시는 그날 밤과 같은 상태가 되는 것을 원치 않네. 나는 내가 무슨 말을 했고, 무슨 짓을 했는지 기억할 수도 없는 느낌을 좋아하지 않아. 그리고 결단코 다시는 그 다음날 몸이 안 좋았던 것처럼 되고 싶지도 않네."

"자네 말은 분명히 그날 밤 컬링도 그만큼 많이 취했다는 얘기가?"

"그렇지, 컬링의 마부가 우릴 집으로 데려다 줬네."

개릭은 자신을 혐오하는 듯한 음성으로 말했다.

"내 실례를 용서해 준다면, 컬링과 얘기 좀 해야겠네."

"원하는 대로 하게, 나중에 보세나."

세바스천은 컬링이 앉아 있는 곳으로 걸어갔다. 탁자에는 새 포트 술병이 놓여 있었다. 그는 벌써 한 잔을 마시고 있는 중이었다. 컬링은 흐릿한 시선으로 세바스천을 올려다보았다.

"오, 당신이군요, 엔젤스톤. 앉으시겠습니까?"

"고맙소."

세바스천은 자리에 앉아, 잔에 포트를 조금 따랐다. 세바스천은 다리를 쭉 뻗어, 꽤 오랫농안 술 친구가 되어 주려는 듯한 자세를 취했다.

"결혼의 환희를 위해서!"

컬링이 분명치 않은 발음으로 말했다. 컬링은 잔을 들어 올렸다가, 술이 반쯤 남은 잔을 다시 내려놓았다.

"여전히 부인이 백작을 즐겁게 해줄 것이라는 생각이 드는군요."

"매우 그렇소."

세바스천은 잔을 다른 손으로 옮겨 쥐며 선뜻 말했다.

"실례가 되지 않는다면, 부인께서 아직도 그 독특한 취미를 고수하고 계신지 물어 봐도 될까요?"

컬링이 잔을 세게 쥐었는지 손가락 마디마디가 하얗게 변하고 있었다. 그리고는 아주 심오한 깊이를 들여다보는 것처럼 술을 응시했다.

"아내는 여전히 유령 현상에 흥미를 가지고 있소. 그 취미는 아내를 즐겁게 하고, 나 또한 싫지 않죠."

“우리가 성에서 유령에 관해 얘기했던 것을 기억합니까?”

“어렴풋이.”

세바스천이 대답했다.

“내가 그때, 실제로 유령을 만나면 다소 재미있을 것 같다고 했던 말이 기억납니다.”

“생각나는군요. 그것이 당신을 지루하게 만드는 권태 따위를 완화시켜 줄 수 있는 촉진제가 될 수 있을 것 같다는 류의 비슷한 말을 했던가요?”

“내가 바보였어요.”

컬링은 코끝을 문질렀다.

“그 후로 내가 마음이 바뀌었다는 사실이 재미있으실 테지요?”

“왜 바뀌었소?”

세바스천은 조금의 유머도 없는 웃음을 띠었다.

“실제로 유령을 만나 보기라도 하셨나요?”

컬링의 몸이 더욱 의자 깊숙이 빠져들면서, 시선은 세바스천과 방안의 중간쯤을 응시했다.

“만일 내가 유령이 실제로 존재하는가에 대해서 의문을 품기 시작했다고 말하면, 뭐라고 하시겠습니까?”

“오늘 밤 술이 좀 과했다고 말하겠죠.”

컬링이 고개를 끄덕였다.

“백작 말씀이 분명히 맞을 것 같습니다.”

컬링은 눈을 감고 안락 의자에 머리를 기댔다.

“오늘 밤에 얼마나 많이 마셨는지 기억할 수도 없군요.”

“계산서가 꽤 많이 나올 것 같소.”

컬링의 입술이 비틀어졌다.

"확실히."

잠시 침묵이 흘렀다.

세바스천은 일부러 침묵을 깨려고 하지 않았다. 컬링이 곧 말을 꺼낼 것이라고 세바스천의 본능이 말해 주고 있었던 것이다. 그것보다 먼저 잠에 곯아떨어지지만 않는다면…….

"혹시 옥슨햄의 죽음에 관해서 들어 보셨소, 엔젤스톤?"

세바스천의 추측대로, 컬링이 조금 후에 물었다. 눈은 여전히 감은 채였다.

"그렇소."

"나는 그 사람을 좀 잘 알고 있었죠."

컬링이 말했다.

"그랬소?"

"우린 친구였소."

컬링이 마침내 눈을 떴다.

"이해하오."

"옥슨햄이 권총을 자기 머리에 들이댈 사람이라고는 결코 생각할 수 없어요."

세바스천은 컬링의 검붉은 얼굴을 자세히 쳐다보았다.

"아마 최근에 재정적인 실패를 겪었을 거요. 그것은 자살하는 데 충분한 이유가 되고 있소."

"아니에요. 만일 옥슨햄이 많은 돈을 잃었다면, 나도 알았을 겁니다."

"노름꾼이었소?"

"조금 하는 정도였지요. 결단코 카드 게임에 재산을 날린 적은 없어요. 백작이 말하는 게 그 뜻이라면요.”

컬링은 다시 포트를 한 모금 들이켰다.

“우울증으로 발작하는 경향이 있던 것도 아니었지요. 나는 옥슨햄이 자살한 것을 정말 이해할 수 없어요.”

“그 사람의 자살 이유를 알아내는 일이 남작에게 그렇게 중요하오?”

세바스천이 조심스럽게 물었다.

“그래요.”

컬링이 불끈 주먹을 쥐었다.

“제기랄, 그래요. 나는 진짜 무슨 일이 있었는지 알아내야만 합니다.”

“왜 그렇소?”

세바스천은 짐짓 온화한 말투로 대화를 유도했다.

“왜냐하면 옥슨햄과 링크로스에게 일어난 일이라면, 우리 모두에게 일어날 수도 있으니까요.”

컬링은 포트를 다 마시고, 테이블 위에 잔을 내려놓으려고 했다. 그러나 계속 헛손질만 해댔다. 컬링은 테이블 위에 내려놓으려는 노력을 포기한 채, 잔을 그대로 손에 쥐고 있었다.

“나는 당신 말뜻을 정확히 모르겠소, 컬링. 아마 당신 설명이 필요할 것 같구려.”

설사 컬링이 그렇게 하려고 했다 하더라도, 그는 조리 있는 설명을 할 수 있는 계제가 아니었다. 컬링의 고개가 이미 안락의자 귀퉁이로 축 늘어져 버렸던 것이다.

“믿을 수 없지만, 결국 이번엔⋯⋯,”

말꼬리가 흐려지며 컬링은 다시 눈을 감았다.

“신이 우리를 도우실 거야. 아마 우린 최소한 그럴 만한 자격
은 있겠지.”

세바스천은 컬링이 술에 취해 잠에 곯아떨어지는 것을 지켜
보면서, 잠시 아무 말 없이 앉아 있었다.

세바스천은 남작의 손에서 잔이 떨어지려는 찰나에 잔을 낚
아챘다.

세바스천은 새벽 1시가 돼서야 집에 돌아올 수 있었다. 세바
스천의 마부가 거리를 지나 집으로 마차를 몰고 가는 틈을 이용
해 숙고할 시간을 가졌다. 차가운 안개가 평소처럼 이렇게 늦은
밤에 많아지는 마차들을 슬금슬금 기어가게 만들고 있었다.

세바스천은 창밖으로 다른 마차들의 램프 불빛이, 마지막 안
식처를 찾아 헤매는 수많은 길 잃은 유령 같은 회색 안개 속에
서 나타났다 사라져 가는 광경을 지켜보고 있었다.

마차가 마침내 현관 문 앞에 멈추자, 세바스천은 이상하게 불
길한 예감에 휩싸이면서 마차에서 내려 계단을 올라갔다. 플라
워즈가 신속하게 나와서 문을 열었다.

“꽤 추운 밤입니다, 주인 어른.”

플라워즈는 세바스천의 모자와 외투 그리고 장갑을 받기 위
해서 손을 내밀었다.

“재미있는 밤이군. 마님은 벌써 집에 들어오셨나?”

“엔젤스톤 부인께서 집에 도착하신 지 한 시간이 넘었습니
다.”

세바스천은 프루던스가 지금쯤이면 잠자리에 들었을 것이라
고 생각했다. 세바스천은 안심이 되는 건지 아닌지 갈피를 잡을

수가 없었다.

최소한 프루던스가 아까 결론을 내리려고 했던, 불편한 대화를 계속해야만 하는 것을 피할 수는 있었으리라. 반면에 프루던스가 깊이 잠들어 있다면, 컬링의 평상시와는 다른 행동에 관해서 토론할 수 없을 것이다.

"램프를 끄고 그만 잠자리에 들게나, 플라워즈."

세바스천은 계단 쪽으로 걸어가면서 넥타이를 풀었다.

"죄송합니다, 주인님."

플라워즈가 불안한 기색으로 헛기침을 했다.

"마님은 아직 잠자리에 안 드셨습니다."

세바스천은 맨 끝 계단에 한 발을 올려놓은 채 우뚝 멈춰 섰다.

"자네가 마님이 집에 계시다고 말한 것으로 기억하는데?"

"예, 집에 계십니다, 주인님. 서재에서 주인님을 기다리고 계신 것 같습니다."

세바스천은 희미하게 미소를 지었다.

"그럴 것 같았지."

프루던스는 자신의 행동 방침을 쉽게 바꾸는 여성이 아니었다. 프루던스는 오늘 하루 종일 세바스천에게 훈계하려고 벼르고 있었으리라. 새벽 1시가 넘었다고 해서, 프루던스가 포기했다고 여기는 것은 바보 같은 생각이었다.

세바스천은 계단 맨 끝에 올려놓았던 발을 내려, 홀을 가로질러 걸어갔다. 플라워즈는 아무 말 없이 서재 문을 열어 주었다. 잠시 동안 세바스천은 프루던스를 알아볼 수 없었다. 서재 안은 약하게 타오르고 있는 난로 불꽃의 조명으로 어둠침침했다. 방에는 대부분의 그림자가 드리워져 있을 뿐이었다.

환영하는 듯한 부드러운 고양이의 울음소리가 세바스천을 맞이했다. 세바스천은 우선 책상을 살펴보고 나서, 난로 쪽을 향해 있는 소파를 쳐다보았다. 루시퍼가 소파 등받이에 몸을 동그랗게 말고 누워 있었다.

루시퍼가 당당하게 차지하고 있는 자리 아래로, 라벤더 색깔의 실크 웅덩이가 보였다. 실크는 소파 가장자리에서 흘러넘쳐 카펫 위로 거의 쏟아져내리고 있었다.

세바스천은 소파 뒤쪽으로부터, 소파 아래를 내려다볼 수 있을 때까지 앞으로 걸어갔다. 프루던스는 라벤더 색깔의 새틴 슬리퍼를 벗어 던진 모습이었다. 그녀는 불 앞에 몸을 동그랗게 웅크린 채 깊은 잠에 빠져 있었다. 탁자 가장자리에, 잠들기 전에 읽고 있었던 것처럼 보이는 책 옆으로 안경이 놓여 있었다.

한동안 세바스천은 그대로 서서 프루던스를 내려다보고만 있었다. 불꽃의 따스한 빛이 프루던스의 벌꿀 색깔 머리카락을 진한 황금빛으로 물들였으며, 프루던스의 우아한 가슴 사이에 사람을 애타게 하는 그림자를 창조해 냈다.

프루던스는 목선이 깊게 파인, 새로 산 다른 드레스를 입고 있었다. 세바스천은 라벤더 색깔이 바이올렛 색깔보다 프루던스에게는 어울리지 않는다고 결론을 지었다. 하지만 세바스천은 그렇게 깊게 파인 목선이, 부드럽게 곡선을 이루고 있는 가슴을 드러내는 에로틱한 구도를 이루고 있다는 사실을 부인할 수 없었다.

세바스천은 자신과 결혼한 여성을 찬찬히 뜯어보면서, 몸이 굳어 오는 것을 느낄 수 있었다. 프루던스의 모든 것이 더할 나

위 없이 좋다는 생각이 들었다. 프루던스의 지성, 프루던스의
정열, 프루던스의 옷을 고르는 취향, 심지어 자신에게 책임감을
가르치려 드는 성가신 버릇까지도……. 그런 모든 요소들이 모
여서 프루던스를 구성하고 있었다. 세바스천은 그 중에서 단 한
가지도 바꿀 수 없을 것이라고 생각했다.

세바스천은 비록 짧은 기간 동안 프루던스와 살았지만, 그녀
아닌 다른 사람과 결혼한다는 것은 상상할 수도 없는 일이 되어
버렸다. 세바스천은 프루던스가 다른 남자와 결혼하는 것을 상
상해 본 적이 있는지 궁금했다. 예를 들어, 언더브링크 같은 남
자와…….

그런 생각만으로도 창자가 꼬이는 느낌이었다. 세바스천은 프
루던스가 부정한 짓을 저지를까 봐 두려워할 필요가 없다는 사
실을 누구보다도 잘 알고 있었다. 세바스천은 프루던스가 결코
자신을 배신하지 않을 것이라고 확신했다. 프루던스의 뼛속 깊
숙이 박혀 있는 고결한 품성이, 그런 식으로 배신하는 것을 도
저히 불가능하게 하리라.

하지만 프루던스가 자신을 얼마나 깊이 좋아하고 있는지 궁
금해지는 것은 막을 도리가 없었다.

두 사람에게 있어서, 공통된 흥미 거리와 공통된 정열은 더할
나위 없이 좋았다. 그렇지만 더 이상 그것만으로는 충분하지가
않았다. 세바스천은 프루던스로부터 점점 더 많은 것을 필요로
하게 되었다. 세바스천은 프루던스가 자신을 사랑해 주기를 바
랐다.

세바스천은 더 이상 그 생각을 부인할 수 없었기 때문에, 프
루던스의 사랑을 필요로 하는 열망의 정도가 깊어짐에 따라 그

만큼 불안해지기 시작했다.

세바스천이 지켜보는 동안, 프루던스는 소파 위에서 몸을 뒤척이며, 더욱 편안한 자세가 되게끔 소파에 착 달라붙었다. 그러는 사이에 화려한 주름 장식이 달린 스커트가 접혀 올라가면서 실크 스타킹이 드러났다.

세바스천은 외투를 벗어서 의자 위에 던졌다. 거추장스러운 넥타이도 풀어서 옆쪽에 던져 놓았다. 그리고 소파 옆으로 다가가면서 셔츠를 벗기 시작했다.

세바스천은 프루던스에게서 눈을 뗄 수가 없었다. 몸이 벌써 욕망으로 잔뜩 긴장되어 있었다. 셔츠를 벗어 버린 세바스천은 바닥에 무릎을 대고, 천천히 손을 스커트 속에 집어넣었다. 세바스천은 손가락을 부드러운 허벅지에 밀착시켰다. 그리고 몸을 기울여 약간 벌어져 있는 입술에 키스했다.

"세바스천?"

속눈썹을 나풀거리다가, 프루던스가 반쯤 눈을 떴다. 프루던스는 졸리운 눈에 환영하는 빛을 띠면서 세바스천을 올려다보았다.

"오늘은 어땠어요? 지금 들어왔군요."

"나를 기다려 줘서 기쁘군."

"당신과 얘기를 하고 싶었어요."

"나중에 합시다."

세바스천은 다시 자신의 입으로 프루던스의 입을 덮었다. 그리고 나서 잠에 취한 프루던스의 항의를 일축하기 위해서, 집요하게 점점 깊어지는 키스를 했나.

조금 지나자, 프루던스는 더 이상 항의하지 않았다. 대신 부드러운 한숨 소리를 내면서, 세바스천의 목을 감싸 안았다.

세바스천은 라벤더 색깔 스커트 속에 있는 손을 더 높이 올려서, 관능적이고 단단한 곡선을 이루고 있는 엉덩이를 찾아냈다. 두 부분으로 갈라져 있는 부드러운 언덕 사이를 세바스천의 손가락이 살며시 더듬었다.

프루던스는 예상치 못했던 애무에 몸을 떨었지만, 손가락을 떼내려고 하지는 않았다. 세바스천은 탐색하는 손가락을 허벅지 사이로 내렸다. 세바스천은 아늑한 여성의 통로를 발견하자, 부드럽게 손가락을 안으로 밀어 넣었다. 이미 프루던스는 세바스천을 맞이하기 위해서 촉촉해져 있었다.

"세바스천!"

프루던스의 목소리에서 묻어 나오는 졸린 듯한 정열이, 또 다른 고동치는 욕망의 파동을 세바스천에게 보냈다. 세바스천은 프루던스의 입에 혀를 밀어 넣고, 바지를 벗기 위해서 손을 아래로 내렸다.

세바스천은 자신이 얼마나 프루던스를 원하고 있는지만을 생각했다. 세바스천이 지금 이 순간 해야 하는 일은 오로지 프루던스를 탐색하는 일뿐이었다. 피가 더욱 뜨거워지기 시작했다. 몸 안에서 프루던스를 갈망하고 있는 심연은 만족을 모르는 것 같았다. 세바스천은 프루던스를 소유해야만 한다. 오늘 밤 그리고 영원히…….

오후 내내, 세바스천의 마음속에서 끊일 줄 몰랐던 질문의 타다 남은 부스러기가 다시 새로운 불꽃을 내면서 타오르기 시작했다. '당신은 나를 사랑하오, 프루? 이런 차가움에도 불구하고, 나를 사랑해 줄 수 있소?'

세바스천은 이 질문을 입 밖에 낼 수 없을 것이라고 되뇌였다. 대답은 중요하지 않았다. 결국 프루던스는 세바스천을 원하고 있는 것이다. 그것은 의심할 여지가 없었다. 세바스천은 그것을 가슴으로, 온몸으로 느낄 수 있었다. 프루던스는 심지어 세바스천을 향한 육체적인 반응을 숨기려고 하지도 않았다.

그것으로 충분했다. 아니, 그것으로 충분해야만 했다.

세바스천은 프루던스를 소파에서 가볍게 들어 올렸다. 카펫 위로 세바스천이 벌렁 드러눕자, 프루던스가 세바스천 몸 위로 넘어졌다.

프루던스의 섬세한 드레스는 이런 충격에 견디도록 디자인된 것이 아니었다. 그녀의 우아한 가슴이 자유롭게 솟아올랐다. 세바스천은 손 안에 프루던스의 가슴을 움켜쥐듯 감싸 잡았다.

세바스천은 힘겹게 들어 올리고 있는 눈꺼풀 사이로 자신을 내려다보고 있는 프루던스를 바라보았다. 세바스천은 자신을 내리누르고 있는 애타게 만드는 육체의 무게를 느끼면서, 자신의 남성이 용솟음치고 있는 소리를 생생히 들었다.

아무 말 없이 세바스천은 손을 아래로 뻗어 바지를 내렸다. 라벤더 색깔의 실크가 폭포처럼 세바스천의 단단한 심벌 위에 쏟아져내렸다. 세바스천은 프루던스의 주름 장식이 달린 스커트를 손에 움켜쥔 채 허리를 끌어당겼다.

"세바스천?"

"나를 당신 안에 넣어 주오."

세바스천이 급하게 말했다.

"빨리, 난 도저히 기다릴 수가 없소."

프루던스는 세바스천의 남성을 더듬어 찾아서 손가락 안에 꼭 감싸 쥐었다. 세바스천이 숨을 빨아들였다. 프루던스는 자신이 확신하고 있는 것처럼 다소 대담해졌기 때문에, 세바스천을 자신의 몸 안으로 인도하기 시작했다.

"바로 그거요. 나를 위해서 문을 열어 주오."

세바스천이 거듭 속삭였다.

"나를 안에 들여보내 주오."

매끄럽고 축축한 프루던스의 열기가 느껴지자, 세바스천은 신음 소리를 토해 냈다. 프루던스의 단단한 육체가 세바스천을 받아들이기 시작하자, 세바스천은 길게 숨을 내쉬었다. 프루던스는 지독히도 따뜻했다. 세바스천은 너무 오랫동안 차가움에 휩싸여 있었던 것이다.

가까스로 막 프루던스의 몸 안에 들어갔을 때, 세바스천은 더 이상 고통을 견딜 수가 없게 되었다.

"자……, 나는 지금 당신을 가져야만 하오."

세바스천은 프루던스의 허벅지를 꼭 잡아, 프루던스의 다리로 자신의 엉덩이를 단단하게 감싸게 했다.

그리고 나서 프루던스의 허리를 와락 껴안고, 위쪽으로 찌르는 자신의 동작에 맞춰서 프루던스를 아래쪽으로 밀었다. 프루던스는 세바스천이 축축한 좁은 통로로 밀고 들어오자 작은 비명을 내질렀다. 프루던스는 세바스천을 에워쌌고, 세바스천은 몸 전체가 꼭 조여드는 분명한 느낌을 받았다. 세바스천은 프루던스의 다리 사이에 부풀어오른 작은 봉오리를 발견하고, 손가락으로 그것을 놀리기 시작했다.

세바스천은 프루던스가 깊숙한 침투에 적응해 가면서, 잠시 동안 꼼짝하지 않는다는 사실을 깨달았다. 세바스천은 몸 속으

로 침투해 들어오는 육체의 따뜻함을 느끼면서 두 눈을 질끈 감
았다.

이윽고 프루던스가 천천히 움직이기 시작했다. 프루던스는 세
바스천의 거대한 그것이 아래위로 미끄러져 들어올 때마다, 계
속해서 자신의 몸을 들어 올렸다. 세바스천은 속눈썹을 들어 올
리고, 불빛에 비춰진 프루던스의 모습에 푹 빠져들었다.

프루던스의 고개는 뒤로 젖혀져 있었고, 머리카락은 불꽃에
반사되어 황금색으로 타오르고 있었다. 목과 가슴이 이루고 있
는 곡선은 세바스천이 이제껏 보아 온 것 중에서 가장 우아하고
관능적인 장면이었다. 프루던스가 부드럽게 해방의 몸부림을 치
고 있을 때, 세바스천은 강한 전율을 느끼며 온몸에 울려퍼지는
맹렬한 감정의 분출에 항복했다.

오랜 시간이 흐르고 나서야, 세바스천은 마침내 잠에서 깨어
나듯 눈을 떴다. 프루던스는 아직 세바스천의 몸 위에 누워 있
었다. 세바스천은 프루던스가 잠 속으로 빠져드는 것을 지켜보
았다.

더 이상 미뤄 놓을 수 없는 질문이 돌아왔다.

"프루?"

"음……?"

프루던스의 목소리는 제법 허스키했다. 프루던스는 눈을 뜨지
않았다.

"왜 나와 결혼했소?"

"당신을 사랑하니까요."

세바스천은 완전히 얼어붙고 말았다. 세바스천의 명석한 두뇌

도 이번만큼은 완전히 갈피를 잡을 수가 없었던 것이다.

잠시 동안 세바스천은 무아지경 비슷한 상태에 빠졌다.

"프루?"

그러나 대답이 없었다. 세바스천은 프루던스가 깊은 잠 속에 빠져들었다는 사실을 깨달았다.

잠시 후에, 세바스천은 프루던스의 몸 밑에서 빠져나와, 프루던스를 카펫 위에서 들어 올렸다. 그리고 프루던스를 2층으로 옮겼다.

세바스천은 프루던스를 조심스럽게 이불 밑으로 밀어 넣고, 자신도 그녀 옆에 누웠다. 세바스천은 창문 바깥의 안개의 색깔이 점점 옅어질 때까지, 베개를 베고 누워 프루던스를 품안에 안고 있었다.

찬 새벽이 돌아왔다. 암흑 같은 안개에 휩싸여 있어서 거의 볼 수는 없었지만, 새벽은 엄연히 밖에 존재하고 있었다.

마침내 세바스천도 잠이 들었다. 스스로의 존재도 느낄 수 없을 만큼 아늑한 잠 속으로 빠져들었다.

　다음날 아침, 프루던스가 세바스천과 함께 블룸필드 경의 도회지 저택의 홀로 안내되었을 때, 그녀는 그만 경악하듯 뒤로 물러서고 말았다. 그곳에는 겨우 몸을 움직일 수 있는 공간이 있을 뿐이었다. 도처에 크레이트(나무 상자나 대나무 바구니 따위를 일컬음)와 상자가 쌓여 있었고, 구석구석까지 오래 된 신문이 높이 자리를 잡고 있었다.

　이상한 물건들이 뒤범벅이 돼서, 홀을 온통 어수선하게 만들고 있었다. 책, 지구의, 작은 조각상, 지팡이, 모자 등의 물건들이 쓸 만한 공간을 노소리 자지한 채 이수라장 그 자체를 이루었다.

혼돈 상태는 계단 위까지 계속되었다. 단지 계단의 반씩만 볼 수 있을 정도로, 다른 반은 트렁크며 크레이트, 혹은 오래 된 옷 더미로 채워져 있었다.

저택 안은 마치 여태까지 결코 창문을 열어 놓은 적이 없는 것처럼, 습기가 차고 공기가 좋지 않았다. 또한 매우 어두웠으며 숨막힐 듯한 음침한 기운이 축축한 홀의 공기 속에 하나 가득 퍼져 있었다.

프루던스는 새로 산 바이올렛 모자의 큰 곡선을 이루며 흔들리고 있는 가장자리 아래로, 세바스천을 곁눈질해서 쳐다보았다. 프루던스는 세바스천을 명확하게 보기 위해서, 길게 늘어진 자주색 안경끈을 방해가 되지 않게 잡고 있어야만 했다.

세바스천은 호기심을 슬쩍 감추고, 주위의 사물을 세밀히 관찰하고 있었다.

"주인님이 아무것도 버리지 못하게 하세요."

몸가짐이 헤퍼 보이는 가정부가 한껏 거드름을 피우며 변명해댔다.

"눈에 보이는군."

세바스천이 말했다.

"블룸필드 경이 여기서 얼마나 오래 사셨는가?"

"오, 지금까지 꽤 오래 사셨죠. 하지만 이렇게 물건을 쌓아 놓기 시작한 것은 3년 전쯤부터였죠."

가정부는 떠들썩하게 웃어젖혔다.

"주인님의 먼젓번 가정부는 그때쯤 그만두고, 제가 들어왔어요. 저는 급료만 주신다면, 주인님이 좋아하는 어떤 물건을 쌓아 놓아도 상관 없다고 생각하거든요."

한때 응접실로 쓰였던 것 같은 방문이 빠끔히 열려 있었다. 프루던스는 재빨리 내부를 들여다보고, 방안이 더 많은 크레이트와 종이 그리고 다른 잡다한 물건들로 가득 넘쳐나고 있다는 사실을 알았다.

"발 밑을 조심하세요."

가정부는 홀을 지나갈 수 있도록 좁은 길로 인도했다.

"이곳엔 손님이 많이 오지 않아요. 주인님이 사람들 눈을 피해 살고 싶어하시거든요."

가정부가 다시 크게 웃었다. 가정부의 널따란 등이 그녀가 웃는 동작에 따라 오르락내리락거렸다.

프루던스는 다시 세바스천을 쳐다보았다. 프루던스는 오늘 세바스천의 기분이 어떤지 도무지 알 수가 없었다. 세바스천은 오늘 아침 자리에서 일어나서부터 지금까지, 블룸필드 경을 방문하는 것 이외에는 다른 말을 거의 하지 않았다.

프루던스는 자신의 짧은 사랑 고백이 세바스천에게 어떤 영향을 미쳤는지, 지금까지도 알아낼 방도를 찾아내지 못하고 있었다.

세바스천은 어젯밤 프루던스를 깜짝 놀라게 했다. 세바스천이 놀라운 질문을 했을 때, 프루던스는 반쯤 잠에 빠져들고 있었다. 프루던스는 세바스천의 사랑 행위로 몸이 따뜻해지고 마음이 풀어진 상태였기 때문에, 조금도 방어 태세를 갖추고 있지 않았다. 프루던스는 깊이 생각해 볼 것도 없이 자연스럽게 대답했었다.

'왜 나와 결혼했소?'

'당신을 사랑하니까요.'

아침에 눈을 뜨자마자 프루던스의 의식 속에 가장 먼저 떠오른 생각은 심각한 실수를 저질렀다는 것이었다. 세바스천이 자신한테서 들은 사랑 고백에 어떠한 반응을 보일지 내내 찜찜했다.

세바스천이 언급을 하지 않자, 프루던스는 더 불안했다.

우연히라도 세바스천의 생각을 알 수 있다면……

프루던스는 세바스천이 화가 난 건지, 단순히 아내가 자신을 사랑하고 있다는 사실을 따분하게 생각하는 건지 도무지 알 수가 없었다.

문득 프루던스는 자신이 그 말을 소리내어 하지 않은 것이 틀림없다는 생각이 들었다. 그런 생각이 들자 프루던스는 적이 안심했다.

아마 그냥 꿈속에서 세바스천에게 사랑한다고 말했을 것이다. 그렇지만 프루던스가 꿈을 꾸고 있었다면, 세바스천의 질문도 틀림없이 꿈이었으리라.

어느 쪽이건 모두 슬픈 진실을 내포하고 있었다. 밖으로 소리내어 말했건, 꿈속에서 말했건 간에 세바스천은 아무런 대답도 하지 않은 것이었다.

만일 세바스천이 프루던스가 자신을 사랑한다는 사실을 지금 알고 있다면, 분명히 그 사실을 정중하게 모른 체하기로 결정한 것이 틀림없었다.

아마도 세바스천은 그 사실이 즐겁지 않은 모양이었다.

"주인님이 여기서 만나고 싶어하세요."

가정부는 오래 전에 말라비틀어진 식물이 꽂혀 있는 꽃병 옆에서 발걸음을 멈추고, 문을 열었다.

프루던스는 본능적으로 자신을 등뒤로 끌어당기려는 듯이, 세바스천의 손이 순간 팔을 죄어 오는 것을 느꼈다.

프루던스는 왜 이런 낮 시간에 밤의 어둠이 깔려 있는지 궁금히 여기면서, 블룸필드의 서재 안을 자세히 살펴보았다. 프루던스는 주위를 둘러보고, 즉시 모든 커튼이 드리워져 있다는 사실을 깨달았다.

방 귀퉁이의 책상 위에 있는 오직 한 개의 램프 불꽃만이 어둠을 흩트리는 듯 몸부림치고 있었다.

책상 앞에는 툭 튀어나온 눈에 제멋대로 자란 빗지 않은 머리, 거기다기 가슴의 반을 뒤덮고 있는 턱수염을 기른 육중해 보이는 살찐 남자가 아무렇게나 앉아 있었다.

턱수염의 회색빛이 남자가 40대 후반 정도라는 사실을 말해 주었다. 단단히 움켜쥔 두 손을 책상 위에 올려놓은 채 남자는 일어서려고도 하지 않았다.

"이렇게 와 주시다니 정말 친절하시군요, 엔젤스톤 부인. 부탁은 드렸지만, 부인이 이렇게 찾아주시리라고는 생각하지 않았습니다. 많은 사람들이 더 이상 이 집에 찾아오려 들지 않으니까요. 적어도 예전만큼은 오지 않습니다."

"블룸필드 경이시오?"

세바스천이 대신 물었다.

"그래요, 내가 블룸필드요."

숱 많은 눈썹이 블룸필드의 연한 눈동자 위에서 획 움직였다.

"당신이 엔젤스톤이군요."

"그렇소."

"나는 엔젤스톤 부인하고만 상담하고 싶은데요. 전문적인 문제요, 당신도 알다시피.”

방이 아주 더웠음에도 불구하고, 블룸필드는 몸을 떨고 있는 것 같았다.

“내 아내가 남자 의뢰인과 개인 상담을 하는 것을 허락할 수 없소. 당신도 내 입장을 이해해 주리라 믿소. 내 아내와 애기하고 싶으면, 내가 있는 자리에서 해야만 하오.”

“홍, 내가 부인을 유혹이라도 하려고 드는 것처럼 말씀하시는군.”

블룸필드는 귀에 거슬리는 쉰 목소리로 대답했다.

“걱정 마시오, 나는 여자에겐 관심도 없으니까.”

“제게 상담하고 싶은 일이 어떤 일이죠, 블룸필드 경?”

프루던스는 케케묵은 <모닝 포스트>지와 <가제트>지 더미 사이를 뚫고 더듬거리면서 앞으로 나아갔다. 마침내 책상 앞에 있는 의자를 발견해 내고는 거기에 앉았다. 프루던스는 물어 보기를 기다릴 필요가 없다고 생각했다.

블룸필드는 사교상의 고상함과는 거리가 먼 것이 분명했다.

오늘 아침, 아침 식사를 하면서 프루던스는 세바스천과 전략을 짰었다. 두 사람은 세바스천이 자유롭게 블룸필드와 블룸필드의 주위 환경을 관찰할 수 있도록, 프루던스가 가능한 한 블룸필드의 주의를 집중시킨다는 것에 동의했었다. 그렇지만 지금 프루던스는 방안을 가득 채우고 있는 어처구니없는 난장판을 보고는, 세바스천이 제대로 관찰을 할 수 있을지 극히 의심스러워졌다.

블룸필드는 프루던스에게 눈길을 돌렸다.

“부인이 유령 현상의 권위자라고 들었습니다, 엔젤스톤 부인.”

"그 주제를 가지고 꽤 오랫동안 연구해 왔죠."

프루던스는 겸손하게 받아들였다. 블룸필드의 얼굴 표정이 간사하게 변했다.

"진짜 유령을 만난 적이 있습니까?"

어떤 이유에선지, 컬링 성의 검은 방에서 느꼈던 그 이상한 존재의 섬뜩한 감각이, 프루던스의 마음속에 순간적으로 스쳐 지나갔다.

"틀림없이 진짜 유령 현상의 예를 발견했다고 믿고 있는 한 가지 사건이 있었지요."

프루던스는 차근차근 설명을 시작했다.

"그렇지만 유감스럽게도, 제 결론을 뒷받침할 만한 증거는 아무것도 찾아낼 수가 없었어요."

프루던스의 시야에, 세바스천이 놀란 눈으로 쳐다보는 것이 들어왔다.

"적어도 그 점에 있어서 부인은 정직하시군요. 나와 애기했던 다른 엉터리 사기꾼들과는 다르게 말입니다. 그놈들은 유령과 정기적으로 애기를 한다고 하더군요. 결국 내게 듣기 좋은 말을 해주고 돈만 가로챘지요."

"저는 제 도움에 대해서, 수고비를 청구하지 않습니다."

프루던스가 간단 명료하게 대답했다.

"저도 들었습니다. 그게 부인께 메시지를 보낸 이유 중의 하나이기도 하니까요."

부스럭거리는 작은 소리가 블룸필드의 말을 끊었다. 블룸필드는 어디서 난 소리인지 찾으려고 무의식적으로 시선을 움직이는 대신에, 거칠게 의자를 잡아당겼다.

"이게 뭐지?"

블룸필드가 날카롭게 물었다.

"이게 어디서 난 소리요?"

"신문더미가 바닥에 굴러떨어졌소."

세바스천은 냉랭한 미소를 띠우며, <모닝포스트>지 몇 부가 흩어져 있는 카펫 위로 방을 가로질러 걸어갔다.

"내가 다시 쌓아 놓겠소."

블룸필드는 마치 신문더미를 처음 보는 사람처럼 그것을 보고 있다가 몸서리를 쳤다.

"그냥 놔두시오."

"다시 쌓아 놓는 일이 조금도 귀찮지 않소."

세바스천은 신문을 주으려고 허리를 굽혔다.

블룸필드는 다급하게 프루던스에게로 고개를 돌렸다.

"나는 이 정도는 아무렇지도 않다고 생각합니다. 마담, 나는 내가 유령에게 쫓기고 있다는 사실을 믿을 만한 이유가 있어요. 나는 다른 사람을 죽인 것처럼 나를 죽이기 전에, 부인이 그 유령을 없애 줄 수 있는지 당장 알고 싶군요."

프루던스는 블룸필드의 이상한 눈동자를 들여다보고, 그가 자신이 한 모든 말을 확신하고 있다는 사실을 깨달았다.

프루던스는 다시 방해가 안 되도록, 늘어져 있는 자주색 안경끈의 끝부분을 밀어젖혔다.

"그 유령이 누군지 아세요?"

"오, 그럼요. 알고 말고요, 나는 그 여자를 알아요."

블룸필드는 주머니에서 손수건을 꺼내 땀이 맺혀 있는 이마를 훔쳤다.

"그 여자가 복수를 하겠다고 말했거든요. 지금까지 우리 중에서 두 명을 죽였어요. 조만간 나도 찾아올 거예요."

"유령 이름이 뭐죠?"

프루던스가 서두르지 않고 물었다.

"릴리안."

블룸필드는 손에 쥔 손수건이 릴리안이기라도 한 것처럼 뚫어져라 응시했다.

"예쁜 계집이었죠. 그렇지만 비명을 멈추려 들지 않았어요. 결국 그들은 입에 재갈을 물릴 수밖에 없었죠."

프루던스는 징갑을 끼고 있는 손이 축축해지는 것을 느꼈다.

프루던스는 세바스천과 짧은 시선을 교환했다. 세바스천은 신문을 도로 쌓는 일을 끝내고, 조용히 어둠 속에 서 있었다. 프루던스는 갑자기 오늘 세바스천이 같이 오겠다고 고집한 것이 굉장히 고맙게 느껴졌다.

프루던스는 마음을 단단히 먹고 블룸필드를 다시 돌아다보았다.

"그들이 도대체 릴리안에게 무슨 짓을 했죠?"

프루던스가 재차 물었다. 프루던스는 실제로 그 대답을 듣고 싶지 않았지만, 무엇인가 얻어내려면 차근차근 블룸필드가 그 얘기를 꺼내도록 만들어야 한다는 사실을 알고 있었다.

블룸필드는 너울거리며 타오르는 램프 불빛을 바라보며, 자신만의 세계로 빠져들어갔다.

"우린 단지 그 계집아이와 약간 놀아 보고 싶었던 것뿐이었어요. 그저 선술집에 있는 계집아이였죠. 재미 보는 데 대가를 지불하지 않은 것도 아니었어요. 그런데 그 계집아이는 그야말로 야단 법석이었죠. 도무지 비명을 멈추려고 하질 않았어요.”

프루던스는 불끈 주먹을 쥐었다.

“왜 그 여자가 비명을 지른 거죠?”

“나도 모르겠어요. 다른 계집애들은 한 번도 그런 적이 없었는데.”

블룸필드의 손이 떨리기 시작했다.

“그 계집애가 계속한 행동을 보면, 좋은 집안 태생이라는 생각이 들어요. 내가 다른, 좀더 협조적인 매춘부를 구해 오자고 말했지만, 컬링이 그 계집애를 원했죠. 우리는 결국 그 계집애를 마차에 태웠고, 재갈까지 물렸죠.”

블룸필드의 얼굴이 누그러졌다.

“그래서 가까스로 비명은 멈췄죠.”

프루던스는 온몸으로 느껴지는 분노에 치를 떨며 이를 악물었다.

“어디로 데려갔죠?”

“컬링 성으로요. 컬링은 그런 놀이를 위한 방을 마련해 두고 있었죠. 특별히 ‘미덕이 있는 왕자들’을 위한 방을 만들기까지 했어요.”

블룸필드는 마치 프루던스가 그 자리에 있다는 사실을 일시적으로 잊었던 것처럼, 그렇게 그녀를 쳐다보았다. 블룸필드는 눈살을 찌푸렸다.

“우리 클럽의 이름이죠. 알다시피, 우리는 이름이 주는 아이러니를 좋아했어요.”

“알겠어요.”

프루던스는 목적을 잊은 채 그대로 블룸필드의 목을 조르고

만 싶었다.

세바스천도 프루던스가 마음속으로 느끼는 아픔과 같은 분노가 끓어오르고 있는 것이 분명했다.

세바스천은 프루던스의 바로 뒤에 와 있었다. 프루던스는 세바스천의 손이 어깨에 놓여진 것을 느낄 수 있었다.

"'미덕이 있는 왕자들'은 아직도 개인적인 오락을 위해서 그 방을 쓰고 있소?"

세바스천은 마치 그런 음란한 욕망이 지체 높은 신사들의 기준인 것처럼 들리게 하려는 듯이 무미 건조하게 물었다.

"뭐요?"

블룸필드는 순간 혼란스러워하는 것 같았다.

"아니오, 지금은 완전히 끝났소. 우리는 그날 밤 이후로 다시는 만나지 않았소. 그 계집이 모든 걸 망쳐 놓았소. 모든 것을, 망할 것 같으니."

"어떻게 그 여자가 일을 망쳐 놓았죠?"

프루던스는 비교적 침착한 목소리를 유지하면서 물었다.

"자살했어요."

블룸필드는 몸서리를 쳤다. 그리고 다시 램프의 중심부를 뚫어지게 쳐다보았다.

프루던스는 자제력을 찾으려고 애쓰고 있었다.

프루던스의 임무는 단지 블룸필드에게서 답변을 유도해 내는 것이지, 자신이 블룸필드에 대해 생각하는 것을 말해 주는 것이 아니라 되뇌이며.

"딩신이 그 여자에게 한 일 때문에 자살한 건가요?"

"컬링이 첫번째로 했어요."

블룸필드는 매우 낮은 음성으로 변명하듯 말했다.

"피가 보였죠. 알다시피 우리는 예상치 못한 일이었어요. 컬링은 더없이 기뻐했어요, 돈이 아깝지 않다고 하면서. 그리고 나서 링크로스 그리고 옥슨햄이 그 계집애 몸 위에 올라갔죠."

"당신은요?"

프루던스가 위험스럽게 물었다.

"내 차례가 됐을 때쯤, 밧줄이 느슨해졌나 봐요. 그 계집은 끈을 풀고, 창 쪽으로 뛰어갔어요. 컬링이 붙잡으려고 했지만, 미끄러져서 넘어져 버렸죠. 알다시피 로브를 입고 있었거든요. 우리 모두 검은색 로브를 입고 있었죠. 다른 사람들은 너무 취해서 제때에 그 계집을 잡을 수가 없었고요."

프루던스는 꿈속에 어렴풋이 보았던, 어둠을 향해 열려 있는 창가에서 펄럭거리고 있던 검은 커튼을 기억해 냈다.

"릴리안은 창밖으로 뛰어내렸나요?"

"릴리안은 눈 깜짝할 사이에 창턱에 올라서 있었어요. 그리고 나서 입에서 재갈을 꺼내고, 우리를 똑바로 쳐다보았어요. 그때 우리를 저주하던 그 계집의 눈동자를 결코 잊을 수가 없어요. 절대로, 내가 살아 있는 한."

블룸필드는 주먹으로 책상을 내리쳤다.

"그 계집의 눈동자가 빌어먹을, 3년 동안이나 머리에서 떠나질 않고 끈질기게 쫓아다니고 있어요."

프루던스는 분노로 목이 메었다.

몇 초 동안, 프루던스는 마치 실어증에라도 걸린 사람처럼 말을 할 수가 없었다. 조용히, 뒤를 이어 질문한 사람은 세바스천이었다.

"그 여자가 당신에게 뭐라고 저주했소?"

세바스천은 조금도 감정이 묻어나지 않는 목소리로 물었다.

"릴리안이 정확히 뭐라고 말했소, 블룸필드?"

"당신들은 대가를 치를 것이다. 신을 증인 삼아, 맹세코 당신들이 대가를 치르게 할 것이다. 반드시 심판의 날이 오리라!"

블룸필드는 자신의 떨리는 손을 내려다보았다.

"그리고 나서 뛰어내렸소. 목이 부러져 버렸지."

"그리고 나서 어떻게 했소?"

세바스천이 차갑게 물었다.

"컬링이 시체를 없애야 한다고 말했소. 그래서 우리는 그 계집이 물에 빠져 죽은 것처럼 보이게 했지. 컬링이 그 계집을 담요로 싸서, 시내에 버리라고 했소."

블룸필드는 얼굴을 찡그렸다.

"그 계집은 너무 가벼웠소. 전혀 무게가 느껴지지 않았지."

프루던스는 어깨를 펴며, 아무리 기분이 나쁘더라도 조사의 목적을 완수해야 한다고 수없이 되뇌였다.

"그렇소, 나는 지금 릴리안이 복수를 하기 위해 돌아왔다고 믿고 있는 거요."

블룸필드의 눈동자가 가까스로 억제되고 있는 공포의 빛으로 타올랐다.

"이건 공평하지 않소, 그 계집애는 일개 선술집 하녀였소. 우린 단지 조금 재미를 보려고 했던 것뿐인데……."

"선술집 하녀도 다른 여자들과 똑같이 감정이란 걸 가지고 있는 인간이에요."

프루던스가 매몰차게 덧붙여 물었다.

"무슨 권리로 억지로 그 여자를 마차에 태워서, 그런 식으로 죽게 만들었죠?"

프루던스는 세바스천의 손가락이 어깨를 파고들자, 작은 숨소리를 토해 내며 말을 멈추었다.

그렇지만 프루던스는 블룸필드의 이야기가 끊길까 봐 걱정할 필요가 없다는 사실을 즉시 알게 되었다.

블룸필드는 다시 램프 불빛을 응시하며, 단지 자신만이 볼 수 있는 어떤 장면을 골똘히 생각하고 있는 듯했다.

"완전히 불공평하지."

블룸필드가 누구에게랄 것도 없이 혼자 중얼거렸다.

"그 하녀는 이미 내게 복수를 했어. 그런데 왜 나를 죽이려 드는 것이지? 아직도 충분치 않다고 생각하는 건가?"

프루던스는 의아해하며 앞으로 몸을 기울였다.

"무슨 말이에요? 릴리안이 어떤 복수를 했다는 거죠?"

"그날 이후로 나는 여자와 관계를 맺은 적이 없소."

블룸필드는 거의 울부짖고 있었다. 끝도 없는 절망감이 블룸필드의 얼굴에 문신처럼 새겨져 있었다. 블룸필드는 이제 프루던스를 전혀 볼 수 없는 것 같았다.

블룸필드는 여전히 램프 불빛 속에서 자신만이 볼 수 있는 영상에 사로잡혀 있었다.

"나는 더 이상 심지어 단 한 명의 여자도 가질 수 없지. 그날 밤 그 계집이 내 정력을 산산조각 내버렸어."

프루던스는 과거 3년 동안 블룸필드가 정말로 성적으로 무력했었다면, 그것이 마땅한 대가라고 말해 주려고 했다. 그렇지만 세바스천의 손이 다시 어깨를 조여 오자, 프루던스는 침묵하고 말았다.

"그리고 지금은 릴리안이 당신을 죽이러 올 것이라고 생각하오?"

세바스천이 조용히 다그쳤다.

"그 계집은 벌써 옥슨햄과 링크로스를 죽였소."

블룸필드는 떨리는 손을 마주 잡았다.

"사람들은 링크로스는 사고로 죽었고, 옥슨햄은 자살했다고 떠들고 있지만, 그건 사실이 아니오. 믿지 못할 테지만, 나는 이 쪽지를 받았소."

블룸필드는 작은 쪽지를 집어들어, 프루던스에게 건네었다.

프루던스는 익숙한 짧은 메시지를 보았다.

<릴리안이 복수할 것이다.>

"어디서 났죠?"

프루던스가 물었다.

"어제 내 책상 위에 놓여 있었소. 릴리안이 갖다 놓은 것이 분명하오. 부인이 릴리안을 쫓아 보내서, 내가 더 이상 위협을 받지 않았으면 좋겠소."

블룸필드가 말했다.

"정확하게, 내가 어떤 방법으로 그 일을 해결하길 바라죠?"

프루던스가 정말로 궁금하다는 듯이 물었다.

"그 계집과 만나시오. 만나서 그때 있었던 일에 대한 내 죄의 대가를 치렀다고 말해 주시오."

프루던스는 블룸필드를 노려보았다.

“그 일로 만족해야만 한다고 릴리안을 설득시키기는 어려울 거예요. 어쨌든 당신은 아직도 살아 있고, 릴리안은 죽었으니까 요.”

“공평치 않아.”

블룸필드가 다시 말했다.

“나는 그 일에 관한 대가를 치렀소. 나는 심지어 그 계집을 가지지도 못했단 말이오.”

“그렇지만 다른 사람들이 범하는 동안, 지켜보고만 있었잖아 요.”

프루던스가 선고하듯 말했다.

“그리고 만일 릴리안이 뛰어내려 죽지 않았다면, 당신 차례에 그 짓을 했을 테죠.”

“그 계집의 유령에 씌워서 죽는 것은 억울해. 내가 말한 것처 럼, 나는 대가를 치렀다구.”

“내 생각에,”

세바스천이 그 어느 때보다도 차갑게 말했다.

“당신이 잠시 도시를 떠나 있는 것이 현명한 방법일 듯싶소.”

“그게 무슨 소용이지?”

블룸필드는 놀라서 세바스천에게로 눈길을 돌렸다.

“그 계집은 유령이오, 벌써 링크로스와 옥슨햄을 죽였소. 내 가 어디에 가 있든지, 그 계집이 날 찾아낼 거요.”

프루던스는 세바스천을 바라보았다. 세바스천은 블룸필드가 런던을 떠나 있기를 바라는 것이 분명해 보였다. 프루던스는 상 냥하게 입술을 움직였다.

“전문가적인 의견을 말씀 드리자면, 도시를 떠나 있으면 잠시 동안 유령의 공포에서 벗어날 수 있는 아주 좋은 기회가 될 거예요.”

“아무한테도 어디로 가는지 말하지 마시오.”

세바스천이 덧붙였다.

“절대로 아무한테도 말하지 마시오, 가정부에게도 물론이고.”

블룸필드는 절망적인 몸짓으로 고개를 흔들었다.

“백작은 이해하지 못하오. 나는 엔젤스톤 부인이 릴리안의 유령을 상대하기를 바라고 있소. 그래서 이미 내게 복수했다는 것을, 부인이 릴리안에게 말해 줘야만 하오.”

“릴리안과 접촉할 적당한 방법을 강구할 시간이 필요해요.”

프루던스가 끼여들었다.

“이번 일을 위해서 조사도 하고, 계획도 짜야 해요. 엔젤스톤이 옳아요, 잠시 도시를 떠나 있는 것이 아주 좋겠어요.”

“그렇지만 나는 여행을 싫어해요.”

블룸필드가 애처로운 소리를 냈다.

“거의 집 밖에 나가지 않죠. 집 밖에 나가면 굉장히 불안해집니다. 알다시피 난 신경 쇠약 증세가 있어요.”

“빠른 시일 내에 당신이 이 집을 떠나지 않는다면……,”

세바스천이 말을 계속했다.

“신경 쇠약보다 훨씬 더 몸을 망치는 병을 앓게 되리라는 확신어 들고 있소.”

블룸필드의 눈이 휘둥그래졌다.

“릴리안이 다음 번에 나를 찾아올 것 같소, 그런 거요?”

“분명히 그럴 것 같소.”

세바스천이 단박에 대답했다.

"저도 엔젤스톤 말이 확실히 옳다고 생각해요."

프루던스가 힘있게 말했다.

"물론 어디든지 백 퍼센트의 안전을 보장할 순 없어요. 만일 블룸필드 경이 당장 도시를 떠나고 아무한테도 행선지를 말하지 않는다면, 어느 정도 유용한 효과를 얻을 수 있으리라 확신하지만요."

"아주 최소한, 우리는 당신을 위한 시간을 약간 벌 수 있을 것이고,"

세바스천이 말했다.

"그리고 그 시간이 가장 중요한 문제라고 생각하오."

블룸필드는 애원하듯 프루던스를 쳐다보았다.

"내가 떠나 있는 동안, 정말로 릴리안의 유령과 접촉할 수 있는 방법을 찾아내실 겁니까? 부인이 릴리안과 애기하실 겁니까?"

"내가 릴리안과 만나게 된다면, 분명히 이 문제에 관해서 릴리안과 애기할 거예요."

프루던스가 흔쾌히 대답했다.

"그럼, 좋소."

블룸필드는 조심스럽게 몸을 일으켰다.

"당장 떠날 준비를 하겠소. 부인께 감사 드리오, 엔젤스톤 부인. 다른 의지할 데도 없었소. 링크로스가 꼭대기 방에서 떨어진 이후로는 정말이지 끔찍한 공포의 연속이었소. 옥슨햄까지 죽었다는 소식을 들었을 때는, 급기야 생명의 위협까지 느끼기 시작했소."

"제 아내를 불러 충고를 구한 건, 정말 잘한 일이오."

세바스천이 말했다.

"아내는 이런 일에 전문가요."

"그 끔찍한 밤 이후로, 모든 것이 변했어."

블룸필드가 낮은 소리로 혼잣말처럼 중얼거렸다.

"모든 것이."

세바스천이 프루던스의 팔을 잡아당겼다.

"내 생각에, 그만 가는 게 좋을 것 같소. 당신은 해야 할 일도 있고, 블룸필드는 가능한 빨리 떠나길 원할 테니까."

잡다한 물건들이 가득 쌓여 있는 어둠이 드리워진 미궁 같은 서재를 세바스천에게 이끌려 빠져나가면서, 프루던스는 아무 말도 하지 않았다. 문까지 다 왔을 때에야 프루던스는 다시 한 번 뒤를 돌아보았다. 책상에서 일어서 있는, 블룸필드의 응시하는 눈동자에서 내부로부터 우러나오는 공포를 쉽게 찾아볼 수 있었다.

블룸필드는 램프를 내려다보고 있었다.

세바스천과 프루던스는 재빨리 홀을 따라 문으로 향했다. 가정부를 기다릴 생각은 추호도 없었다. 세바스천이 문을 열자, 차가운 햇살이 프루던스의 온몸에 퍼졌다.

"말해 봐요."

세바스천은 기다리고 있던 마차 안으로 프루던스를 올려 주면서, 낮은 음성으로 물었다.

"릴리안과 그럭저럭 얘기할 수 있게 되면, 정확히 뭐라고 말할 거요?"

프루던스는 무릎 위에 놓인 손가방을 힘주어 움켜쥐었다.

"'미덕이 있는 왕자들'에게 원한을 갚을 아주 정당한 권리를 갖고 있다고 말해 주겠어요. 저는 릴리안의 이번 일이 잘되길 바래요. 그리고 제레미 도련님이 아주 많이 릴리안을 사랑했다고 전해 주겠어요. 게다가 제레미 도련님도 릴리안의 복수를 할 생각이라는 사실도요.”

“전적으로 동의하오.”

세바스천은 프루던스의 맞은편에 앉으면서, 가장 차갑게 느껴지는 미소를 지어 보였다.

“나도 그런 메시지를 릴리안에게 전해 주는 것이 가장 옳다고 생각하오. 그렇지만 링크로스와 옥슨햄의 죽음 뒤에 릴리안의 유령이 있을 것 같지는 않소.”

프루던스는 오랜 여행을 하고 난 듯, 깊고 고요하게 숨을 들이마셨다.

“당신이 블룸필드 경에게 도시를 떠나 있으라고 할 때부터 알아봤어요. 블룸필드 경을 숨기려는 거죠, 세바스천? 링크로스와 옥슨햄을 죽인 사람의 희생물로 전락하지 않도록, 잠시 동안 블룸필드 경이 사라져 있기를 바라는 거죠? 그런데 왜 컬링한테는 같은 경고를 하지 않는 거예요?”

“만약 블룸필드나 컬링이 살해된다고 해도, 난 특별히 신경쓰지 않소. 얘기를 들어 보니, ‘미덕이 있는 왕자들’은 모두 릴리안의 저주 아래 죽어 마땅하오. 그렇지만 편리한 시간에 저 장대한 무덤 같은 집을 수색하기 위해, 블룸필드는 사라져 줬으면 좋겠소.”

그 말이 분노에 빠져 있던 프루던스의 주의를 깨어나게 해, 다시 수사에 초점을 맞추게 했다.

“블룸필드 경의 저택을 조사한다구요?”

“적어도, 서재는 조사해 봐야겠소.”

세바스천이 쿠션에 등을 기대며 말을 이었다.

“블룸필드는 릴리안이 죽은 이후로 3년 동안 거의 아무것도 버리지 않은 것이 분명하오. 책상에 있는 물건들을 철저히 조사해 보면, 틀림없이 흥미로운 결과를 얻을 수 있을 거요.”

“저도 물론 같이 가겠어요.”

“자, 프루…….”

“제 전문 영역이에요.”

프루던스는 달랑거리는 자주색 리본을 옆으로 밀어젖히며, 세바스천에게 단호한 눈빛을 보냈다.

“저는 주장해야겠어요, 세바스천. 어쨌든 블룸필드 경에게 릴리안의 유령과 접촉해 보겠다고 약속했으니까요.”

“별로 현명한 일이 아닌 것 같소.”

“조금도 위험하지 않을 거예요. 만일 우리가 들키면, 내가 단지 내 의뢰인을 위해서 유령 현상을 조사하고 있었다고 설명하면 돼요.”

세바스천의 눈빛이 번득거렸다.

“아주 좋은 생각이군. 만일 우리가 체포된다면, 당신에게 모든 설명을 일임하겠소. 그렇지만 지난번에 당신이 그렇게 했을 때, 나와 약혼하게 되었다는 사실을 명심하기 바라오.”

“제가 어떻게 그 일을 잊을 수가 있겠어요?”

프루던스는 다시금 지난 밤 사랑의 고백을 세바스천이 들었는지 간절히 알고 싶은 유혹에 빠져들었다.

새벽 1시경, 세바스천은 블룸필드의 책상 위에 있는 램프를 밝혔다. 그런 다음, 소매 안에 쑤셔 넣어 둔 철사를 꺼내서 자물쇠 안에 찔러 넣었다.

"항상 그 철사를 가지고 다니나요?"

프루던스가 물었다.

"항상 갖고 다니오."

집에 들어가는 일은 비교적 간단한 일임이 판명되었다.

블룸필드의 자물쇠는 겉으로 보기에 크고 감히 접근하기 어렵게 생겼지만, 특별히 까다롭지는 않았다. 세바스천이 별 힘 안 들이고 자물쇠를 열자, 프루던스는 이미 세바스천의 재주에 합당한 찬사를 보낸 터였다.

"이 집은 낮보다 밤에 몇 갑절 더 기분 나쁜 장소 같아요."

프루던스가 속삭여댔다.

프루던스는 세바스천의 어깨너머로 그가 책상 서랍의 자물쇠를 여는 것을 지켜보며 서 있었다.

"블룸필드 경이 어떻게 이런 어둡고 난장판 같은 집에서 사는 것을 견뎌 낼 수 있었는지 모르겠어요. 나 같으면 미치고 말았을 거예요."

세바스천은 자물쇠에서 눈을 떼지 않은 채 말했다.

"당신이 모르고 있나 본데, 블룸필드는 벌써 미쳤소."

"거의 그런 셈이죠. 굉장히 이상한 사람이에요."

"적어도 우리는 이 집을 독점하고 있소. 블룸필드는 확실히 오늘 도시를 떠나는 일을 미루지 않았소. 블룸필드는 진짜로 릴리안의 유령이 올까 봐 겁먹고 있으니까."

세바스천은 자물쇠 안에서 무언가 부딪히는 감촉을 느꼈다. 만족감이 세바스천의 온몸을 타고 흘렀다.

"오, 그래, 잘했어. 바로 그거야, 날 위해서 문을 열어 줘. 천천히, 지금. 나를 안에 넣어 줘, 정말 훌륭해."

프루던스는 화가 나서 작은 소리로 항의했다.

"우리가 사랑 행위를 할 때 당신이 내게 말하는 식으로, 자물쇠에게 말하고 있다는 것을 알고나 있는 거예요?"

"당연하오, 당신과 이 섬세하고 멋진 자물쇠는 많은 공통점을 가지고 있으니까. 당신들 모두 내게 끝없는 즐거움을 주고 있잖소."

"세바스천, 때때로 당신은 구제 불능 같아요."

"고맙소, 더욱 분발하리다."

세바스천은 첫번째 서랍을 열고, 억지로 쑤셔박혀 있는 내용물을 검토했다.

"제기랄, 시간이 좀 걸리겠군."

프루던스가 몸을 더 가까이 숙이자, 새로 산 자주색 코트가 세바스천의 부츠에 닿았다.

"블룸필드는 사업 서류를 아무렇게나 철해 놓는 경향이 있는 것 같군요."

"그렇게 생각할 수밖에 없겠군. 여기 이 서류 뭉치를 좀 받아요."

세바스천은 서류 한 다발을 프루던스에게 건네었다.

"나는 이것들을 조사하겠소."

세바스천은 서랍에서 일지 세 권을 꺼냈다.

"정확히 뭘 찾아야 하죠?"

"나도 확실히는 알 수 없소. 링크로스, 옥슨헴 혹은 컬링이 언급된 것은 무엇이든. 또 액수가 큰 돈이 언급된 것도 물론 중요하오. 되도록이면 둘 다 찾아내면 좋겠고.”

프루던스는 호기심 어린 눈빛으로 그를 올려다보았다.

“무슨 말인지 하나도 모르겠어요.”

“아주 간단한 일이오. 살인에는 단지 아주 작은 동기가 있을 뿐이거든. 복수, 탐욕 그리고 광기, 이 세 가지요. 우리가 지금 미친 사람을 상대하고 있다고는 결코 생각지 않소.”

“이미 복수인 것이 틀림없다고 결론을 내렸잖아요?”

“그렇소, 그렇지만 복수를 동기로 삼을 만한 사람은 제레미뿐이오. 물론 유령은 제쳐놓고 말이오. 만일 당신 생각대로 제레미가 링크로스와 옥슨햄의 죽음에 대해서 아무것도 모르고 있다면, 우리는 세 번째 가능성이 있는 동기를 검토해 봐야 하오.”

프루던스의 안경 렌즈에서 램프 불빛이 번쩍거렸다.

“탐욕?”

“정확하오.”

“그런 동기를 나타낼 만한 것을 아무것도 찾아내지 못하면 어떡하죠?”

프루던스는 아랫입술을 지그시 깨물었다.

“만약 제레미 도련님이 이 살인의 배후 인물이라면, 어떻게 할 거예요?”

세바스천은 리스트의 숫자들을 바쁘게 손가락으로 짚어내리고 있었다.

“그녀석을 데려다가 옆에 앉혀 놓고, 굉장히 엄하게 꾸짖겠소.”

프루던스는 놀라서 눈을 깜빡거렸다.

“살인을 저지른 것에 대해서요?”

"아니오, 살인자의 신원이 밝혀질 만한 증거를 흘린 잘못에 대해서 꾸짖을 거요. 정말 제레미가 복수에 심혈을 기울이고 있었다면, 조금 더 효율적이고 조금 덜 멜로드라마같이 그 일을 처리할 필요가 있었을 거요."

프루던스는 따스하게 미소 지었다.

"그 말은 제레미 도련님이 체포되는 것을 원하지 않는다는 뜻인가요?"

"그 일이 별로 재미없을 것 같다는 결론을 내렸소."

두 시간 후, 세바스천은 마침내 확실하게 심증을 굳히고 있던 사실을 찾아냈다. 친숙한 만족감의 물결이 그의 혈관 속에서 용솟음쳤다. 세바스천의 본능이 수수께끼의 열쇠를 찾았다고 말해 주고 있었다.

"오, 그래!"

세바스천이 감탄사를 발했다.

"이게 틀림없군."

"그게 뭔데요?"

프루던스는 뒤적거리던 오래 된 영수증 묶음을 내려놓으며 물었다.

세바스천은 맨 아래 서랍 구석에서 발견해 낸 사업 계약서를 훑어보며 흡족한 미소를 띠었다.

"링크로스와 옥슨햄의 죽음을 명쾌하게 설명해 주고 있는 동기를 찾아냈소. 또한 앞으로 분명히 일어날 블룸필드의 사망을 설명해 주기도 하지."

"광기나 복수가 아닌가요?"

"아니오. 셋 중에서 가장 단순한 거였소."

세바스천은 탁 소리나게 서류를 덮었다.

"탐욕이오."

"탐욕이오."

18

　그로부터 채 10분도 안 되어, 세바스천은 프루던스를 올려 주고 자신도 마차에 올라탔다. 마차가 앞으로 굴러가기 시작하자, 세바스천은 커튼을 내렸다. 그런 다음, 램프 불빛을 밝히고 블룸필드의 책상에서 찾아낸 서류를 다시 펼쳐 보았다.
　프루던스는 맞은편에 앉아서, 망토 깊숙이 되는 대로 몸을 쑤셔박고 있었다.
　세바스천이 서류를 검토하는 내내 프루던스는 열렬한 기대감이 담긴 눈빛으로 지켜보았다.
　"당장 설명해 줘요, 세바스천. 너무 궁금해서 제정신을 잃을 지경이에요."

세바스천은 서류에 집중하고 있던 뚱한 표정으로 얼핏 올려
다보았다. 프루던스의 눈동자에 담긴 표정을 알아본 그는 어쩔
수 없다는 듯 미소를 지었다.

프루던스는 세바스천만큼이나 이 사건을 즐기고 있었다. 자신
이 프루던스를 동반자로 선택한 것이 굉장한 행운이었다는 사
실을 다시 한 번 깨닫는 순간이었다.

세바스천의 남다른 아내인 프루던스 외에는, 그 누구도 지금
이 순간 세바스천이 어떤 감정을 느끼고 있는지 알 수 없을 것
이다. 그녀가 이 순간을 세바스천과 함께 나눌 수 있다는 것은
말할 필요도 없었다. 그리고 프루던스는 세바스천을 사랑하고
있다.

"어서요, 세바스천? 더 이상 마음 졸이게 하지 말고요."

세바스천은 다시 서류 쪽으로 관심을 돌렸다.

"선박 회사에 투자할 목적으로 꾸며진 사업 계약서요."

세바스천이 여전히 미소를 흘리며 대답해 주었다.

"회사의 대표는 링크로스, 옥슨햄, 블룸필드 그리고 컬링이
오."

프루던스는 야릇한 눈빛을 보냈다.

"'미덕이 있는 왕자들' 클럽이 함께 사업을 했나요?"

"정확히 그렇소. 이 계약서는 3년 반 전에 만들어진 거요. 그
들은 이 회사의 주식을 팔아서 일련의 사업에 돈을 투자했소."

"그게 옥슨햄과 링크로스의 죽음과 무슨 관련이 있죠?"

세바스천은 세부 사항들을 살펴보기 위해서, 작은 글씨로 쓰
여진 문장을 훑어보았다.

"이 계약서에 따르면, 대표자 중 누구라도 죽게 되면 그 나머

지 사람들이 그 사람의 회사 지분을 떠맡게 되어 있소.”

세바스천이 알겠냐는 듯이 프루던스를 올려다보았다.

“이 논리에 입각해 보면, 넷 중에서 셋이 사망하면 나머지 한 명이 그 회사 전체를 물려받도록 돼 있는 거요.”

프루던스는 당장에 그의 말뜻을 알아차렸다. 프루던스의 눈동자가 명백한 결론에 도달한 것처럼 확대되었다.

“컬링.”

“그렇소.”

세바스천은 만족감에 젖은 차가운 미소를 지었다.

“범인이 블룸필느라고 생각해 볼 수도 있겠지만, 컬링일 가능성이 더 높소. 블룸필드가 그렇게 치밀한 계획을 실행에 옮길 수 있다는 점은 차치하더라도, 그런 계획을 꾸며낼 만큼 신경이 안정되어 있지 못하다는 것은 확실하오.”

“컬링 경이 이미 두 친구를 살해했다고 믿는 거예요?”

“그랬을 가능성이 매우 높소. 블룸필드가 분명히 그 리스트의 다음 목표 대상일 거고.”

프루던스는 생각에 빠진 듯 손가락으로 좌석을 톡톡 두드렸다.

“우선 두 사람은 분명히 죽었지요. 모든 사람들이 링크로스의 추락은 사고였고, 옥슨햄의 죽음은 자살이었다고 믿고 있구요. 블룸필드도 자살로 꾸미는 것은 별로 어려운 일이 아닐 거예요. 이미 모두들 블룸필드를 미쳤다고 생각하니까요. 그런데 왜 살인자로 제레미 도련님을 끌어들이려는 소동을 벌이고 있는 걸까요?”

“왜냐하면 누군가 결국에 가서는 틀림없이, 나머지 네 번째

인물과 동업을 하던 세 사람의 공교로운 죽음에 의심을 품게 될
것이기 때문이오."

세바스천이 연이어 말했다.

"특히 네 번째 인물이 회사의 통제권을 완전히 장악하면서,
굉장한 부를 차지하게 되었을 때는 더욱 의문을 가지게 될 것이
뻔하지."

"그러니까 만일 컬링이 살인의 배후 인물이라면, 컬링은 예방
책을 쓰기로 결정한 것이로군요."

"논리적인 가정이오. 컬링은 누군가 다른 사람을 유죄인 것처
럼 보이게 자신을 방어할 생각이었소. 또한 그 다른 사람 역시
그럴 만한 동기를 가지고 있다면 금상 첨화겠지."

"컬링은 제레미 도련님이 한때 릴리안을 사랑했었다는 사실
을 발견한 것이 틀림없어요."

프루던스가 치를 떨었다.

"그리고 제레미 도련님이 '미덕이 있는 왕자들'을 살해할 완
벽한 동기를 갖추고 있다는 것을 깨달은 거예요."

"사건이 드러났을 때, 완전히 무죄처럼 보이게 하기 위해서
바우 가 정보원에게 조사를 의뢰한 것이오. 누가 조사를 부탁한
당사자를 의심하겠소?"

세바스천은 전날 밤 컬링의 태도를 떠올렸다.

"특히 어젯밤에 컬링은 자신이 마치 목숨을 위협 받고 있는
것처럼 생각하게 만들었소."

프루던스는 망토를 더욱 가까이 끌어당겼다. 모자가 프루던스
의 얼굴에 그림자를 드리우고 있었다.

"만일 컬링이 살인자라는 우리의 가정이 맞다면, 이 조사에서

고려해 봐야 할 다른 홍미로운 점이 있어요."

"그게 뭐요?"

"휘슬크로프트를 대신해서 조사를 벌이고 있는 사람이 바로 당신이란 사실을 간과할 수 없다는 거예요. 조사 활동을 하고 있던 사람이 살인 현장에서, 자신의 가족과 관련된 증거를 발견했다는 다소 놀라운 우연의 일치에 대해 어떻게 생각해요?"

세바스천은 자신이 한 발 늦었다는 사실을 인정하는 표정으로 미소를 지어 보였다.

"때때로 어떤 것이 당신에게서 가장 감탄할 만한 점인지 잘 모를 때가 있소. 당신의 명석함인지 침실에서 내게 보여 주는 당신의 정열인지 말이오."

"세바스천."

"어려운 선택이라는 것을 잘 알고 있소. 나로서는 운 좋게도, 두 가지 중에서 결정을 내릴 필요가 없소. 두 가지 모두 즐길 수 있으니까 말이오. 자 이제……, 당신 말이 정말 맞소. 바로 이 조사에 내가 관련되어 있다는 사실을 순전히 우연의 일치라고 생각할 수는 없지."

"컬링이 어떻게 당신 취미를 알아냈을까요?"

"만일 컬링이 릴리안에 대한 제레미의 애정을 알아낼 수 있었다면, 분명히 굉장히 유능한 정보원을 두고 있는 것이 틀림없소."

프루던스는 눈살을 찌푸렸다.

"하지만 대체 누가 알려 줬을까요?"

세비스천은 어깨를 으쓱해 보였다.

"분명히 휘슬크로프트일 거요. 컬링에게 그 정보를 흘린 이유를 알 순 없지만 말이오. 휘슬크로프트는 늘 나보다 더 간절히 내 취미를 비밀에 부치고 싶어했소. 보수를 받는 측면에서, 조사의 공로를 완전히 혼자 독차지하고 싶어했던 거요.

글쎄, 컬링이 내가 조사하는 것에 흥미를 가지고 있다는 사실을 어떻게 알아냈는지는 별로 중요한 문제가 아닌 것 같소. 중요한 것은 컬링이 살인을 저질렀다는 뚜렷하고 분명한 사실이지.”

프루던스는 혐오스러운 표정으로 고개를 끄덕였다.

“틀림없이 당신이 발견해서 알아볼 것으로 믿고, 살인 현장에 불쌍한 제레미 도련님과 관련된 증거를 남겨 둔 것이로군요.”

“나는 정말 그랬고.”

“당신이 제레미 도련님이 살인죄로 체포되는 것을 열렬히 바랄 거라고 생각한 이유를 정말 모르겠어요.”

“모든 사람들이 내가 친척들을 좋아하지 않는다는 사실을 알고 있소.”

세바스천이 당연하다는 듯이 아무렇지도 않게 대답했다.

“그래요, 그렇지만 컬링은 결국 피는 물보다 진하다는 사실을 깨달았어야 했다구요. 당신이 제레미 도련님을 보호할 것이라는 사실을 예상했어야 했죠.”

세바스천의 눈썹이 활처럼 휘었다.

“당신의 천진 난만함은 항상 나를 놀라게 하는구려. 컬링은 논리적인 면에서 당신보다 훨씬 현실적이었소. 플릿우드 집안 사람들에 대한 나의 감정을 잘 알고 있었던 거요. 내가 집안 사람들을 위해 손가락 하나 까딱하지 않을 거라고 생각한 것도 당연하오.”

프루던스는 세바스천을 노려보았다.

"그 문제로 더 이상 저를 놀라게 하지 마세요. 당신이 진정으로 제레미 도련님이 교수형에 처해지는 것을 바라지 않는다는 사실을 스스로도 잘 알고 있잖아요."

세바스천은 프루던스에게 미소를 지어 보였다.

"내 성격에 대한 당신의 무한한 신뢰는 나를 끝없이 즐겁게 만드는군."

프루던스는 화를 억누르듯 얼굴을 찌푸려 보였다.

"지금부터 어떻게 하죠? 우리는 컬링이 살인자라는 사실을 증명할 수 없어요. 지금껏 우리가 해낸 일이라고는 고작, 제레미 도련님에게 불리한 증거가 경찰 수중에 떨어지기 전에 지워 버린 것뿐이에요. 다음 번에는 그렇게 운이 좋지 않을 수도 있구요."

"내 사촌과 또 대화를 해야 할 시간이 된 것 같소."

세바스천이 말했다.

"지금 당장이오?"

"이보다 더 좋은 시간은 상상할 수도 없소."

세바스천이 대답했다.

"거의 3시가 다 됐군. 지금 시간이면 분명히 잘 가는 클럽에 있을 거요."

"저도 같이 가겠어요."

프루던스가 열정에 가득 찬 어조로 말했다.

"당신은, 나와 같이, 갈 수 없소."

세바스천은 일부러 힌 마디 한 마디 끊어 가며 대꾸했다.

"당신이 신사들 클럽에 출입할 수 없다는 사실을, 스스로도 아주 잘 알고 있겠지?"

"저도 그 사실은 알고 있어요."

프루던스가 동요하지 않고 미소로써 응수했다.

"제레미 도련님이 클럽에서 나올 때까지 마차 안에서 당신과 기다리겠다는 말이에요."

"제기랄."

세바스천은 투덜거렸다. 하지만 정말로 그 말에 화가 난 것은 아니었다. 세바스천은 어차피 지는 싸움을 구분해 내는 방법을 체득해 가고 있었다.

제레미가 나타날 때까지, 세인트 제임스 거리의 안개 속에서 그렇게 오래 기다릴 필요도 없었다. 세바스천은 사촌이 계단을 내려와서 대기하고 있던 전세 마차 쪽으로 향하는 것을 지켜보았다. 세바스천은 제레미의 걸음걸이가 휘청거리지 않는다는 것을 알아채고 만족감을 느꼈다.

제레미가 그의 마차로 가기 위해 세바스천의 마차 옆을 지나가는 순간, 세바스천이 문을 활짝 열었다.

"할말이 있네, 사촌."

"대체 뭐야?"

깜짝 놀란 제레미가 어두컴컴한 마차 안을 의심스런 눈초리로 들여다보았다. 제레미의 시선이 세바스천에게서 프루던스 쪽으로 곧장 옮아갔다.

"여기서 뭐 하시는 겁니까, 엔젤스톤 부인?"

프루던스는 제레미에게 안심하라는 표정을 담아 미소를 보냈다.

"굉장히 급한 용무로 제레미 도련님과 얘기하고 싶어서요. 우리와 함께 가실래요?"

제레미는 프루던스의 친절과 세바스천의 존재에 대한 감출 수 없는 혐오감 사이에서 분명히 갈등하고 있는 듯했다. 웃는 얼굴에는 침을 뱉지 못하듯, 프루던스의 친절에 제레미가 고개를 숙였다.

"좋아요."

제레미는 마차에 올라 자리에 앉았다.

"오래 걸리지는 않겠죠? 집에 가는 길이었어요, 너무 지루한 밤이었죠. 내일 아침에 권투 시합을 보러 갈 계획이거든요."

"릴리안과 관련된 일이네."

세바스천이 낮은 음성으로 말하면서, 마차 문을 닫았다.

"릴리안?"

마차가 덜그럭거리면서 나아가기 시작하는 순간, 제레미의 날카로운 시선이 세바스천의 얼굴에 꽂히듯 박혔다.

"아직도 그 얘기에 대해서 더 듣고 싶은 게 남아 있어요?"

"릴리안이 어떻게 죽었는지 알아냈네."

세바스천이 감정이 섞이지 않은 어조로 말했다.

"자네가 진실을 알아야 한다고 생각했지."

"무슨 말인지 모르겠군요. 나는 릴리안이 익사했다고 들었어요."

프루던스가 제레미의 팔을 다독거렸다.

"엔젤스톤의 말을 들어 봐요, 제레미 도련님. 도련님이 사랑한 릴리안은 물에 빠져 죽은 게 아니었어요. 네 명의 소름 끼치는 짐승만도 못한 남자들이 릴리안을 죽음으로 몰아넣고 만 거예요."

제레미가 놀라서 프루던스를 쳐다보았다.

"무슨 말인지 하나도 모르겠어요."

제레미가 다시 반복해서 말했다.

"우리도 오늘 저녁때까진 아무것도 몰랐네."

세바스천은 마차의 램프를 켰다. 세바스천은 좌석 귀퉁이에 몸을 기대고, 낮은 음성으로 제레미에게 모든 진실을 숨김 없이 들려 주었다. 물론 이 조사에 자신이 관련되어 있다는 사실도 포함해서…….

애기를 끝마쳤을 때, 세바스천은 프루던스를 데려온 것이 오히려 잘한 일이었다는 생각이 들었다. 세바스천이 그렇게 하지 않았다면, 제레미는 그의 말을 믿으려 들지 않았을지도 모른다. 프루던스의 존재 자체와, 그녀의 진심으로 염려하는 태도는 세바스천의 이야기에 더없는 신뢰성을 부여해 주고 있었다.

제레미는 수차례 프루던스를 쳐다보며, 사실 여부를 확인했다. 그때마다 프루던스는 진지하게 고개를 끄덕거렸다.

"사실이에요, 제레미 도련님."

프루던스는 마침내 결론을 내리듯 털어놓았다.

"모두 사실이에요. 저 자신도 블룸필드에게 그렇게 물어 볼 수밖에 없었어요."

"그리고 바로 컬링이 링크로스와 옥슨햄의 죽음에 자네를 관련시키려고 한 사람이지."

세바스천이 덧붙였다.

"컬링은 자네를 지적하고 있는 증거를 내가 발견할 것이라고 자신 만만하게 확신했지."

제레미의 입이 굳어졌다.

“왜냐하면 내가 살인죄로 체포되는 장면을 볼 기회를 당신이 놓치지 않았을 것이라고 생각했기 때문이겠지요.”

“그렇다네.”

“가끔씩 이런 조사 활동을 한다고 했죠?”

제레미가 세바스천을 쳐다보며 물었다.

“그렇다네.”

“도대체 왜 그런 일을 하기 시작한 거죠?”

세바스천은 이께를 으쓱해 보였다.

“재미있기 때문이지.”

프루던스는 쓰고 있던 모자를 약간 뒤로 젖혔다.

“컬링은 물론 쓰디쓴 오산을 한 거죠. 세바스천이 집안의 어른으로서, 도련님을 보호하는 데 조금도 머뭇거리지 않을 것이란 사실을 깨닫지 못한 것이 분명해요.”

“죄송해요, 엔젤스톤 부인.”

제레미가 솔직하게 말했다.

“컬링만큼이나 저도 그 사실을 믿기 어렵답니다.”

“말도 안 돼요.”

프루던스가 답답하다는 듯 외쳤다.

“내가 요전에, 세바스천이 가문에 대해서 무한한 충성심을 가지고 있다는 사실을 의심할 필요가 없다고 분명히 말씀 드렸잖아요.”

세바스천이 알 수 없는 눈빛으로 프루던스를 주시했다.

“지금 그 문제에 그렇게 열중할 필요는 없을 것 같소, 마담.”

제레미는 세바스천을 쳐다본 다음 다시 프루던스 쪽으로 시선을 옮겼다.

"정말 그 네 명이 나의 불쌍한 릴리안을 농락하고, 죽게 만들었나요?"

프루던스는 슬픈 듯 고개만 끄덕거렸다.

"그 점은 의심할 여지가 없다고 생각해요. 하지만 증명할 길이 없어요."

제레미의 눈이 가늘어졌다.

"증명을 할 수 있든 없든 전 상관 없어요, 엔젤스톤 부인. 부인이 그것이 사실이라고 확신만 한다면요."

"우리는 그 사실을 확실히 믿고 있어요."

프루던스는 세바스천을 바라보았다.

"그렇지 않아요?"

"나 역시 블룸필드의 얘기가 사실이라고 믿네."

세바스천은 제레미가 주먹을 불끈 쥐는 것을 알아보았다.

"또 그럴 마음만 있다면, 그것이 사실인지 확인해 볼 수 있다고 생각하네."

제레미는 순간적으로 세바스천 쪽으로 고개를 돌렸다.

"누구한테서요?"

"컬링 자신한테서."

세바스천이 침착하게 대답했다. 세바스천은 제레미의 눈동자를 똑바로 맞이했다.

"자네가 나와 같이 가서, 컬링과 직접 얘기를 했으면 하는데
......"

제레미는 세바스천의 얼굴을 살피며 잠시 머뭇거렸다. 그런 다음 돌연 턱을 치켜들었다.

“맹세코, 그렇게 하겠어요.”

“우리의 계획을 세울 때가 온 것 같군요.”

프루던스는 기대감에 흥분하며 선망하듯 세바스천을 바라보았다.

“제일 먼저 우리가 무엇을 해야 되죠?”

“무엇보다도 먼저, 제레미와 나는 당신을 집에 데려다 주러 갈 거요.”

“오, 안 돼요. 당신은 이 사건에서 저를 제외시킬 수 없어요.”

제레미가 눈살을 찌푸렸다.

“부인은 도저히 우리와 함께 갈 수 없어요, 엔젤스톤 부인. 이건 남자들 일이에요. 안 그래요, 엔젤스톤?”

“그렇지.”

세바스천은 제레미의 맹렬함이 담긴 목소리에 놀라면서도 흔쾌히 대답했다.

“아주 옳은 말이네.”

프루던스가 반박하려고 입을 움직거리자, 세바스천은 순간적으로 긴장했다. 그러나 이번에는 결코 뒤로 물러설 수 없다고 굳게 마음을 다졌다.

그런데 놀랍게도 프루던스는 아무 말도 없이 다시 입을 다물었다.

세바스천이 제레미와 마차에 단둘이 남게 되었을 때는 거의 4시가 다 된 시각이었다. 두 사람은 컬링의 저택을 향해 가고 있었다.

프루던스는 집으로 가는 내내, 익숙지 않은 침묵으로 일관했다. 집에 도착하자, 세바스천은 신속하게 프루던스를 에스코트해서 2층의 침실로 데려다 주었다. 세바스천은 프루던스가 자신이 집에 돌아와서 설명해 줄 때까지, 자지 않고 기다릴 것이라는 데 모든 것을 걸었다.

"나는 물론 컬링에게 결투를 신청할 거예요."

제레미는 마차가 움직이자마자, 자신의 결심을 선포했다.

"정말 그럴 텐가?"

"그게 내가 불쌍한 릴리안을 위해서 해줄 수 있는 전부예요. 릴리안이 그날 밤 겪었을 일을 생각하면……, 내 몸의 피란 피는 모조리 끓어오르는 것 같아요."

"결투를 신청해서 자네 목을 위태롭게 한다고 해서 릴리안이 돌아오는 것은 아니네."

세바스천은 침착하게 대꾸했다.

제레미의 눈동자가 번득였다.

"컬링을 죽일 생각이에요."

"자네 사격 실력이 믿을 만한가?"

"맨턴 사격 연습장에서 몇 번 연습한 적이 있어요."

세바스천은 희미하게 웃음을 보였다.

"아주머니가 자네가 그런 스포츠에 관심 있어 하는 것을 아시나?"

제레미는 마음이 불편한 듯이 둘러댔다.

"물론 아니에요. 어머니께서는 찬성하지 않으실 거예요."

세바스천은 포장용 자갈에 말발굽이 덜거덕 하며 부딪히는 소리를 들었다.

"말해 보게, 사촌. 실제로 결투를 해본 적이 있나?"

“글쎄, 없어요. 그렇지만 반드시 목표물을 맞출 수 있을 거라고 확신해요.”

“자네 심장에 총을 겨누고 있는 사람에게 총알을 박는 것은, 맨턴에 있는 표적에 총알을 박는 것과는 완전히 다른 일이지.”

세바스천은 변함 없이 침착하게 대꾸했다.

“이런 경우, 자네의 혈관 속에 필요한 것은 불꽃이 아니라 얼음이지. 결투하기엔 지금의 자네 피가 너무 뜨거워.”

제레미는 세바스천을 보며 얼굴을 찌푸렸다.

“지금까지 당신은 한 번이나 두 번쯤 결투를 해봤다는 소문을 들었어요.”

세바스천은 온화한 표정을 지어 보였다.

“내 결투는 불법이네.”

제레미의 눈동자가 어색하게 세바스천의 얼굴에서 미끄러져 내렸다.

“그래요, 나도 알아요.”

제레미는 헛기침을 했다.

“당신은 사람들에게 전설처럼 여겨지고 있죠. 당신도 잘 알고 있으리라고 생각해요. 그렇지만 당신도 결국 이 세상 사람이에요. 내게 결투를 치르는 일에 관해서 조언을 해준다면……, 굉장히 고맙겠어요.”

“자네 어머니가 결코 찬성하지 않을 것 같군.”

“어머니 문제는 집어치워요.”

제레미의 눈동자가 갑자기 격렬한 빛을 띠었다.

“이건 어머니 일이 아니에요. 나는 릴리안을 위해서 이 일을 해야만 돼요. 이해하지 못하겠어요? 나는 릴리안을 사랑했다구요.”

제레미는 정말로 결투를 신청할 것만 같았다. 세바스천은 마음을 정하기로 했다.

“좋아. 결투를 신청한다면, 내가 입회인이 돼 주지.”

제레미는 깜짝 놀란 듯했다.

“정말요?”

“그래.”

“이봐요, 엔젤스톤.”

제레미는 놀란 표정으로 세바스천을 바라보았다.

“뭐라고 말을 해야 할지……. 정말 너무 친절하시군요, 감사드려요.”

“하지만 만일 자네가 목숨을 잃는다면, 자네 어머니가 날 비난할 것이라는 사실을 명심하게나. 게다가 내 아내는 한술 더 뜰 걸세.”

세바스천은 씁쓸한 미소를 지었다.

“자네 어머니는 상대할 수 있지만, 만일 엔젤스톤 부인이 내가 자네가 총에 희생되는 일을 막지 않았다고 결론을 내린다면, 앞으로 무슨 일이 일어날지 생각해 보고 싶지도 않네.”

“나는 총에 희생되지 않을 거예요.”

제레미가 대답했다.

“내 목표는 컬링의 심장에 총알을 박는 일이에요.”

“아니지, 사촌.”

세바스천은 침착하게 말했다.

“자네 목표는 컬링을 파멸로 몰아넣는 일이라네. 결투를 신청하는 것은 최후의 수단이지.”

"왜요?"

"결과가 너무 불확실하다네. 자네가 컬링의 몸에 총알을 박는 데 성공한다고 해도, 컬링이 죽지 않고 살아날 가능성은 매우 높지. 많은 사람들이 그렇다네. 자네의 목표를 달성할 수 있는 다른, 더욱 믿을 만한 수단을 말해 줄 테니 한번 믿어 보게."

마차가 덜그덕거리면서 거리를 내려가는 동안, 제레미는 세바스천을 처음 보는 사람처럼 바라보기만 했다.

"컬링을 파멸시키기 위해서, 내가 어떤 일을 할 수 있다고 생각하는 거죠?"

세바스천은 '미덕이 있는 왕자들' 클럽 회원들이 맺은 사업 계약서를 발견한 이후로, 죽 생각해 놓았던 계획을 제레미에게 설명해 주었다.

두 사람이 마침내 컬링의 도회지 저택에 도착한 것은 동트기 한 시간 전이었다. 안개가 급속도로 짙어지기 시작했다.

옷을 대충 입은 컬링의 집사가 이렇게 이른 시간에 잠자리에서 끌려나온 것에 화가 난 표정으로 문을 열었다. 집사는 두 신사가 현관 계단에 서 있는 것을 발견하고는 한숨을 쉬었다.

"주인 어른에게 가서, 엔젤스톤이 당장 뵙고 싶어한다고 전하게."

세바스천이 단도 직입적으로 말했다.

"주인님은 겨우 한 시간 전에 침실에 드셨습니다."

집사가 깐깐하게 대답했다.

"주인님은 깨우는 것을 좋아하지 않으실 겁니다."

세바스천이 미소를 흘렸다.

“좋아하든 안 하든, 나는 별로 상관 없네.”

집사는 세바스천의 미소를 보았다.

“원하신다면, 그렇게 해보지요. 어른과 어른의 친구분이 안으로 들어와 계시면, 주인님께 가서 손님이 오셨다고 알려 드리겠습니다.”

말을 마친 집사가 성큼성큼 걸어가 버렸다.

세바스천은 제레미의 분노와 긴장으로 굳어진 모습을 쳐다보았다.

“진정하게, 제레미. 아니면 어쨌든 진정한 척이라도 하게. 철저하게 재미있어하거나, 심지어 따분한 것처럼 보이는 것보다 더 상대의 신경을 불안하게 만드는 일은 없지.”

“당신이 알아야 할 것이 있어요.”

제레미가 메마른 어조로 대답했다.

“당신은 연기의 명수예요. 이런 상황에서 어떻게 그렇게 지독하게 재미있는 것처럼, 아니면 참기 어려울 만큼 따분한 것처럼 행동할 수 있는지 정말 감탄스러울 정도예요.”

“우리 쪽 집안 사람들은 연기의 재능을 가지고 있지. 자네도 잘 기억해 보면 알 수 있을 테지만.”

제레미는 세바스천의 의도를 판단하려는 듯이 찬찬히 훑어보았다.

“사람들이 당신은 천성적인 냉혈한이라고 하더군요.”

세바스천은 집에서 기다리고 있는 프루던스 생각을 했다.

“어떤 한 사람은 그렇지 않다고 하더군.”

계단 꼭대기에서 나는 목소리가 제레미의 주의를 집중시킨 모양이었다.

“저기 컬링이 와요.”

“이번 인터뷰를 내게 맡겨 줬으면 좋겠군.”

세바스천이 작은 소리로 말했다.

“그러죠.”

은회색 실내복을 입은 컬링이 손으로 머리를 쓸어 넘기면서 계단으로 내려오고 있었다.

컬링은 수면을 방해 받은 사람의 얼굴에서 으레 볼 수 있는 흐리멍텅하게 짜증난 표정을 띠고 있었지만, 눈동자는 기민해 보였고 조금도 방심하지 않는 것 같았다.

“도대체 이렇게 당치도 않은 시각에 원하는 게 뭡니까, 엔젤스톤?”

컬링은 제레미에게 알 수 없는 시선을 보냈다.

“하여간, 오래 걸리지 않기만을 바라오.”

“조금도 오래 걸리지 않을 거요.”

세바스천은 컬링에게 장담했다.

“서재로 갈까요?”

컬링은 어깨를 으쓱해 보이면서 홀을 벗어나, 문이 열려 있는 작은 서재 안으로 안내했다. 컬링은 브랜디 테이블로 가면서, 별 생각 없이 두 개의 의자를 향해서 권하는 손짓을 했다.

“한 잔 하시겠습니까?”

“아니오.”

세바스천이 대답했다. 세바스천은 안락 의자에 앉아서, 늘 하던 대로 한쪽 발을 다른 쪽 무릎 위에 걸쳐 놓았다.

“아니오.”

제레미도 똑같이 냉랭한 어조로 대답했다. 제레미는 순간적으로 세바스천을 한 번 쳐다보고 역시 의자에 앉았다. 제레미는 세바스천과 똑같은 정도로 지루한 태도를 보여 줄 수는 없었지만, 노력하고 있는 것이 분명했다.

"원하는 대로 하시지요."

컬링은 브랜디를 한 잔 따르고는, 의외라는 눈빛으로 두 사람을 번갈아 쳐다보았다.

"그럼, 이런 시각에 나를 방문해야 한다고 생각하게 만든 그렇게 중요한 일이 뭡니까?"

"우리는 당신 동업자 중 두 명의 최근 죽음에 관해서 애기할 것이 있어서 이곳에 찾아왔소."

세바스천이 대답했다.

"동업자?"

"링크로스와 옥슨햄."

컬링은 브랜디를 마셨다.

"백작은 왜 그들이 나와 동업자라는 생각을 하게 됐죠?"

세바스천은 웃음을 내보였다.

"블룸필드의 책상에서 찾아낸 서류를 보고 알아냈소. 계약 조건에 따르면, 당신은 며칠 전보다 상당히 부유해진 것이 틀림없더군. 게다가 블룸필드를 찾아내서 살해하는 데 성공한다면, 훨씬 더 큰 부자가 될 것이고."

컬링은 꼼짝도 하지 않았다.

"이럴 수가, 지금 나보고 내 사업 파트너를 죽였다고 추궁하는 겁니까?"

"그렇소."

세바스천이 대답했다.

“바로 그 말이오.”

“생각해 볼 가치도 없는, 말도 안 되는 소리요.”

컬링은 눈을 가늘게 뜨고 제레미를 쏘아보았다.

“링크로스는 추락사했고 옥슨햄은 자살했지요, 알다시피.”

“그만 하시오.”

세바스천이 다그치듯 쉴 새 없이 쏘아붙였다.

“나는 모든 것을 알고 있소. 당신이 어떻게 내 사촌을 끌어들이려고 시도했는지까지 말이오. 당신이 어떻게 내가 가끔씩 바우 가를 위해서 조사 활동을 한다는 것까지 알아냈는지 궁금하지민, 그것은 별로 중요한 문제도 아니오.”

“당신 미쳤군.”

컬링이 고함을 질러댔다.

“아니오, 그리고 블룸필드도 미치지 않았소. 적어도 완전히 미친 건 아니오. 블룸필드가 ‘미덕이 있는 왕자들’이 릴리안에게 했던 짓을 아주 자세하게 말해 줬소.”

순간, 의자의 팔걸이를 잡고 있던 제레미의 손에 힘이 들어갔다.

“당신은 릴리안을 납치해서 강간했어요. 게다가 죽음으로 몰아넣었지…….”

번쩍거리는 컬링의 눈동자가 세바스천에게서 제레미에게로 옮아갔다.

“그 계집애는 선술집에 있던 매춘부였을 뿐이에요. 그 계집의 삼촌이라는 작자가 그날 밤 우리에게 그 계집을 팔았습니다. 우리는 그 계집의 몸값을 충분히 지불했지요.”

“릴리안은 매춘부가 아니야.”

제레미가 격분하여 소리쳤다.

"릴리안이 당신을 따라가기로 동의했을 리가 없어. 당신은 릴리안을 납치했어, 이 비열한 자식!"

"그야말로 황당 무계한 소리군."

컬링의 입이 경멸의 빛을 띠면서 휘어졌다.

"그 계집애는 다리가 좀 잘 빠진 싸구려 매춘부였어."

"그 사실을 부인하지는 않는군, 이 짐승!"

제레미가 불신에 가득 찬 목소리로 내뱉었다.

"내가 왜 그래야만 하지?"

컬링이 뻔뻔스럽게 물었다.

"그 계집애를 보고 꽤 예쁘다고 생각했지. 그래서 이미 말한 것처럼, 충분한 몸값을 지불했어."

"죽일 놈……."

제레미가 의자에게 반쯤 일어섰다.

"앉게."

세바스천이 낮은 음성으로 말했다.

제레미는 잠시 머뭇거리다가, 마지못해하면서 다시 의자에 털썩 주저앉았다.

"네놈이 릴리안을 강간했어."

제레미는 컬링은 몰아세웠다.

컬링은 아무 일도 아니라는 듯이 한쪽 어깨를 으쓱했다.

"내 차례에 그 계집을 가졌다는 사실은 인정하겠어. 아주 숙맥이더구만, 사실을 알고 싶다면 말이야. 그 늙은이가 계집이 처녀라고 보장했었는데, 그 말이 틀리지 않았다는 것을 알게 됐지."

제레미는 증오에 찬 눈빛으로 컬링을 죽일 듯이 노려보았다.

"이 개자식!"

"자네는 정말로 그 계집애를 사랑한 모양이지, 그렇지 않은가?"

컬링은 즐거워 보였다.

"그래, 난 릴리안을 사랑했어, 이 빌어먹을 인간아."

"그것이 바로 자네가 링크로스와 옥슨햄을 죽인 이유지, 그렇지 않나?"

컬링은 냉정하게 결론을 내렸다.

"그 싸구려 선술집 매춘부를 위해서 복수를 하겠다고 생각했겠지."

"나는 그들을 죽이지 않았어."

제레미가 중얼거렸다.

"왜냐하면 나는 그놈들의 죄를 모르고 있었기 때문이지. 그렇지만 네가 릴리안에게 한 짓의 대가로, 바야흐로 네놈을 완전히 파멸시킬 생각이야."

"파멸시킨다?"

컬링이 웃음을 터뜨렸다.

"어떻게 나를 파멸시킬 텐가?"

세바스천은 자신이 다시 주도권을 잡는 것이 더 낫겠다고 결정했다. 세바스천은 제레미의 불 같은 성질을 자제시키기 어려울 것이란 사실을 알고 있었다.

"컬링, 이 일을 오래 끄는 것은 그다지 별 의미가 없소. 지금은 당신이 링크로스와 옥슨햄을 죽였다고 확신한다고만 말해두겠소."

"당신은 그 사실을 확신할 수 없어."

"당신만이 살인 동기를 가지고 있지."

세바스천이 낮은 어조로 응수했다.

"당신 사촌도 가지고 있어."

컬링이 반박했다.

"선술집 매춘부의 원한을 풀어 주기 위해서라는."

"아니, 제레미는 그들을 죽이지 않았소. 왜냐하면 내가 말해 줄 때까지, '미덕이 있는 왕자들'이 릴리안에게 한 짓을 모르고 있었기 때문이오."

컬링의 콧구멍이 벌름거렸다.

"어떻게 그것을 확신할 수 있지?"

"이를테면, 나는 내 직감을 믿소."

세바스천은 한 손을 무심히 부츠 위로 올려놓았다.

"그건 중요한 문제가 아니오. 만일 제레미가 릴리안의 복수를 하려고 링크로스와 옥슨햄을 죽였다고 생각했다면, 나는 이 일에 관여하지도 않았을 거요."

"우린 지금 살인 사건을 애기하고 있어요."

컬링이 순간적으로 말했다.

"그래서 어쨌다는 거요? 그들은 살해 당해 마땅하다고 생각하오. 만일 제레미가 이 일에 책임이 있다면, 내 주요 관심사는 다음에는 조금도 증거를 흘리지 않도록 조심시키는 일일 것이오."

제레미가 순간 놀란 눈으로 세바스천을 쳐다보았다.

분노가 컬링의 눈동자에서 번득였다.

"제기랄. 엔젤스톤, 지금 심지어 제레미가 살인자라고 하더라도 경찰 손에 넘어가지 않도록 플릿우드를 보호하겠다고 말하고 있는 거요?”

“나는 애매 모호하게 말하는 것을 싫어하오.”

세바스천이 대답했다.

“당신에게 분명히 말해 두리다. 나는 이 살인 사건으로 인해 내 사촌이 바우 가 손에 넘어가도록 놔두지 않을 생각이오.”

“당신이 플릿우드를 보호할 생각이라는 것을 믿을 수가 없어.”

컬링이 마침내 숨을 헐떡거렸다.

“당신이 친척들을 증오한다는 사실은 누구나 다 알고 있지.”

“내가 친척들을 그렇게 좋아하지 않는다는 사실을 인정하오. 하지만 의지할 데 없는 어린 여자를 납치해다가 강간한 남자들만큼 경멸하지는 않소.”

컬링은 꽃병이 흔들릴 만큼 탁자를 세게 내리쳤다.

“그 계집애는 왜 자꾸 끌어들이는 거요?”

“이해하지 못하는 것 같군.”

세바스천이 말했다.

“릴리안은 이번 사건에서 가장 중요한 인물이오.”

“믿을 수 없어.”

컬링이 이를 악물며 말했다.

제레미가 주먹을 불끈 쥐었다.

“릴리안을 위해서 당신이 재판을 받도록 만들겠어.”

세바스천은 약간 꺼려지면서도 제레미에 대한 관심이 솟아나기 시작하는 것을 어쩔 수 없었다.

“제기랄, 당신은 아무것도 증명해 낼 수 없어, 엔젤스톤.”

컬링은 브랜디를 한꺼번에 다 들이켜고는 컵을 옆으로 내던져 버렸다.

"절대로 아무것도 증명할 수 없어."

세바스천은 유머를 전혀 느낄 수 없는 미소를 지어 보였다.

"우리는 아무것도 증명할 필요가 없소. 당신은 릴리안의 삼촌에게서 릴리안을 샀다는 것을 이미 인정했소. 그것으로 충분하오."

"어떤 법정에서도 나를 강간죄로 잡아넣지는 못할 거요. 이미 3년 전의 일이고, 그 계집애는 그저 매춘부에 불과했소."

"그 정도면, 오늘 오후까지 런던을 떠나라고 주장할 만한 충분한 근거가 성립되오. 영국을 떠날 준비를 하는 데 이틀을 더 주겠소. 다시는 돌아오지 마시오."

컬링은 어리벙벙해져서 세바스천을 노려보았다.

"당신은 블룸필드만큼 미쳤군. 내가 대체 무엇 때문에 영국을 떠나야 하지?"

세바스천은 컬링의 눈동자를 똑바로 쳐다보았다.

"떠나지 않는다면, 당신이 다른 '미덕이 있는 왕자들'과 만든 회사가 파산해서 주식이 휴지 조각으로 변했다고, 내가 당신 채권자들에게 알릴 테니까."

"그렇지만 파산하지도 않았는데……, 주식도 결코 휴지 조각이 아니오. 빌어먹을, 아주 지독히 값나가는 재산이란 말이야."

"내가 일을 끝마칠 때쯤이면 글씨 쓰는 종이보다도 값어치가 없어질 것이오."

세바스천이 마지막 선고를 내리듯 말했다.

"내가 그런 일을 할 수 있을 만한 힘과 연줄을 가지고 있다는 사실을, 불행하게도 우리 두 사람 다 너무나 잘 알고 있지.”

컬링이 어찔한 듯이 머리를 흔들었다.

“이건 완전히 말이 안 되오, 조금도 이해할 수 없소. 단지 내가 선술집 매춘부와 한 번 관계를 맺었다고 해서, 나를 영국에서 완전히 추방시키겠다?”

“마침내 상황을 이해한 것 같군.”

세바스천이 결연히 자리를 털고 일어섰다.

“실수하지 마시오, 컬링. 만일 오늘 내로 런던을 떠나지 않으면, 내가 결투를 신청할 거요. 엔젤스톤이 입회인이 되어 준다고 했소.”

새로운 추측으로 인해서, 컬링의 눈이 순간적으로 가늘어졌다. 컬링은 세바스천을 바라보았다.

“오, 이제 약간 말이 되는군. 만일 플릿우드가 죽는다면, 의심할 여지도 없이 몹시 즐거워하겠군. 그렇지 않소, 엔젤스톤? 그것이 당신이 무대에 올리려고 하는 작은 드라마인가?”

“반대로, 당신이 내 사촌 심장에 가까스로 총알을 박는다고 해도 굉장히 따분한 사실이 될 뿐일 거요.”

세바스천은 문으로 발걸음을 옮겼다.

“왜냐하면, 그렇게 되면 내가 당신에게 결투를 신청할 의무를 지게 될 테니까.”

“빌어먹을! 엔젤스톤, 도대체 왜 내게 결투를 신청해서 말도 안 되게 플릿우드의 복수를 하겠다는 거지?”

컬링이 감성을 이기지 못하고 고래고래 소리를 질러댔다.

“나도 그 이유는 정확히 모르오.”

세바스천이 시인했다.

“가족에 대한 내 책임감과 관련된 문제이거나, 아니면 어떤 시시한 이유 때문일지도 모르지. 아마도 내 아내가 그 이유를 설명해 줄 수 있을 것 같군.”

19

　세바스천은 동트기 바로 전에 집에 돌아왔다. 그가 2층으로 올라갈 때, 부엌에서 덜그덕거리는 냄비 소리가 들렸다.

　톤의 상류 사회 사람들이 하루를 끝마치려는 시간에, 그들의 하인들은 하루를 시작하는 것이다.

　세바스천은 홀을 따라 침실로 향해 걸어가면서 천천히 넥타이를 풀었다. 몸 속 깊은 곳에서 낯설지 않은 또 다른 긴장감이 꿈틀거리며 솟아오르고 있었다.

　이 무렵은 세바스천이 가장 싫어하는 시간이었다. 새로운 날이란 지난 밤과의 투쟁의 연속이며, 빛도 어둠도 그에게 희망을 약속해 주지 않았다.

세바스천은 이 시간에야말로 몸 안에 있는 차가운 공간을 가장 잘 인식할 수 있었다. 영원히 얼음 같은 회색 장벽 안에 갇혀 있을 것만 같은 느낌은, 바로 '새벽'에 가장 강하게 그를 후비어 파는 것이다.

그러나 지금은 평소처럼 그렇게 지독한 상황은 아니었다. 프루던스가 자신을 기다리고 있기 때문이었다. 새벽이 되기 전에, 세바스천은 프루던스의 따스함에 묻혀 자신을 잊을 수 있으리라.

어떻게 프루던스 없이 그 동안 살아 있을 수 있었을까?

세바스천은 침실 문을 열고, 결코 비어 있지 않을 방안을 둘러보았다. 프루던스는 세바스천의 침대에서 고이 잠들어 있었다. 루시퍼도 몸을 동그랗게 말고 그녀의 곁에서 자고 있었다.

먼저 고양이가 눈을 뜨고, 황금색 눈동자를 깜빡이지도 않고 세바스천에게 또렷이 맞추었다. 세바스천은 그대로 침대 쪽으로 걸어가서, 잠시 프루던스를 내려다보았다. 머리카락은 흐트러져 있었고, 잠옷이 흘러내려 한쪽 어깨가 드러난 황홀할 정도로 매혹적인 모습. 프루던스는 부드럽고 따뜻해 보였으며, 영원히 지금의 모습대로 순수하게 남아 있을 것 같았다.

프루던스가 있기에 세바스천은 이제 결코 혼자가 아니었다.

세바스천은 아쉬움을 부여안은 채 침대에서 몸을 돌려, 브랜디 병이 놓여진 작은 탁자를 향해 방을 가로질러 걸어갔다. 세바스천은 브랜디를 한 잔 따르고, 창문 앞에 앉아서 새벽이 오기를 기다렸다.

루시퍼가 어느 새 세바스천의 곁으로 다가왔다. 고양이는 가볍게 세바스천의 허벅지 위로 뛰어올라 자리를 잡고는, 창문을 통해 보이는 조용한 투쟁을 바라보았다.

세바스천은 고양이를 쓰다듬으며 브랜디를 한 모금 들이켰다.

"세바스천?"

"돌아왔소, 프루."

프루던스가 침대에서 일어나는 모양이었다. 프루던스는 방을 가로질러 와서 세바스천의 등뒤에 섰다. 프루던스는 세바스천의 어깨에 조용히 손을 올려놓았다.

"다 잘됐어요?"

프루던스가 부드럽게 물었다.

"당신 계획내로 컬링을 만나러 갔나요?"

"그렇소."

세바스천이 루시퍼를 쓰다듬던 손을 멈추고, 프루던스의 손을 잡았다.

"컬링은 조만간 영국을 떠날 것이라고 생각하오."

프루던스는 세바스천의 손가락을 부드럽게 쓰다듬었다.

"이 사건을 잘 처리할 줄 알고 있었어요."

"그랬소?"

"그럼요, 당신은 훌륭한 사람이에요, 세바스천. 저는 당신의 아내라는 것이 자랑스러워요."

그녀의 꾸밈 없는 말이 그 안의 커다란 얼음을 봄눈 녹듯 스러지게 한 듯, 세바스천의 마음 깊은 곳에까지 와 닿았다.

"당신을 위해서 했소, 프루."

"저를 만나지 못했다고 해도, 제레미 도련님을 위해 당신이 한 일을 했을 거라고 생각해요."

세바스천은 프루던스와 논쟁을 벌이고 싶지 않았기 때문에,

아무 말 없이 브랜디를 한 모금 더 마셨다.

프루던스도 한동안 말이 없었다.

"이 시간에 잠이 안 올 것 같아요?"

"그렇소, 나는 새벽이 싫소. 낮의 태양이 아무리 밝아도 차가운 안개가 항상 그 자리에서 기다리고 있으니까."

"안개는 모든 사람을 기다리고 있어요. 비밀은 혼자서 현실을 직시하려고 하지 않는 법이죠."

세바스천은 프루던스의 손을 꼭 쥐었다. 두 사람은 함께 빛과 어둠이 대결하는 것을 가만히 지켜보았다. 잠시 후에, 세바스천은 회색 안개가 훨씬 옅어진 것을 보았다.

아침이 왔다.

세바스천은 루시퍼를 바닥에 내려놓았다. 그런 다음 의자에서 일어나 프루던스를 안아 침대로 데리고 갔다. 세바스천은 자신을 반갑게 맞이하는 프루던스의 따뜻함을 맛보기 위해서 그녀의 몸을 더 가까이 끌어당겼다.

컬링이 런던을 떠났다는 소식은 저녁에 열린 브랜든 야회에 모인 손님들 사이에서 별로 흥미의 물결을 일으키지도 못했다. 프루던스는 창문 가까이에서 세바스천과 함께 그 사실을 얘기했다.

세바스천이 미소 지었다.

"어느 누구도 컬링이 갑자기 도시를 떠났다는 사실에 특별히 관심을 가질 이유가 없소, 특별한 일이 아니니까."

"컬링이 영국을 떠났다는 소리를 들으면 관심을 보일까요?"

"그렇겠지,"

세바스천이 차가운 만족감에 젖어 대답했다.

"의심할 여지도 없이 관심을 집중시킬 거요."

세바스천은 방안을 둘러보았다.

"펨브로크 부인이 도착하셨소."

프루던스는 달랑거리는 안경을 눈에 갖다 대고 헤스터를 찾았다.

"그래요, 정말 그렇군요."

프루던스는 헤스터를 향해 정열적으로 부채를 흔들어대며 신호를 보냈다.

"펨브로크 부인이 혹시 새로운 의뢰인을 모아 온 것이 아닌지 궁금해요. 이제 당신 조사도 끝이 나고, 우리는 바야흐로 흥미 있는 프로젝트를 발견할 때가 되었다구요."

"한동안 조용하고 평화롭게 지냈으면 좋겠는데."

세바스천은 눈을 가늘게 떴다.

"제기랄, 저기 제레미가 오는군."

"어디요? 이 멍청한 안경이 정말 말썽이라니까."

프루던스는 최신 유행의 안경을 다시 눈에 갖다 대며 자세히 쳐다보았다. 제레미는 군중을 헤치며 두 사람을 향해 오고 있었다. 제레미는 그들 쪽으로 오기 위해 거의 결사적인 것처럼 보였다.

"당신이 사촌 눈에 영웅처럼 보이는 것이 확실해요, 트레버의 경우처럼요."

"어린 남자들 사이에서 영웅 노릇을 하는 것보다, 내 자신을 즐겁게 하는 데 훨씬 더 흥미로운 방법을 생각해 내는 게 좋을 듯싶소."

제레미가 도착했을 때, 세바스천은 잔에 샴페인을 따르고 있
었다.

"안녕하세요, 엔젤스톤 부인."

프루던스는 환한 미소를 지어 보였다.

제레미는 세바스천에게 남자 대 남자의 시선을 보냈다.

"오늘 오후에 컬링이 도시를 떠났다는 말을 들었죠?"

"들었지."

"컬링은 곧 대륙으로 들어갈 것 같아요."

제레미는 옆을 지나가는 시종의 쟁반에서 샴페인 잔을 낚아
챘다.

"컬링이 이 나라에서 추방되는 것으로 만족해야 되겠지만, 아
직도 더 비싼 대가를 치르게 해야 한다는 생각이 강하게 남아
있어요."

"나를 믿게, 컬링은 영국에서 추방 당하는 대로 곧 지옥의 맛
을 보게 될 걸세."

세바스천이 대답했다.

"특히 새로 손에 넣은 재산이 순식간에 물거품이 되어 버렸
다는 사실을 깨달았을 때는 더더욱 그렇게 되겠지."

프루던스는 놀란 눈으로 세바스천을 쳐다보았다.

"왜 재산이 사라져 버린다는 거죠? 컬링이 이 나라를 떠난다
는 조건으로, 컬링의 투자 회사에 손을 대지 않겠다고 약속했잖
아요?"

"물론 약속했소."

세바스천이 대답했다.

"그런 이익에도 불구하고, 컬링은 아주 혼쭐이 날 거요. 컬링

이 영국을 떠났다는 소문이 퍼지면, 게다가 회사에 남은 유일한
대표자가 미쳐 버린 블룸필드라는 것이 밝혀지면, 주식의 가치
가 순식간에 곤두박질칠 거요. 한 달도 채 안 돼서 주식은 휴지
조각이 돼 버릴 거고. 그러면 회사는 파산할 수밖에 없게 되겠
지."

제레미의 얼굴이 눈에 띄게 밝아졌다.

"그 생각을 미처 못했군요. 그러니까 컬링이 재산을 유지하지
못하게 될 거라는 말이죠?"

"오래 가지 않을 것 같네. 블룸필드가 회사를 맡았다는 소문
이 퍼지면, 분명히 채권자들의 신뢰는 무너질 테니까."

"너무너무 훌륭해요."

제레미는 만족한 미소를 뿌렸다.

"컬링을 파멸시킨다는 말이 그 뜻이었군요. 내가 감히 한마디
한다면, 굉장히 머리가 뛰어나군요, 엔젤스톤."

프루던스가 자랑스럽게 활짝 웃었다.

"엔젤스톤은 굉장히 똑똑한 사람이죠."

세바스천의 눈썹이 익살스럽게 움직였다.

"고맙소, 부인."

제레미가 눈살을 찌푸렸다.

"컬링이 자신의 최후의 운명을 알고 있는지 궁금하군요."

"컬링은 아주 빨리 형벌의 범위를 이해하게 될 것 같네."

세바스천이 대답했다.

"거래 은행에서 분명히, 주식이 추락하고 있다는 사실을 컬링
에게 알릴 것이네."

제레미가 경계하는 눈빛으로 세바스천을 바라보았다.

"그렇게 되면 컬링이 영국으로 돌아오려는 시도를 하지는 않을까요?"

"온몸으로 달려들 격분한 채권자 무리와 채무자로서 감옥에 던져질 확실한 가능성을 알면서도 올 수 있을까?"

그것은 스스로에게 묻는 말처럼 들렸다.

"그건 확실히 의심스럽네. 하지만 그럼에도 불구하고 돌아온다면, 컬링은 그 문제를 스스로 처리해야 하겠지."

"확실히 사건이 해결됐군요."

"나도 그렇게 믿네."

세바스천이 대답했다.

프루던스가 낄낄거렸다.

"두 사람에게 쏟아지는 시선을 눈치챘으면 좋겠어요."

제레미가 씩 웃었다.

"나도 알아요. 사람들 눈에는 엔젤스톤이 집안 식구들과 즐겁게 잡담을 주고받는 장면이 익숙지 않겠지요. 오, 방금 생각이 났어요. 엄마에게 살인죄로 체포될 뻔한 위험에서 당신이 날 구해 줬다고 말했어요."

세바스천은 샴페인을 마시다가 목이 메었다.

"제기랄, 얘기를 전부 다 한 것은 아니겠지?"

"물론 아니에요."

제레미가 진지하게 대답했다.

"만일 모든 얘기를 다 한다면, 엄마는 틀림없이 발작을 일으킬 테니까요. 모든 사람들이 우리 집안의 불화를 알고 있고, 게다가 살인자가 자신의 흔적을 감추기 위해서 그 사실을 이용하려 했다고 설명했어요."

“다른 말은 안 했나?”

세바스천이 험악한 분위기로 물었다.

“바우 가가 내게 흥미를 갖지 않도록, 당신이 힘썼다고 말한 것 빼고는요.”

“음…….”

프루던스는 군중 속에서 서서히 앞으로 나아오는, 낯익은 흐릿한 형체를 포착할 수 있었다. 프루던스는 다시 안경을 눈에 갖다 댔다.

“아주머님 얘기라면, 지금 이리 오고 계시는군요.”

“이런,”

세바스천이 말했다.

“오늘 저녁 내내 친척들 틈에서 지내야 할 것 같군.”

“엄마는 단지 당신에게 사과를 하고 싶은 거예요.”

제레미가 세바스천을 안심시켰다.

“제 생각에도, 분명히 그렇게 하실 것으로 보이네요.”

프루던스가 세바스천에게 경고의 시선을 보냈다.

“당신은 당연히 상냥하게 대해 드려야 해요, 엔젤스톤.”

세바스천은 믿지 못하겠다는 듯 미소를 지어 보였다.

“만일 아주머니가 정말 내게 사과를 한다면, 내 넥타이를 먹어 버리리다.”

드루실라는 세바스천 앞에서 걸음을 멈췄다.

“여기 있었군, 엔젤스톤.”

“그렇습니다, 마담. 저 여기 있습니다. 그게 뭐가 잘못됐습니까?”

“점잖게 굴어요.”

프루던스는 낮은 목소리로 세바스천을 지적했다.

드루실라는 부수적인 연기를 생략하고 세바스천을 응시했다.

"내 아들한테서 자네가 어떤 당황스러울 뻔했던 사건에서, 집안 식구들에 대한 자네의 임무를 수행했다고 들었네."

세바스천의 눈동자에서 낯익은 사악한 즐거움이 솟아올랐다.

"안심하셔도 될 겁니다, 마담. 제레미는 당장 교수형을 당하지는 않을 겝니다."

"당연히 그런 일은 없을 테지. 제레미는 어쨌든 플릿우드 집안 사람이니까. 크롬웰 시대 이래로 플릿우드가 교수형을 당한 적은 없지."

드루실라는 힘차고 우아한 손짓으로 부채를 탁 접었다.

"또, 두 사람의 죽음에 내 아들을 관련시키려고 한 사람이 자네가 아니라는 사실도 들었네."

"제레미가 그런 말도 했습니까?"

세바스천이 물었다.

"물론, 제레미한테서 들었네."

"그 말을 믿으십니까, 마담?"

프루던스는 팔꿈치로 세바스천의 옆구리를 찌르며 드루실라에게 미소를 보냈다.

"엔젤스톤이 아주머님을 놀리는 거예요. 아시다시피 엔젤스톤의 유머 감각은 좀 이상하죠."

"와우!"

세바스천이 진짜 아픈 듯, 옆구리를 쓸어 내렸다.

"나는 지금 결코 농담을 하고 있는 것이 아니오."

세바스천이 이를 악물고 대답했다.

드루실라는 프루던스의 마음을 철렁 내려앉게 만드는 시선을
보냈다.

"정말 그런 바보 같은 연극은 이 무도회에 어울리지 않는군."

"저는 연극을 하고 있는 것이 아니에요."

프루던스가 중얼거렸다. 프루던스는 점점 더 많은 사람들이
몰려들고 있다는 사실을 깨달았다.

프루던스는 주변에서 파도처럼 일어나고 있는 기대감을 느낄
수 있었다. 그리고 세바스천이 아주머니에게 퍼부을 욕설을 준
비하고 있다는 사실도 알 수 있었다.

프루던스는 구원의 손길이 나타나길 기도했다. 구원의 손길은
헤스터의 형상으로 찾아왔다.

방안에 있던 다른 사람들 틈에서 헤스터는 당장에라도 사교
상의 다툼이 일어날 것 같다는 결정을 내리고, 그 다툼을 미리
제압하려는 대담한 시도를 했다. 헤스터는 프루던스에게 걱정스
러운 시선을 보내고 나서, 드루실라를 돌아보며 짐짓 놀란 듯한
행동을 보였다.

"오, 안녕하세요, 드루실라?"

헤스터가 말했다.

"여기 서 계신지 몰랐어요. 오늘 저녁 기분은 좀 어떠세요?"

"좋군요, 고마워요, 헤스터. 나는 막 프루던스의 드레스에 대
해서 얘기를 하려던 참이었죠."

"멋지군요, 정말인가요?"

헤스터는 안전한 대화 주제인 것 같다는 생각에 기뻐하며 대
답했다.

"이 독특한 라벤더 색깔은 지금 대유행이에요, 부인도 아시다

시피."

"이 드레스가 프루던스를, 너무도 빨아서 너덜너덜해진 행주처럼 보이게 하는군요."

드루실라가 조금도 주저하지 않고 대꾸했다.

"게다가 이렇게 많은 주름 장식이 프루던스를 광대처럼 보이게 하고 있어요."

드루실라는 프루던스를 쳐다보며 얼굴을 찡그렸다.

"아직 새로운 옷가게를 찾아내지 못한 것 같군요?"

프루던스는 얼굴이 붉어지는 것을 느끼며 난감한 듯 세바스천을 바라보았다. 그렇지만 세바스천에게선 도와 줄 기색이라곤 전혀 보이지 않았다.

"예, 마담, 시간이 없어서요. 하지만 빠른 시일 안에 꼭 그럴 생각이에요."

"방법이 없군, 내가 가는 옷가게를 소개시켜 줄 수밖에 없겠어."

드루실라는 당당하게 말했다.

"내 생각에, 그 재봉사가 어울리는 드레스를 만들어 줄 것 같군. 가능성이 충분히 있어."

프루던스의 심장이 내려앉았다. 프루던스는 세바스천의 눈동자에 떠오르는 빛을 예민하게 알아차렸다. 프루던스는 가까스로 예의를 차려 미소를 지었다.

"굉장히 친절하시군요, 마담."

"누군가는 자네를 떠맡아야 하겠지, 그래도 엔젤스톤 백작 부인이니까. 자네를 교육시키는 일을 내가 떠맡아야 할 것 같군. 나는 집안 최고 어른의 아내에게 기대되는 거의 모든 사항들을 다 알고 있지."

"그럼요, 그야 물론이죠."

프루던스가 가냘프게 대답했다.

"빠른 시일 내에 자네와 함께 쇼핑을 갈 수 있도록 조처하겠네."

드루실라는 몸을 돌려 군중들 사이로 유유히 걸어가 버렸다.

헤스터는 흥분한 표정으로 부채를 퍼덕거렸다.

"이런! 프루던스, 부인의 말이 맞는 것 같구나. 방금 생각해 봤는데, 라벤더와 바이올렛이 특별히 네게 어울린다고 확신할 수는 없구나."

"이 색깔을 추천해 준 사람은 단지 아주머니뿐만이 아니었는데요?"

프루던스는 완전히 시무룩해져서 대답했다.

"그래, 나도 안다. 이 색깔들은 최신 유행이지. 그래도 드루실라의 전문 지식을 믿어야 될 것 같구나."

헤스터는 세바스천의 우아한 절제의 미가 돋보이는 검은색과 흰색 정장 슈트를 찬찬히 살펴보았다. 그리고 나서 제레미의 멋있는 차림새도 훑어보았다.

"플릿우드 집안 사람들은 천성적인 스타일 감각을 가지고 있단다. 너도 그것을 배우는 게 좋을 듯싶다."

세바스천이 프루던스에게 온화한 미소를 보냈다.

"맞는 말이오. 아주버니 손에 모든 걸 맡기고, 돈 걱정은 하지 마시오. 아주머니와 쇼핑하는 기분을 맛본다는 점에서, 아무리 비싼 대가를 치러도 아깝지 않소."

프루던스는 세바스천을 보면서 눈살을 찌푸렸다. 세바스천은

프루던스가 벌써 그 순간을 두려워하고 있다는 사실을 아주 잘
알고 있었다.

"감히 날 비웃으려 들지 말아요, 엔젤스톤. 안 그러면 과감한
행동을 취하겠어요, 맹세할 수 있어요."

"당신은 틀림없이 날 용서해 줄 것이오."

세바스천의 눈동자에 악마의 그것 같은 유쾌함이 자리잡았다.

"하지만 지금 막 완전히 새로운 즐거움의 세계가 내게 열리
고 있소."

"제발, 세바스천……."

"당신은 가족간의 평화를 원하는 사람이오, 부인. 그러니까
당신이 가장 바라던 소망을 이룬 셈이잖소? 당신이 그 늙은 암
여우를 상대하는 모습은 상당히 재미있을 거요. 아, 잘못했소.
나는 드루실라 아주머니를 두고 한 말이었소."

제레미가 얼굴을 찡그렸다.

"엄마는 좋은 뜻으로 한 말이에요, 엔젤스톤 부인. 그렇지만
엄마는 가족에 대한 책임감이 너무 강해서 좀 걱정되는군요."

"그러신 것 같아요."

프루던스가 애처롭게 말했다.

"당신처럼 말이오."

세바스천은 아무 거리낌 없이 말했다.

"아주머니와 당신은 굉장히 잘 지낼 것 같소."

세바스천은 이내 호탕하게 웃기 시작했다.

프루던스는 세바스천을 노려보았다. 세바스천은 개의치 않고
더 큰 소리로 웃어댔다. 심지어 방안에 있는 모든 사람들이 고
개를 돌려 쳐다보는데도 웃음을 멈추려고 하지 않았다.

　프루던스는 날카로운 표정으로 제레미를 쳐다보았다.

　"대단히 죄송하지만, 저와 춤을 추시겠어요, 제레미 도련님? 만일 여기서 엔젤스톤과 더 있다간, 아주 망신스럽게도 엔젤스톤의 정강이를 걷어차 버릴 것 같네요."

　세바스천이 더 큰 소리로 웃기 시작했다.

　제레미는 호기심 어린 표정으로 세바스천을 흘끗 쳐다보고 나서, 씩 웃으며 프루던스에게 팔을 내밀었다.

　"영광이죠, 마담."

　"고마워요."

　제레미와 무대로 나가고 나서야, 프루던스는 자신이 부주의하게도 톤의 사람들에게 호기심을 불러일으킬 만한 행동을 했다는 사실을 깨달았다.

　"사람들이 우릴 보고 있어요."

　"저 사람들을 탓할 수 있겠어요?"

　제레미는 프루던스와 왈츠를 추면서 낄낄거렸다.

　"타락한 천사의 아내가 플릿우드 집안 사람과 춤을 추고 있어요. 게다가 그 악마는 내게 복수를 하기 위한 분노를 폭발시키려는 기색도 전혀 없구요. 어느 누구도 이해할 수 없는 농담에 고개까지 뒤로 젖히고 웃느라고 바쁘거든요."

　"저 사람들은 아마 엔젤스톤이 제정신이 아니라고 생각할 거예요."

　프루던스가 대답했다.

　"그 사람들 생각이 맞을 것도 같군."

　"내일 아침이면 온 도시에 플릿우드 집안의 불화기 끝났다는 소문이 퍼질 거예요."

제레미가 감개 무량한 듯 말했다.

"아주머님의 손에 맡겨지는 것이, 불화를 끝내기 위해서라면 그렇게 값비싼 대가는 아니겠지요."

프루던스는 좋은 쪽으로 생각하려고 애쓰면서 대답했다.

"너무 확신하지는 마세요."

한 시간 후, 세바스천이 프루던스를 에스코트해서 안개 낀 차가운 밤거리로 나갔을 때, 프루던스는 여전히 쇼핑에 관해서 투덜거리고 있었다.

"정말 화나요, 세바스천. 고향에서는 내 옷에 관해서 뭐라고 말하는 사람이 아무도 없었어요. 여기 도시에서는, 내 능력으로는 그 누구도 기쁘게 해줄 수 없을 것 같아요. 게다가 헤스터와 쇼핑을 갔을 때, 옷장에 넣어 둘 옷을 이미 주문했단 말이에요. 그건 어쩌죠?"

"다른 사람에게 주는 게 좋겠소."

세바스천은 가볍게 대답하며 마차를 부르기 위해 길게 목을 뺐다. 엔젤스톤의 마차는 대저택 앞의 거리를 꽉 메운 마차 행렬 사이에서 도저히 찾아볼 수 없었다.

"누굴 주죠?"

세바스천의 입이 비뚤어졌다.

"바이올렛이나 라벤더 색깔이 어울리는 사람한테 주시오."

세바스천은 프루던스의 팔을 잡고 성급하게 계단을 내려가기 시작했다.

"따라와요, 이렇게 혼잡해서야 마차가 나오는 데 또 20분 정도는 족히 걸리겠소. 차라리 우리가 마차 쪽으로 가는 게 낫겠소.”

“좋은 생각이에요. 확실히 여기 오래 서서 기다리는 것은 별로 좋지 않아요. 오늘 밤은 너무 춥거든요.”

프루던스는 망토를 입고 있어서 다행이라고 생각했다. 세바스천이 입으라고 주장한 것이었지만.

안개가 너무 짙게 끼어 있어서 마차를 찾아내기가 영 쉽지 않았다.

검정색 엔젤스톤 마차는 긴 줄의 맨 끝에서 기다리고 있었다. 낯익은 검정색과 황금색 엔젤스톤가 제복을 입은 마부가 나와서 프루던스에게 문을 열어 주었다.

그런데 마부가 좀 이상했다. 프루던스는 마부를 쳐다보고 나서, 그가 모르는 사람이란 사실을 깨달았다. 더 자세히 보기 위해서 프루던스가 미처 안경을 눈에 갖다 대기도 전에, 세바스천이 낮은 음성으로 욕하는 소리를 들었다.

“빌어먹을, 도대체 넌 누구…….”

가슴을 철렁하게 만드는 퍽 하는 작은 소리가 세바스천의 말을 잘랐다. 세바스천이 신음했다. 세바스천의 손이 팔에서 떨어지는 것을 느끼며 프루던스는 몸을 돌렸다.

“세바스천!”

·세바스천이 보도 위에 풀썩 주저앉는 순간, 프루던스는 본능적으로 세바스천에게 손을 뻗었다. 그렇지만 세바스천은 프루던스에겐 너무 힘겨웠다. 프루던스는 세바스천 곁에 무릎을 꿇고 앉았다.

“이럴 수가……! 세바스천, 괜찮아요?”

또 다른 남자가 안개 속에서 불쑥 나타났다. 얼굴은 흐릿하게

보였지만, 손에 커다란 둔기를 든 것을 어렵지 않게 알아볼 수
있었다.

"조금도 걱정할 것 없어요, 마담. 저 사람은 괜찮을 거요. 내
가 잘 알죠, 빨리 마차에 타요. 댁의 남편의 그것도 잘 챙겨서
넣어 드리리다."

프루던스는 벌떡 몸을 일으키면서, 구조를 요청하는 비명을
지르려고 입을 열었다. 순간 거친 남자의 손이 입을 막아, 프루
던스를 잠자코 있게 했다.

"조용히 하시지, 백작 부인."

낯선 마부가 프루던스의 귀에 대고 낮게 중얼거렸다.

프루던스는 버둥거리기 시작했다. 있는 힘껏 발길질을 해댔지
만, 망토에 접힌 부분이 너무 많아서 행동이 상당히 부자유스러
웠다. 또 다른 악당이 발목을 붙잡았다. 프루던스는 괴한이 마
부까지 합해서 모두 셋이란 사실을 알아챘다.

"점잖게 행동해요, 그렇지 않으면 당신 남편이 더 안 좋아지
는 수가 있어."

가짜 마부가 중얼거렸다.

"우리는 급해, 당신도 알다시피. 여기서 밤을 샐 생각이 아니
야. 나와 내 동료 두 명은 제시간에 당신을 데려가기로 약속했
어. 그렇게 못 하면, 돈을 받을 수 없거든."

프루던스는 마차 안에 아무렇게나 몸을 쑤셔 넣으면서, 절망
적으로 마부석을 올려다보았다.

"빨리 안으로 들어가."

마부석에 있는 남자의 목소리는 확실히 세바스천의 마부 목
소리가 아니었다.

"여기서 밤을 샐 수는 없어."

프루던스를 잡은 사람은 프루던스를 마차 안으로 그렇게 밀어 넣었다. 날카로운 작은 소리가 들리자, 프루던스는 즉시 그 소리가 망토 안에 매달려 있던 안경이 깨지는 소리라는 것을 깨달았다.

프루던스는 버둥거렸지만 그럴수록 옷의 접힌 부분 안에 몸이 더 묶여 버리는 것만 같았다.

"그렇게 힘을 허비할 필요 없어."

한 남자가 퉁명스럽게 말했다. 그 남자는 마차 안으로 들어와서 프루던스를 좌석 위로 끌어올렸다.

"힘을 아끼는 게 좋을 거야. 손님이 너같이 예쁜 계집을 위해서 특별한 계획을 짜 놓은 것 같더군."

엔젤스톤가의 제복을 입은 남자가 세바스천의 흐느적거리는 몸을 마차 안에 쑤셔 넣었다. 세바스천은 마차 바닥에 고꾸라지듯 엎어지고 말았다. 세바스천은 약간의 미동도 보이지 않았다.

프루던스는 공포에 휩싸인 채 머리에서 피가 나는 것은 아닌지 눈을 뜬 것은 아닌지 알아내기 위해 필사적으로 세바스천을 살펴보았다.

말을 거는 것은 불가능했다. 비록 프루던스가 손가방에서 안경을 꺼내서 쓸 수 있다고 하더라도, 세바스천이 얼마나 많이 다쳤는지 살펴보는 것 또한 불가능하다는 사실을 차갑게 인식했다. 마차 안은 지독히도 어두웠던 것이다.

엔젤스톤가 제복을 입은 악당은 마차 안으로 뛰어올라, 프루던스의 맞은편에 앉았다. 불빛이 너무 약해서 프루던스는 그의 손에 권총이 들려 있다는 정도만을 알 수 있을 뿐이었다.

"그럼 이제 당신과 나는 앞으로 한 시간 정도 할 얘깃거리를 찾아보는 게 좋을 것 같군, 마담. 당신 남편은 잠시 동안 애기할 기분이 아닐 것 같으니까."

남자는 발끝으로 세바스천의 축 늘어진 몸을 툭툭 건드렸다.

"건드리지 말아요!"

프루던스가 소리쳤다.

"걱정 마시오. 남편은 우리가 컬링 성에 도착할 때쯤에는 상당히 온전한 상태가 돼 있을 테니. 그게 우리가 의뢰인과 맺은 계약이오. 물건을 둘 다 온전한 상태로 넘겨 주기로 했다 이거요."

프루던스는 순간 거의 숨을 쉴 수가 없었다.

"우리를 컬링 성으로 데려간다고요?"

"그렇소, 지금 우리가 가는 곳이오. 이 빌어먹을 안개 때문에 좀 늦어지겠지만, 그렇게 많이 늦지는 않을 거요. 마부석에 앉아 있는 잭은 말 다루는 데 명수니까. 그러니 우리는 그리 늦지 않게 도착할 거요."

검은 방은 프루던스가 기억하고 있는 것처럼 어느 모로 보나 굉장히 추웠다. 음산하고 무겁게 깔려 있는 냉기는 자체적으로 생명을 가지고 있는 것 같았다.

냉기는 성벽 바깥의 밤공기 때문이 아니라, 성을 이루고 있는 돌 그 자체에서 발산되는 것 같았다. 안개처럼, 냉기는 방안의 모든 것을 휩싸고 돌았다.

프루던스는 고개를 돌렸다. 몇 분 전에 자신과 세바스천을 이 곳에 데려온 악당들은, 테이블 위에 타고 있는 초만 한 개 남겨 놓은 채 방을 나갔다. 초의 불꽃은 방을 채우고 있는 숨막힐 듯한 어둠을 쫓는 데 별로 도움이 되지 않았다.

프루던스는 홀에서 점점 멀어지는 악당들의 발소리에 귀를 기울이며, 침대 위에 꼼짝 않고 누워 있었다. 작은 안도감이 밀려들었다. 일단은 납치한 사람들이 사라졌던 것이다.

프루던스는 부자연스럽게 몸을 일으켜 앉았다. 손과 발이 여전히 묶여 있었지만, 적어도 그 악당들은 재갈만은 물리지 않았다. 물론 지금 비명을 지를 생각도 없었지만. 납치범들을 도로 불러들이고 싶은 생각은 눈곱만큼도 없으니까.

그때였나. 사슬이 돌에 부딪히는 소리가 방안에 울려퍼졌다.

프루던스가 순간 고개를 치켜들고 어둠 속을 응시했다.

"세바스천? 깨어났어요?"

"빌어먹을."

분명한 세바스천의 목소리에 프루던스는 수십 수백 배나 기운이 솟구쳤다. 다른 어떤 것도 프루던스에게 그런 영향을 끼칠 순 없으리라.

"그 사람들이 당신을 벽에 달린 무지막지한 족쇄에 묶어 놓았어요."

"나도 알고 있소."

다시 돌에 사슬을 가볍게 문지르는 소리가 났다. 마치 세바스천은 족쇄를 소리 안 나게 시험해 보고 있는 듯했다.

"당신, 괜찮소?"

"그래요."

프루던스는 침대 귀퉁이에 가까스로 앉아 있었다.

"당신은 괜찮아요?"

"마치 이제 막 휘트와 백 번 정도의 권투 시합을 끝낸 기분이
오. 하지만 그것 말고는 멀쩡한 것 같소."

"당신은 꽤 오랫동안 의식이 없었어요. 그래서 굉장히 걱정했
어요."

"의식이 없진 않았소, 단지 어찔했던 것뿐이오."

세바스천의 목소리는 굉장히 격분하고 있음에도 불구하고 엄
청난 자제력으로 억누르고 있는 것처럼 들렸다.

"잠시 동안 움직일 수가 없었소, 적어도 마차 안에 있던 남자
의 총을 빼앗을 만큼 빠르게는 말이오. 그래서 때를 기다리기로
결정한 거요."

"우린 지금 컬링 성에 있어요."

프루던스가 자기가 아는 사실을 말해 주었다.

"믿든 안 믿든, 나는 그 사실을 완전히 혼자 생각해 냈소."

프루던스는 눈살을 찌푸렸다.

"그렇게 빈정거릴 필요는 없잖아요. 저는 단지 당신이 적응하
는 것을 도우려고 했을 뿐이에요."

"죄송하지만, 마담, 나는 지금 그렇게 좋은 기분이 아니오."

사슬이 다시 덜그덕거렸다.

"빌어먹을."

"뭐가 잘못됐어요?"

프루던스가 물었다.

"잘된 건 또 뭐요? 우리 조사의 시작부터 전부 잘못된 거요,
제기랄."

"제 말은, 바로 지금 잘못된 것이 뭐냐는 말이에요."

프루던스가 참을성 있게 계속했다.

"왜 욕을 하고 있는 거냐구요?"

"이 족쇄에 달린 자물쇠에 각도를 맞출 수 없소. 내 몸이 조금만 더 높이 있었으면 좋겠소."

프루던스의 표정이 밝아졌다.

"자물쇠를 따려구요?"

"그렇소."

사슬이 조심스럽게 덜그덕거렸다.

"제기랄."

"제가 도울 수 있는 일이 있을까요?"

"침대 밑에 지난번에 봤던 침실용 변기가 아직도 그대로 있는지 살펴보시오."

세바스천이 대답했다.

"침실용 변기요? 조금도 참을 수 없나요? 우리는 지금 위급한 상황에 있다고요, 세바스천."

"나는 이 자물쇠 속에 철사를 집어넣기 위해서 발을 딛고 설 그 빌어먹을 변기가 필요하단 말이오."

세바스천이 이를 악물고 대답했다.

"있으면, 이쪽으로 발로 차서 보내요."

"오, 그럴게요, 물론이죠."

안타깝게도, 프루던스는 침대 위에서 지나치게 급히 뛰어나가고 말았다. 프루던스는 몸이 급속히 침대 아래로 떨어지는 것을 막을 손과 다리가 묶인 상태였기 때문에, 쿵 소리를 내며 무릎으로 주저앉고 말았다.

"어휴!"

"빨리 서두르시오."

프루던스는 몸을 숙여 침대 밑을 바라보았다. 그러자 어둠 속에서 가까스로 희미하게 윤곽만 보이는 침실용 변기를 찾을 수 있었다.

"저기 있어요."

"이리로 갖다 주시오."

세바스천이 거의 명령에 가까운 투로 말했다.

프루던스는 직접 하는 것보다 말하는 것이 훨씬 쉽다고 속으로 투덜거렸다. 그렇지만 지금은 임무의 어려움을 불평할 때가 아니었다. 프루던스는 자신들의 생명이 침대 아래서 변기를 꺼내는 것에 달려 있을지도 모른다는 생각이 들자, 마음이 심란해졌다.

프루던스는 옆으로 누워서, 어느 정도까지 철제 침대 밑으로 꿈틀거리며 나아갔다. 프루던스는 묶여 있는 발목으로 변기를 낚아채기 위해서 세 번 정도 시도한 연후에야 겨우 성공할 수 있었다.

"잡았어요."

프루던스가 속삭였다.

"이리로 밀어 보내요."

"그럴게요."

프루던스는 세 번이나 위치를 바꾼 다음에야, 마침내 발로 변기를 굴리면서 등으로 기어갈 수 있었다.

"꼭 벌레가 된 것 같군."

프루던스는 차가운 돌바닥 위에서 변기를 조금씩 움직여댔다.

그 과정은 영원히라도 계속될 것 같았다. 매서운 냉기에도 불구하고 프루던스는 땀을 흘리고 있었다. 섬세한 실크 스커트가 돌바닥에 마찰돼서 찢어지는 소리가 들렸다.

"좀더 가까이, 프루."

세바스천은 낮은 음성으로 말했다.

"거의 다 왔소."

프루던스는 몇 센티미터 앞으로 변기를 밀면서, 계속 꿈틀거리며 앞으로 나아갔다.

"잡았소!"

세바스천은 작은 성취감이 담긴 목소리를 냈다. 세바스천은 발끝으로 변기를 잡아서 더욱 가까이 끌어당겼다.

프루던스는 일어나 있어서, 세바스천이 뒤집어엎어 놓은 변기 위에 올라서는 것을 보았다. 프루던스는 세바스천이 자물쇠 따는 것을 보기 위해서 눈을 게슴츠레하게 떴다.

"바로 그거야, 귀여운 것."

세바스천이 낮게 읊었다.

"내가 원하는 것을 줘. 나를 위해서 문을 열어 줘. 나를 안에 넣어 줘. 활짝 문을 열어 줘."

찰칵 하는 작은 소리가 났다.

"그렇지, 그래, 아주 잘했어."

"열었어요?"

프루던스가 물었다.

"한쪽은 열었소, 아직 한 개를 더 열어야 하오."

두 번째 자물쇠는 거의 시간이 소요되지 않았다. 세바스천은 그로부터 정확히 1분 후, 자유로운 몸이 되었다.

세바스천은 변기에서 내려오자마자 프루던스의 손과 발을 묶고 있는 로프를 풀어 주기 위해 다가왔다. 프루던스는 팔 위쪽에 아무런 감각도 없다는 사실을 깨달았다.

점차 감각이 되돌아오기 시작했다.

프루던스는 팔이 고통스럽게 저려 오자, 터져나오는 비명을 겨우 참았다. 프루던스는 급기야 입에 한 가득 망토 자락을 쑤셔 넣고는 꽉 깨물었다.

"제기랄, 미리 생각했어야 하는 건데."

세바스천은 부산히 프루던스의 팔을 문지르기 시작했다.

"참아요, 프루. 조금 지나면 괜찮아질 거요. 내 손을 느낄 수 있겠소?"

프루던스는 고개를 끄덕였지만, 감히 망토 조각을 뱉어 낼 수는 없었다. 프루던스는 여전히 가까스로 비명을 참고 있었던 것이다.

"좋소."

세바스천은 다소 안심한 듯했다.

"당신을 그렇게 단단히 묶어 놓지는 않았군. 이제 곧 좋아질 거요."

프루던스는 그렇게 확신할 수 없었지만, 잠시 후에는 팔을 움직일 때마다 비명을 지르면 어쩌나 하는 염려를 더 이상 안 해도 되었다. 세바스천은 프루던스를 일으켜 세웠다.

"이럴 수가!"

프루던스가 낮게 속삭였다.

"우리는 여기서 나가야만 하오."

세바스천이 말했다.

"우리는 더 이상 꾸물거릴 시간이 없소."

"저도 알아요."

프루던스는 숨을 깊이 들이쉬었다. 그리고 최신 유행의 벨벳 리본 끝에 매달린 깨어진 안경을 내려다보았다. 그것은 이젠 쓸모가 없게 되어 버렸다. 하지만 구슬 장식이 달린 작은 손가방은 아직 허리에 매달려 있었다. 프루던스는 황급히 손가방을 열어, 안에 무사히 있는 안경을 확인했다. 테가 좀 휘어지기는 했지만 다행히 안경알은 멀쩡했다. 프루던스는 황급히 안경을 끼었다.

"준비됐어요."

프루던스가 최종적인 상황을 알렸다.

"당신은 정말 놀라운 여성이오."

세바스천은 프루던스의 손을 잡고, 다급히 문 쪽으로 잡아 끌었다.

프루던스와 세바스천은 동시에 홀에서 들리는 발자국 소리를 들었다.

"빌어먹을."

세바스천이 발걸음을 멈췄다.

"오늘 밤에는 되는 일이 하나도 없군."

프루던스는 세바스천의 손가락이 다시 손목을 죄어 오는 것을 느꼈다. 세바스천은 프루던스를 문에서 멀리 떨어진 벽 쪽으로 홱 밀어붙였다.

"움직이면 안 되오."

세바스천이 단단히 주의를 주었다.

프루던스는 벽에 몸을 꼭 붙였다. 세바스천은 방을 가로질러 성큼성큼 걸어가, 침실용 변기를 주워 올렸다. 그리고 나서 프루던스와 나란히 벽에 몸을 납작하게 붙였다.

문이 열렸다. 손이 뒤로 묶인 남자가 비틀거리면서 방안으로 들어왔다. 뒤에서 누군가 밀자 남자는 휘청거렸다. 그러다가 발을 헛디뎠는지 넘어지고 말았다.

촛불의 빛이 깜빡거리면서 개릭의 얼굴을 비추었다. 개릭의 눈동자가 어둠 속에서 프루던스에게 맞춰졌다.

프루던스가 미처 반응을 보이기도 전에, 그녀와 세바스천을 납치해 왔던 악당 중 하나가 방안으로 들어왔다. 악당은 권총을 쥐고 있었다.

"자, 이제야 일이 끝났군."

악당은 만족스러운 목소리로 말했다.

"잘 끝났어."

그리고 나서 악당의 시선이 텅 빈 침대 쪽으로 옮겨졌다. 한편 프루던스는, 족쇄만 매달려 있는 것을 본, 악당의 눈이 커지는 것을 숨죽이며 지켜보고 있었다.

"이게 뭐야? 도망쳤잖아!"

악당은 고함을 쳐서 도움을 요청하려고 입을 열었다.

세바스천은 한 발자국 앞으로 나아가서, 가지고 있던 침실용 변기로 악당의 머리를 세게 내리쳤다. 그의 손에서 권총이 떨어져 침대 아래로 튕겨져 들어갔다.

악당은 신음 소리를 내면서 그대로 바닥에 고꾸라졌다. 그리고는 아무 움직임도 없었다.

세바스천이 개릭을 내려다보았다.

"확실히 일을 복잡하게 만들었군."

"미안하네."

개릭이 애처롭게 대답했다.

"클럽에서 나오는데, 날 기다리고 있었어."

"개릭을 풀어 주시오."

세바스천이 프루던스에게 말했다.

"나는 총을 찾아야겠어. 어쨌든 나가려면 꼭 필요할 것 같으니까."

프루던스가 미처 몸을 움직이기도 전에, 거대한 검은 옷장의 문이 활짝 열렸다. 놀랍게도 컬링이 권총을 들고 그곳에 서 있었다. 컬링 뒤쪽으로는 입을 크게 벌리고 있는 비밀 계단의 어두운 입구가 보였다.

프루던스는 뒤늦게 세바스천이 옷장 안에서 발견했던 가짜 벽면을 기억해 냈다. 프루던스는 그제서야 그 가짜 벽면 뒤에 무엇이 감춰져 있는지 깨달았다.

"꼼짝 말게, 엔젤스톤."

컬링은 옷장에서 내려왔다.

"움직이면, 자네 부인에게 총알을 선사하겠네."

세바스천이 순간 행동을 멈췄다.

"정도가 너무 지나쳤어, 컬링."

"조금도 그렇지 않아."

컬링이 프루던스에게 손짓했다.

"이리 오시오."

컬링의 눈이 가늘어졌다.

"이리 오라고 말했소. 안 그러면, 마음을 바꿔서 부인의 소중한 타락한 천사에게 첫번째 총알을 선사하겠소."

프루던스는 마지못해하면서 잎으로 걸어갔다. 프루던스가 손이 닿는 거리에 들어오자, 컬링은 팔을 프루던스의 목에 두른 채 프루던스를 방패처럼 끌어당겼다.

"이제……,"

컬링이 말했다.

"훨씬 기분이 좋군."

20

세바스천은 침착함을 유지하려고 무진 애를 썼다. 이성을 잃게 만드는 분노 때문에, 컬링을 덮치려는 충동이 거의 세바스천을 점령하고 있었다.

프루던스가 인질로 잡혀 있는 광경이, 세바스천의 온몸에 계속적으로 격렬한 고통의 충격을 보냈다. 만일 이렇게 제어되지 않는 감정을 다스리지 못한다면, 그 감정이 치명적으로 작용할 것이라는 사실을 세바스천은 알고 있었다.

"도대체 원하는 게 뭐요, 컬링?"

세바스천은 평소 잘 숙달되어 있는 지루한 듯한 어조를 사용하려고 노력했다.

컬링은 협박하는 표정으로 메마른 미소를 지었다.

"넌 내가 원하는 것을 알고 있어. 내가 정말로 네놈이 날 영국에서 쫓아내고, 내 재산을 몽땅 파괴하도록 가만 놔둘 줄 알았나?"

"당신 재산?"

"모르는 척하지 마라. 너는 내가 말하는 것을 아주 잘 알고 있어."

컬링의 팔이 프루던스의 목을 조여들었다.

"난 바보가 아니야. 내가 영국을 떠나면, 내 사업에 어떤 일이 발생할지 잘 알고 있어. 투자가들은 블룸필드가, 바로 그 미친 놈이 회사를 맡을 것이라고 생각하겠지. 대혼란이 일어날 거야. 만일 내가 여기서 회사를 경영하지 않으면, 회사는 곧 파산하고 말겠지."

세바스천은 어깨를 으쓱해 보였다.

"가능한 얘기군."

"빌어먹을, 너는 자신이 하려는 짓을 아주 정확하게 알고 있어."

컬링이 이를 악물고 말했다.

"내가 정말 네놈이 시키는 대로 고분고분 따를 줄 알았나? 난 모든 계획을 아주 신중하게 세웠어. 그래서 더더욱 네 녀석이 내 계획을 완전히 망쳐 놓도록 내버려 둘 수가 없어."

그 순간 개릭이 바닥에서 몸부림을 쳤다.

"모두 내 잘못이군, 그렇지 않나?"

컬링은 개릭을 쳐다보지도 않았다. 눈동자의 초점을 계속해서 세바스천에게 맞춘 채 말했다.

"원한다면, 네놈의 공로를 좀 인정해 주겠다. 너도 알다시피, 나는 엔젤스톤에 관한 정보가 필요했지. 모든 사람들이 엔젤스톤이 플릿우드 집안 사람들을 얼마나 미워하는지 떠들어대고 있었지만, 나는 그 증오의 깊이가 얼마나 되는지 확신할 수가 없었거든."

"그러니까 만일 제레미가 살인에 연루된다면, 내가 제레미를 보호하기 위해서 내 지위를 사용할 것인지 확신할 수 없었다는 말이군."

"정확히."

컬링이 내답했다.

"그렇게 친척들을 증오하면서, 왜 아직까지 네놈의 힘을 이용해서 친척들을 뭉개 놓지 않는 건지 지금도 이해할 수 없는 미묘한 상황이지."

"당신은 결코 이해할 수 없을 거예요."

프루던스는 신랄하게 훈계하는 투로 말했다.

"왜냐하면 만일 당신이 엔젤스톤이었다면, 벌써 옛날에 가족들을 뭉개 버렸을 테니까요."

"그 말도 정확하군."

컬링의 눈동자는 여전히 세바스천에게 맞춰져 있었다.

"어쨌든 나는 엔젤스톤의 행동의 동기에 대해서, 그리고 만일 내가 내 계획에 제레미를 이용하는 일에 착수했을 때, 엔젤스톤이 어떤 반응을 보일 것인지에 대해서 더 많이 알아낼 필요가 있었어."

"그래서 내게 술을 진탕 먹이고, 정보를 빼냈군."

개릭은 몹시 자책하는 목소리로 말했다.

“굉장히 손쉬운 일이었지.”

컬링이 말했다.

“그리고 얻은 것도 아주 많았고. 네놈은 내게 확신을 주었어. 엔젤스톤이 친척들이 썩어 문드러지고, 실제로 살인죄로 체포되는 것을 본다면 굉장히 기뻐할 것이라고 말이야. 그리고 나서 네놈은 더 매혹적인 정보를 무심결에 흘렸지.”

개릭은 절망적으로 자신이 한 일을 확인했다.

“내가 당신한테 엔젤스톤의 취미를 말했군, 그런 건가?”

“그래, 네놈이 말해 줬지.”

컬링은 여유 있게 웃었다.

“네놈은 엔젤스톤의 매우 흥미 있는 취미에 관한 거의 모든 것을 말했지. 물론 바우 가 정보원의 이름까지 말이야.”

“빌어먹을.”

개릭은 어쩔 줄 모르는 표정으로 엔젤스톤을 쳐다보았다.

“나는 그때 일을 조금도 기억할 수 없네, 엔젤스톤. 신께 맹세하겠네, 나는 전혀 기억이 안 나. 그 당시 나는 술을 굉장히 많이 마실 때였지. 그때 일을 기억해 낼 수 있는 것이 많지 않다네.”

“나도 알고 있네.”

세바스천은 컬링에게서 주의를 떼지 않고 말했다.

“그것은 지금 별로 중요하지 않네.”

“그래서 나는 계획을 변경했지.”

컬링이 말했다.

“엔젤스톤이 실제로 조사를 하게 한다면, 더할 나위 없이 좋을 것이라고 결정을 내렸던 거야. 내가 사촌을 걸려들게 만들려

고 갖다 놓은 증거를 알아보고 확신을 갖게 되리라고 생각했
어.”

“재미있는 예방책이로군.”

세바스천이 낮은 음성으로 말했다.

“바우 가에서는 살인 현장에서 발견된 증거를 간과하거나, 그
주인의 진짜 신원을 밝혀 내지 못할 것이 분명하니까. 옥슨햄이
죽던 날 밤에 내 마차에 쪽지를 넣은 것도 바로 당신이었나?”

“물론,”

컬링은 눈살을 찌푸렸다.

“니는 네 녀석이 사촌에게 불리한 증거를 찾아낼 수 있도록,
제일 처음으로 살인 현장에 가기를 바랐지. 알다시피 나는 애송
이 플릿우드 녀석이 굉장히 필요했어.”

“왜냐하면 당신은 자신이 혐의를 받지 않으면서, 세 명의 동
업자를 죽이고 회사의 통제권을 완전히 장악하는 일은 거의 불
가능하다는 사실을 알고 있었기 때문이겠지.”

세바스천이 계속해서 말했다.

“한 명 정도, 어쩌면 두 명까지는 사람들이 사고로 받아들일
수도 있겠지만, 세 명이 모두 죽는다면 설명하기 어려워질 것이
틀림없었소. 특히 당신이 너무도 명백하게 그 죽음으로부터 이
익을 받게 됐을 때는 말이오. 당신은 그 세 사람을 죽일 만한
동기를 가진, 다른 확실한 사람을 찾고 싶어했소.”

“네놈 사촌은 완벽한 동기를 가지고 있었지.”

컬링이 말했다.

“단지 나만이 알고 있는 동기였지만, 네 사촌 녀석은 법정에
서 부인할 수도 없었을 거야. 그래서 릴리안의 죽음에 관한 모

든 것을 드러낼 계획을 세웠던 거야. 어쨌든 나는 숨길 만한 것도 없었지. 나와 내 친구들이 그 계집과 재미있는 놀이를 약간 즐기고 있었는데, 그 어리석은 매춘부가 창문에서 뛰어내린 것뿐이었으니까.”

“당신은 릴리안과 사랑을 했던 내 사촌이, 몇 년이 지난 후에 릴리안의 죽음과 관련된 사실을 알아내고 ‘미덕이 있는 왕자들’을 저주하면서, 복수 계획을 세웠다고 증언할 생각이었겠지.”

세바스천이 말했다.

“정확하군.”

컬링이 어깨를 으쓱했다.

“나는 마지막 희생자로 운명 지어진 것처럼 보이게 하려고 꾸몄어. 그런데 운 좋게도 제때에 범인이 잡히게 된 거지.”

“바로 제레미 도련님을 살인자처럼 보이게 하기 위해서, 당신이 살인 현장에 증거를 떨어뜨린 것이로군요.”

프루던스는 말 한 마디 한 마디마다 경멸의 빛을 보이면서 결론을 내렸다.

“컬링 경, 당신은 사실 굉장히 어리석은 사람이군요. 당신 계획이 잘 이행되도록 하는 데, 엔젤스톤을 이용할 수 있을 것이라고 생각했나요?”

“이치에 맞는 가정인 것 같았지.”

“하……!”

프루던스가 조소하는 표정으로 콧방귀를 뀌었다.

“당신은 내 남편에 대해서 아무것도 모르고 있어요.”

컬링의 턱이 굳어졌다.

“내가 직접 들은 사실과 항상 엔젤스톤을 따라다니는 소문을 통해서, 엔젤스톤이 사촌에게 불리한 증거를 이용하는 것을 굉장히 기뻐할 줄로 알았지.”

안경 위에서 프루던스의 눈썹이 모아지면서 사나운 인상을 만들어 냈다.

“당신은 내 남편의 성격에 대해서 커다란 오해를 하고 있었던 거예요, 그렇지 않은가요?”

세바스천은 컬링의 팔이 프루던스의 목을 더 세게 조이는 것을 보았다.

“으……, 프루!”

“엔젤스톤은 가족에 대한 임무를 알고 있었고, 그 임무를 성실히 수행했어요.”

프루던스는 기가 꺾이지도 않고 씩씩하게 말을 이어갔다.

“조용히 해!”

컬링이 참지 못하고 소리를 질렀다.

“나를 슬슬 화나게 만들고 있군, 엔젤스톤 부인.”

컬링은 경고하는 뜻으로 프루던스의 목을 더욱 세게 조였다.

세바스천의 얼굴에 주름이 잡혔다.

“거듭 말하지만, 당신은 엔젤스톤에 관해서 잘못 알고 있어요.”

프루던스는 새된 소리로 말했다.

“모든 사람들이 엔젤스톤에 관해서 잘못 알고 있듯이.”

세바스천은 컬링이 흥분해서 무심결에 프루던스의 목을 졸라 죽여 버릴지도 모른다는 걱정으로 머리가 터질 것만 같았다.

“됐소, 프루.”

프루던스는 깜짝 놀라서 세바스천을 처다보았다. 세바스천의 얼굴에 나타난 근심을 본 프루던스는 곧 조용해졌다.

세바스천의 눈썹이 활처럼 굽어졌다.

"한 가지 궁금한 것이 있소, 컬링. 내 사촌이 릴리안을 좋아했다는 것을 어떻게 알아냈지?"

"처음부터 알고 있었어."

컬링이 낄낄거렸다.

"릴리안의 삼촌이 말해 줬지. 플릿우드 애송이가 그 계집애를 좋아한다고 말이야. 그렇지만 그 늙은이는 현실적이었어. 플릿우드 집안에서 플릿우드의 고귀한 계승자가 선술집 매춘부와 결혼하는 것을 결코 허락하지 않을 것이라는 사실을 아주 잘 알고 있었지. 그래서 대신 우리에게 그 계집애를 팔았던 거야."

"그 여자가 죽은 다음에는 어떻게 했소?"

세바스천이 담담하게 들리도록 물었다.

컬링은 어깨를 으쓱해 보였다.

"삼촌한테는 물에 빠져 죽었다고 말하고, 물론 손실도 보상해 줬지. 나는 충분한 돈을 주었어. 그 늙은이가 품을 수 있는 어떤 의문점도 발설하지 않겠다는 보장을 받으려고 말이야."

세바스천은 팔짱을 낀 여유로움을 가장한 채 철제 침대 기둥에 몸을 기댔다.

"어떤 의문도 불러일으키지 않고, 오늘 밤에 우리 세 명을 모두 죽인다는 것은 불가능하오."

"반대로,"

컬링이 낮은 음성으로 말했다.

"아주 멋진 성과를 거둘 거야. 이곳에서 소규모로 주말 별장 파티가 열리는 동안에, 네놈이 가장 친한 친구의 품에 안겨 있는 신부를 발견했다고 사람들에게 말하겠어.”

“어떻게 감히⋯⋯.”

프루던스가 분노로 숨을 거칠게 내쉬었다.

“나는 절대로 엔젤스톤을 배신하지 않을 거예요.”

“무슨 말인지 알겠군, 컬링.”

세바스천이 차갑게 말했다.

“아주 간단한 일이지.”

컬링은 재미있어하는 것 같았다.

“네놈이 아내와 가장 친한 친구에게 총을 쏠 거야. 나는 물론 권총을 들고, 여기서 무슨 일이 일어났는지 살펴보기 위해 왔는데, 네놈이 날 덮친 거야. 그래서 나는 내 목숨을 지키기 위해서, 어쩔 수 없이 네놈을 죽이게 되는 거지. 타락한 천사에게 걸맞은 종말이 아닌가?”

“소용 없을 거요.”

개릭이 다급하게 말했다.

“소용 있을 거야.”

컬링이 세바스천에게 총을 겨누었다.

“자, 이제 안됐지만, 네가 제일 먼저 죽어 줘야겠어, 엔젤스톤. 왜냐하면, 네 녀석이 가장 위험하거든. 서턴은 다음 차례가 될 거고.”

세바스천은 마음의 각오를 단단히 했다. 세바스천은 똑바로 컬링을 향해 돌진해야 했다. 첫발이 약간만 빗나가기를 바라면서⋯⋯.

만일 운이 좋으면, 총알이 그 자리에서 자신을 쓰러뜨리지 않을 수도 있었다. 지금 절실히 바라는 점은 컬링에게 도달할 때까지, 쓰러지지 않고 버티는 것이었다.

"이 사악한 인간!"

프루던스가 소리를 질렀다. 프루던스는 부서진 안경 조각을 움켜쥐고 있었다.

"당신은 감히 세바스천을 쏠 수 없어."

컬링은 웃었다.

"내가 네 죽음을 새벽까지 미루는 이유를 틀림없이 궁금하게 생각할 테지, 엔젤스톤 부인? 나는 침실에서 타락한 천사에게 계속 즐거움을 줄 수 있는 여자는 어떤 여자일까 항상 궁금하게 생각해 왔었지. 오늘 밤 그 수수께끼를 풀어 보기로 했지."

세바스천은 프루던스가 목을 조르고 있는 컬링의 팔을 향해서 손을 들어 올리는 것을 보았다. 세바스천은 프루던스가 의도하는 것을 즉시 알아차렸다.

다음 순간, 프루던스는 한때 최신 유행하는 안경이었던, 톱니 같은 깨진 유리 조각으로 컬링의 팔을 깊숙이 찔렀다.

컬링은 비명을 질렀다. 컬링은 본능적으로 프루던스의 목을 죄고 있던 팔을 풀고, 상처난 팔을 감싸 쥐었다. 손가락 사이로 피가 뿜어져 나오고 있었다.

"나쁜 년……."

프루던스는 마침내 컬링의 손아귀에서 벗어났다.

컬링은 다시 몸을 돌려 세바스천을 쳐다보았지만, 이미 때가 너무 늦었다.

세바스천은 벌써 움직이고 있었다.

컬링은 다시 권총으로 세바스천을 겨누려고 했지만, 기회가 없었다.

세바스천은 발로 무기를 힘껏 차서, 컬링의 손에서 떨어뜨렸다.

그리고 재빨리 컬링을 덮치며 컬링의 턱에 강타를 날렸다. 세바스천의 일격에 컬링은 뒤로 비틀거리면서 창문 쪽으로 밀려났다. 걸쇠가 벗겨져 있었던지, 컬링이 부딪히는 충격으로 문이 세차게 열리고 말았다.

방안으로 윙윙거리는 바람 소리가 밀려들었다. 촛불이 너울거리다가 꺼지면서 방안은 완전한 어둠 속으로 빠져들었다. 창문 돌쩌귀가 부르르 떨리는 소리를 냈다.

세바스천은 앞으로 다가가기 시작했다. 단지 창문 앞에서 웅크리고 있는 컬링의 윤곽만을 알아볼 수 있는 최소한의 빛만 의지한 채. 방안엔 바람의 비명 소리가 가득했다.

"안 돼요!"

프루던스가 성난 바람에 소리가 묻히지 않도록 있는 힘껏 크게 소리를 질렀다.

"세바스천, 기다려요. 컬링을 가만 놔둬요."

프루던스의 목소리에서 마음을 강렬하게 뒤흔들어 놓는 절박함을 느낀 세바스천은 우뚝 걸음을 멈출 수밖에 없었다. 세바스천은 어깨너머로 뒤쪽을 쳐다보았다. 역시 가까스로 프루던스의 희미한 윤곽만을 볼 수 있었다. 세바스천은 프루던스가 다른 쪽을 보고 있다는 사실을 깨달았다.

컬링은 비명을 지르고 있었다. 모든 생각을 마비시키는 공포에 찬 날카로운 비명 소리였다.

"이럴 수가!"

개릭이 중얼거렸다.

세바스천은 뒤를 돌아보았다. 컬링은 무언가에 지독히 홀린 듯, 세상에서 가장 끔찍한 소리로 비명을 지르고 있었다.

"날 내버려 둬!"

컬링이 계속해서 고함을 쳐댔다. 하지만 그것은 세바스천에게 하는 말이 아니었다. 컬링은 침대 쪽을 보고 있었으며, 마치 거기 있다고 생각하는 무엇인가를 피하려는 듯이 손을 마구 휘젓고 있었다.

"안 돼, 날 내버려 둬. 날 좀 내버려 두라구!"

몸을 얼어붙게 만드는 공포가 세바스천을 사로잡았다. 세바스천은 게처럼 뒤로 물러나는 컬링의 검은 형체를 지켜볼 뿐이었다.

"바로 너구나!"

컬링이 숨을 헐떡거렸다. 열려진 창문 앞에 이른 컬링은 창턱 위로 올라섰다.

"너지, 그렇지? 날 건드리지 마! 난 널 죽일 생각은 아니었어. 모르겠어? 뛰어내리기로 선택한 건 바로 너야. 넌 이럴 필요가 없다구. 난 단지 놀이를 좀 즐기려고 했던 것뿐이야. 넌 단지 선술집 매춘부였잖아…… 날 건드리지 마, 제발!"

컬링은 날카로운 비명을 지르며, 단지 자신만이 볼 수 있는 것을 피하기 위해서 뒷걸음질쳤다. 컬링은 창문에서 뒤로 쓰러질 듯 아슬아슬하게 서 있다가, 마침내 자신을 기다리고 있는 어둠 속으로 떨어지고 말았다.

비명 소리가 끝없이 계속될 것만 같은 밤의 하늘을 꿰뚫고 있었다.

그리고 나서 오랫동안 침묵만이 존재했다. 심지어 어디선가

솟아나던 이상한 바람도 어느 새 자취를 감추고 만 완벽한 침묵
이었다. 창밖에서 안개가 다시 장막처럼 컬링 성 주위를 에워쌌
다.

세바스천은 자기 자신을 포함해서 그 누구도 꼼짝하지 않고
있다는 사실을 깨달았다. 세바스천은 깊은 숨을 내쉬며 자신을
속박하고 있는 몸의 마비 상태를 쫓아 버리려고 애썼다.

그리고 몸을 돌려서 방을 가로질러 재빨리 걸어갔다. 초를 더
듬어 찾은 세바스천은 두 번 정도 시도한 끝에 가까스로 촛불을
켤 수 있었다.

일단 깜빡거리면서 살아나기 시작하자, 강한 불꽃은 거의 미
동도 하지 않았다. 세바스천은 충격을 받아 거의 기절한 상내일
것이라고 생각하면서, 프루던스를 바라보았다.

프루던스는 방 한가운데 서서 눈썹을 모으고 깊은 생각에 빠
진 표정을 짓고 있었다. 프루던스는 방금 유령을 본 여자 같지
않았다.

"깜짝 놀랐죠, 세바스천? 하지만 지금은 아까보다 이 방안이
그렇게 춥지는 않죠?"

프루던스가 물었다.

세바스천이 프루던스를 응시했다.

"그렇소."

세바스천은 대조적으로 자신의 목소리가 매우 작게 느껴졌다.

"지금은 훨씬 따뜻하오."

개릭이 일어나 앉으려고 애를 쓰면서 고통스런 표정을 짓고
있었다. 세바스천은 바닥에 누워 있는 친구를 바라보았다.

"악당은 모두 세 명이었는데, 모두 오늘 밤 매춘굴에서 고용

된 자들이지. 수고비를 받은 다음에 한 놈이 나머지 두 놈을 런던으로 돌려보냈네.”

세바스천은 권총을 집어 들었다.

“그러면 적어도 오늘 밤은 우릴 귀찮게 하지는 않겠군.”

세바스천은 창문 쪽으로 걸어가서 아래를 내려다보았다. 소용돌이치는 안개 속으로, 어렴풋이 탑 아래쪽 바위 위에 떨어져 있는 컬링의 부츠가 보였다.

“경찰을 깨워야겠군.”

개릭이 말했다.

“누가 릴리안의 유령에 관해서 말할 거예요?”

프루던스가 물었다.

“내 생각엔, 이 사건에서 유령 얘긴 빼는 것이 좋겠소.”

세바스천이 대답했다.

“그리고 나는 실제로 유령을 보지 못했소. 그리고 여기 있던 당신들 두 사람도 마찬가지고.”

“보지 못했네.”

개릭이 안심이 된 듯한 목소리로 말했다.

“나는 유령을 닮은 어떤 것도 보지 못했어.”

“그렇게 단정 지을 수는 없어요.”

프루던스가 불만스러운 듯 대답했다. 눈동자엔 뭔가 추측하는 것 같은 표정이 떠올랐다.

“난 유령 현상에 대한 몇 가지 중요한 증거를 목격했다고 생각해요.”

“당신이 잘못 알고 있는 것 같소.”

세바스천이 대꾸했다.

"이건 내 조사이고, 내가 경찰에게 설명할 거요. 물론 나는 유령을 보지 못했소."

프루던스의 눈썹이 치켜 올라갔다.

"원한다면요. 그렇지만 저는 릴리안이 '미덕이 있는 왕자들'에게 한 저주의 말이 실현됐다고 생각할 수밖에 없어요. 네 명의 남자들이 전부 파멸했거든요, 그럭저럭요. 심지어 블룸필드도 자신이 한 짓의 대가를 치렀다구요."

세바스천은 그 사항에 대해 프루던스와 약간의 토론을 벌였다. 그리고 나서 그 점에 대해서 좀더 골똘히 생각해 보았다. 사실, 그로서도 릴리안이 복수했다는 것은 부인할 수 없는 사실이었다.

거의·새벽 3시가 다 되어서야 경찰에게 모든 설명을 마칠 수 있었다. 경찰인 르웰 씨는 자신의 임무를 진지하게 생각하는, 몸집이 크고 무뚝뚝한 남자였다.

르웰은 백작을 상대한다는 사실에 경외하는 마음을 느끼는 것 같았다. 르웰은 아주 간단하게 물어 보았는데, 세바스천이 자신의 목적에 맞게 몇 가지 사실을 바꾸기로 결정했기 때문에, 경찰의 간단한 질문이 도리어 일을 쉽게 해주었다.

세바스천은 프루던스와 개릭에게 일이 이렇게 된 마당에 제레미를 이 사건에 끌어들일 필요는 없다고 설명했다. 당연히 링크로스와 옥슨햄의 죽음이 사고와 자살이 아닌 살인이라는 사실을 증명할 방법은 없어졌다.

"……결국 컬링은 자살하게 된 셈이지요."

세바스천이 진지하게 이야기의 결론을 내리자, 르웰은 고개를 끄덕였다.

"글쎄요, 컬링 경은 좀 이상한 사람이었어요. 때때로 성에서 일어난 이상한 사건들이 소문으로 떠돌곤 했죠."

"그랬소?"

세바스천이 예의바르게 물었다.

"예, 하인들 사이에 떠도는 소문인데 그래서 호기심이 가더군요. 몇 년 전에 어린 여자가 실종됐는데, 사람들 말에 의하면 컬링 경과 친구들이……."

르웰이 말끝을 흐렸다.

"글쎄, 그것은 지금 중요한 얘기가 아니군요. 어쨌든 컬링 경은 죽었으니까요."

"맞소, 그는 죽었소."

세바스천이 대답했다.

르웰은 점잖게 고개를 끄덕였다.

"이런 얘기를 드려서 유감스럽지만, 이 지방 사람들은 절대로 컬링 경을 잊지 못할 겁니다."

"컬링 성에서 일어난 이상한 사건 때문?"

세바스천이 물었다.

"정확히 그 이유 때문만은 아니지요."

르웰이 대답했다.

"컬링 경은 사교계 친구들을 기회 있을 때마다 런던에서 불러들이곤 했죠. 그런데 이 지방 상점들에게 불행했던 점은, 컬링 경은 모든 물건을 런던에서 가져왔다는 사실이죠. 컬링 경은 이 마을에서 좋은 품질의 물건을 살 수 없다고 불평했어요. 이 곳에선 단돈 1페니도 쓰지 않았죠."

“무슨 말인지 알겠소.”

세바스천이 미소를 지었다.

면담이 끝나자, 개릭은 아침이 될 때까지 근처 여관에서 시간을 보내기로 결정했다.

“내 머리가 너무 충격을 받아서, 마차 여행은 꿈도 못 꿀 것 같네. 나는 내일 런던으로 돌아갈 생각인데, 자네와 부인은 어떻게 할 텐가?”

프루던스는 하품으로 크게 벌어진 입을 톡톡 두드렸다.

“지금 이 자리에서 선 채로도 잠을 잘 수 있을 것 같아요.”

세바스천이 프루던스를 바라보았다. 세바스천은 프루던스를 집에 데려가고 싶었다. 집에서라면 프루던스가 안전할 것이라고 믿었다. 세바스천은 침대 위에 프루던스를 눕히고 더욱 가까이 품에 안아서 아무도, 심지어 유령도 자신으로부터 프루던스를 빼앗아 갈 수 없도록 하고 싶었다. 세바스천은 프루던스를 보호해 주고 싶었고, 남은 일생 동안 영원히 프루던스를 자신의 심장 바로 곁에 있게 하고 싶었다. 할 수만 있다면 그보다 더 가까이.

“집에 가는 길에 마차 안에서 잘 수 있을 거요.”

세바스천이 조용하게 말했다.

“물론이에요.”

프루던스가 온화한 어조로 동의했다.

준비할 것도 별로 없었다. 정확히 30분 뒤에, 세바스천과 프루던스는 우편 마차를 빌려 타고 런던을 향해 출발했다.

“안개기 걷히고 있는 것 같아요.”

프루던스는 다시 한 번 나른하게 하품을 하면서 무릎 위에 놓인 마차용 무릎 덮개를 매만졌다.

"좋은 시간을 보낼 수 있을 것 같아요, 세바스천."

세바스천은 팔로 프루던스를 감싸 안고, 자신에게 바싹 끌어당겼다. 세바스천의 눈동자는 어둠을 응시하고 있었다.

"새벽쯤이면 집에 도착할 것 같소."

"그렇겠죠, 기절할 정도로 재미있는 경험이었어요. 그렇지만 지금은 1분도 더 눈을 뜨고 있을 수 없군요."

프루던스는 세바스천의 품안에서 몸을 편히 가누었다.

"프루?"

"음?"

바로 코앞까지 다가온 잠에 취해 목소리는 허스키해져 있었다.

"내 부모님께 당신을 소개해 드리고 싶소. 당신을 아주 좋아하실 거요."

"저도 당신이 우리 부모님을 만날 수 있었으면 좋겠어요."

프루던스는 속삭였다.

"두 분은 당신을 사위로 둔 것을 굉장히 기뻐하실 거예요."

세바스천은 정말로 하고 싶은 말을 하기 위해서, 적당한 말을 찾아내려고 애썼다. 오랫동안 얼어 있던 깊고 은밀한 장소를 시험하며, 주의 깊게 몸 안을 탐험해 갔다.

세바스천은 얼음이 완전히 사라졌다는 사실을 깨달았다. 그렇지만 이제는 비어 버린 그 공간을 자세히 살펴보는 일조차 마음을 불안하게 만들었다. 안개에 휩싸여 있는 거리에서, 지나가는 마차를 자세히 보려고 하는 것과 똑같다고나 할까.

세바스천은 무엇을 발견할지 확신할 수 없었다. 예전에는 차가뭄이 존재하던 그곳에, 지금은 아무것도 없을까 봐 오히려 두려웠다. 세바스천은 머뭇거릴 수밖에 없었다.

"난 오늘 밤 당신을 잘 보살피지 못했소, 프루."

세바스천이 미침내 입을 열었다.

"앞으로는 결코 오늘과 같은 일이 없을 거요."

대답이 없었다. 세바스천은 아래쪽을 내려다보고 나서, 프루던스의 속눈썹이 완전히 닫혀 버린 것을 알았다. 프루던스는 깊이 잠들어 있었다. 세바스천은 프루던스가 정말로 아무 소리도 들을 수 없는 건지 궁금해졌다.

두 사람은 만족스러운 시간을 보냈다. 마차가 집 앞에 서자, 세바스천은 프루던스를 안은 채, 마차에서 내려 곧바로 2층으로 올라갔다. 세바스천은 조심스럽게 프루던스를 침대에 눕혔다. 세바스천이 곁에 누웠을 때도, 프루던스는 잠에서 깨어나지 않았다.

세바스천은 프루던스를 품에 안고, 만 4년 만에 처음으로 새벽의 회색 빛줄기가 모습을 나타내기 전에 깊이 잠 속으로 빠져들었다.

그로부터 한 달 후.

세바스천은 다리를 쭉 뻗고 의자에 등을 기대고 앉으며, 읽고 있던 신문을 옆으로 밀어 놓았다. 루시퍼가 소파의 등받이에서 몸을 일으켜, 책상 위로 뛰어올라 신문 위에서 어슬렁거렸다. 그리고는 세바스천의 무릎 위로 훌쩍 뛰어내렸다.

세바스천은 고양이를 쓰다듬으면서 금박을 입힌 시계를 쳐다보았다.

"몇 분만 있으면, 집에 오겠군. 그러면 우리는 아주머니가 프루던스에게 어떤 옷을 골라 줬는지 볼 수 있을 게다."

루시퍼는 몸 주위로 꼬리를 동그랗게 말고, 대답으로 가르랑거리는 소리를 냈다.

"불쌍한 우리 프루던스가 이 시간을 씩씩하게 이겨 냈으면 좋겠는데……."

세바스천이 미소를 지었다.

"프루던스는 확실히 공포에 떨고 있었지. 될 수 있는 한 그 시간을 미루려고 했단다. 그렇지만 결국 드루실라 아주머니가 프루던스를 붙잡았지."

루시퍼는 귀를 실룩거리면서 또 가르랑 소리를 냈다.

몇 분 후, 홀에서 프루던스가 쇼핑에서 돌아온 것을 알리는 소란스러운 소리가 났다.

"오, 이제 왔군."

세바스천은 기대하는 눈빛으로 문을 바라보았다.

"맹세코, 아주머니는 틀림없이 에메랄드 그린과 짙은 노란색 드레스를 골라 줬을 거다."

서재 문이 벌컥 열리더니 프루던스가 방안으로 황급히 들어왔다. 프루던스는 여전히 떠날 때 입고 있었던 주름 장식이 덕지덕지 달린 라벤더 드레스를 입고 있었다.

거대한 라벤더 색깔의 꽃으로 장식한, 사이즈가 커 보이는 우스꽝스러운 모자가 세차게 펄럭거렸다. 안경 렌즈를 통해서 보이는 눈동자가 흥분으로 불타고 있었다.

"세바스천, 당신은 무슨 일이 있었는지 상상도 못 할 거예요."

세바스천은 루시퍼를 바닥에 내려놓고, 아내를 맞이하기 위해서 일어섰다.

"앉아요, 오늘 당신이 쇼핑한 얘기를 자세하게 듣고 싶소."

"제 쇼핑이요?"

프루던스는 어리둥절한 표정으로 의자에 앉았다.

"당신이 열심히 노력해 본다면, 아마 기억해 낼 수 있을 것 같소. 당신은 한 세 시간 전에 아주머니와 집을 나섰잖소."

세바스천이 다시 의자에 앉았다.

"당신 머리에서부터 발끝까지 치장을 다시 하려고 말이오."

"오, 그래요. 쇼핑이요."

프루던스는 모자를 벗어 옆으로 던졌다.

"아주 성공적이었다고 생각해요. 어쨌든 당신 아주머니가 매우 기뻐하시는 것 같았어요. 당신이 그린과 노랑색을 좋아했으면 좋겠군요. 왜냐하면 그런 색 옷을 아주 많이 입게 될 것 같거든요."

세바스천이 회심의 미소를 지었다.

"하지만 그게 제가 하려던 말은 아니었어요."

프루던스는 만족스럽게 웃었다.

"다른 의뢰인이 생겼어요."

세바스천이 순간 웃음을 멈췄다.

"빌어먹을."

"이봐요, 세바스천. 그럴 것까진 없어요. 아마도 제 조사 영역인 것이 분명해요. 유령 현상과 관련된 사건을 조사할 거예요. 이번 사건에서도 역시 당신이 기꺼이 절 도와 주리라 생각해요."

세바스천은 주의 깊게 프루던스를 살폈다.

“나는 당신이 조금이라도 위험해지는 것을 바라지 않소, 마담. 이것이 마지막이오.”

“당신의 계승자 때문에 걱정하는 거라면, 안심해요.”

프루던스는 아직 부풀어오르지 않은 배를 두드렸다.

“전 이 아이가 굳세고 튼튼할 것이라고 확신해요. 아마 유령 한두 명쯤은 눈 하나 깜짝하지 않을 거예요.”

“이것 봐요, 프루……..”

“진정하라니까요.”

프루던스는 여유 있게 미소를 흘렸다.

“조금도 위험하지 않을 거예요. 아주 오래 된 집안의 유령에 관련된 사건이에요. 최근에 크랜쇼우 시골 저택에 나타난대요. 그 집에서는 유령이 실제로 존재하는지 제가 확인해 줬으면 하구요.”

“만일 있다면?”

“그야 물론, 제가 유령을 없앨 방법을 찾아내길 바라겠죠. 그 집안 하인들이 공포에 떨고 있어요. 지난 두 달 동안 하녀 세 명과 요리사 한 명을 새로 채용할 수밖에 없었대요. 집안 하인들이 그런 식으로 바뀌는 것은 굉장히 짜증나는 일이라고 크랜쇼우 부인이 말하더군요.”

세바스천은 프루던스의 목소리에서 기대감을 엿볼 수 있었다. 게다가 눈동자에서 불꽃이 튀기고 있다는 사실도 놓치지 않았다.

세바스천은 또한 자신의 몸 속 깊숙한 곳에서 살아서 들끓고 있는, 가까스로 억제된 낯익은 흥분을 뼈저리게 인식했다.

“단지 작은 규모의 조사라면, 그렇게 큰 위험은 없을 것이라 생각하지만…….”

“조금도 없어요.”

프루던스는 즐거운 표정으로 동의했다.

세바스천은 다시 일어서서 창문 쪽으로 성큼성큼 걸어갔다.

“이번 일이 단순히 유령 현상과 관련된 것이라고 확신할 수 있소?”

“물론이죠.”

“살인이나 무지막지한 폭력, 아니면 범죄 음모가 개입된 것 같은 낌새는 없고?”

“물론 없어요.”

“어떤 위험한 성질의 일도 전혀 개입되지 않았소?”

세바스천이 계속해서 다그쳤다.

프루던스는 관대하게 웃어넘겼다.

“정말이에요, 세바스천. 이런 조사에 위험한 범죄 음모가 개입될 수 있다고 생각하는 것 자체가 매우 우스운 일이에요. 우리는 아주 오래 된 유령 얘기를 하고 있는 것뿐이라구요.”

“글쎄,”

세바스천은 조심스럽게 말했다.

“그렇다면 당신이 이 문제를 조사해도 괜찮을 것 같소. 물론 나도 함께할 거요. 당신의 조사 방법을 관찰할 좋은 기회가 되겠군.”

“물론이에요.”

세바스천이 미소 지었다.

“좀 재미있을 것도 같소.”

“부디 당신이 이 사건에서 재미를 찾길 바래요.”

프루던스가 점잖게 응대했다.

세바스천은 프루던스가 자신을 놀리고 있다고 생각했다. 이 작은 말괄량이는 또 다른 흥미 있는 수수께끼를 조사할 수 있는 기회에 자신이 매료된 것만큼, 세바스천도 그럴 것이라는 사실을 알고 있었다.

프루던스는 세바스천을 아주 잘 알고 있었다. 세바스천은 조금도 놀라운 사실이 아니라고 결론 지었다. 프루던스는 어쨌든 세바스천의 다른 반쪽이었으므로.

세바스천은 햇빛이 비치는 정원을 바라다보았다.

"내가 당신과 함께 이 사건을 맡는 것에 동의하기 전에, 한 가지 약조할 것이 있소."

"좋아요."

"나는 당신이, 다시 나한테…… 사랑한다는 말을 해줬으면 좋겠소."

세바스천은 매우 빠르게 이 말을 해버렸다.

깃털이 떨어지는 소리라도 들릴 만큼 고요한 침묵이 흘렀다. 세바스천은 숨을 죽였다. 그리고 마음을 단단히 먹고, 천천히 뒤로 돌아 프루던스를 마주 보았다.

프루던스는 앞으로 두 손을 모아 쥐고 서 있었다. 프루던스의 눈동자는 찬란히 빛나고 있었지만, 아주 약간 경계심을 가지고 있는 듯했다.

"그럼 그날 밤 제 말을 들었단 말이에요?"

"들었소. 그렇지만 당신이 그 말을 다시 하는 것을 듣지는 못했소. 마음이 변한 거요?"

"아니에요, 저는 당신을 처음 만나는 그 순간부터 당신을 사랑했어요. 저는 평생 동안 당신만을 사랑할 거예요.”

프루던스는 생각에 잠긴 채 장난기 어린 미소를 지었다.

“저는 다시는 그 말을 할 수가 없었어요. 왜냐하면 당신이 고작해야 그 말을 단순한 흥미 거리로밖에 알지 않는다고 생각했거든요.”

“당신이 나를 사랑한다는 사실은 결코 단순한 흥미 거리가 아니오.”

세바스천은 온몸에 밀어닥치는 격한 감정의 힘 때문에 손이 떨리는 것을 깨달았다.

“나의 구원이오.”

“오, 세바스천!”

프루던스는 세바스천의 품에 그대로 안겼다.

“당신을 사랑하오, 프루.”

세바스천이 프루던스를 으스러지게 안았다.

“영원히……..”

세바스천은 이젠 예전에 차가움으로 가득 차 있던 마음속의 빈 공간을 찬찬히 살펴볼 수 있다고 생각했다. 자신이 두려워했던 것처럼 비어 있지는 않으리라. 오랫동안 얼음으로 가득 차 있던 마음속의 공간이 이제는 사랑으로 가득 채워져 있었던 것이다.

세바스천은 오랫동안 프루던스를 가슴 깊이 끌어안고 있었다. 프루던스의 따스한 온기가 세바스천에게 전해져, 세바스천의 마음을 더욱더 완전히 채워 주었다.

“우리의 다음 조사에 관련된 별로 중요하지 않은 세부적인 사항이 있는데, 애기해 두는 게 좋을 것 같네요.”

프루던스는 마침내 셔츠 속에서 웅얼거렸다.

"세부적인 사항?"

세바스천이 고개를 들었다.

프루던스는 아주 애교 있는 미소를 띠었다.

"글쎄요, 의뢰인의 말을 들어 보니까, 최근에 다이아몬드 목걸이가 없어진 것이 조금 수상하더라구요."

"다이아몬드? 우리가 지금 다이아몬드가 사라진 사건을 얘기하고 있는 거요? 이것 봐요, 한 가지만 짚고 넘어갑시다. 잃어버린 보석이 관련된 사건은 내 경험으로 비추어 봤을 때, 더러운 음모가 개입됐을 가능성이 아주 높소."

프루던스는 신중하게 헛기침을 했다.

"글쎄요, 한두 가지 당신 마음에 걸릴 만한 작은 징조들이 있어요. 누군가 크랜쇼우 저택을 살펴보려는 시도를 한 것 같거든요."

"제기랄. 프루, 나는 이번 일에 위험한 일이 아무것도 없다고 들었소."

"물론 이번 조사는 조금도 위험하지 않을 거라고 확신해요. 단지 좀 호기심을 끄는 요소들이 당신을 즐겁게 할 거예요. 저는 당신이 지루해지는 것을 바라지 않거든요."

세바스천은 씁쓸하게 미소를 지을 수밖에 없었다.

"당신은 당신의 그 작은 손가락으로 나를 움직일 수 있다고 생각하고 있소, 그렇지 않소?"

"당신이 저에게 그럴 수 있는 것과 똑같이요."

프루던스는 발끝으로 서서 세바스천의 목에 팔을 감았다.

"제가 생각하기에, 세바스천, 당신과 저는 처음부터 운명적인 만남으로 정해져 있었던 것 같아요.”

세바스천은 프루던스의 빛나는 눈빛을 보고, 몸 안에서 타오르는 따뜻한 사랑의 불꽃을 느낄 수 있었다.

“그 사실은 의심할 여지도 없소.”

세바스천은 손가락을 프루던스의 머리카락 속에 묻고, 입술로 프루던스의 입술을 덮었다. 세바스천은 자신의 몸이 결코 다시는 차가워지지 않을 것이라는 사실을 지독히도 잘 알고 있었다.

< 끝 >

조·안·나·린·지

사로잡힌 신부 CAPTIVE BRIDE
조안나 린지/나채성 옮김/값 6,500원

아름다운 크리스티나 웨이크필드는 아랍의 사막으로 향했다. 하지만 운명이 아부 족장의 강력한 팔 속에 그녀를 가둬놓는다.
그는 운명의 무도회에서 만난 남자! 이제 그녀는 그의 노예가 되었다. 그러나 그녀 가슴의 열띤 욕망은 자신을 납치한 남자의 감각적인 변덕에 굴복하고 싶어지는데….

예기치 못한 사랑 A PIRATE'S LOVE
조안나 린지/이혜원 옮김/값 6,800원

베티나 베를렌은 한 번도 본 적이 없는 남자와 결혼하기 위해 카리브 해를 향한 항해를 시작했다. 폭풍의 끝자락을 잡고 수평선 멀리 해적선 '용기있는 숙녀'의 돛내가 보이기 시작히면서 베티나의 예감을 붉게 물들였다. 장본인은 대담하고 격정적이며 잘생긴 약탈자 트리스탄! 트리스탄의 갈등과 베티나의 증오로 시작된 이들의 만남이 초래하게 될 폭풍은…?

불꽃 같은 사랑 A HEART SO WILD
조안나 린지/나채성 옮김/값 6,500원

코트니 하르테는 인디언 구역 어딘가에서 잃어버린 아버지가 살아계신다는 걸 알게 된다. 그녀를 그곳으로 데려가줄 남자는 웬지 운명적으로 신뢰할 수 있는, 개척지의 하늘보다 더 파란 눈동자를 가진 찬도스. 그는 총싸움이 난무하는 로클리만큼이나 거칠고 위험스럽다. 그러나 핸섬하고 불가사의한 그는 때로는 믿을 수 없을 정도로 부드럽다. 그들의 마음을 사로잡고 있는 서로의 눈에 대한 아스라한 기억은…?

배반의 향기
WORLDLY GOODS
마이클 코다/나채성 옮김/값 7,000원

파울 포스터는 권력에의 위험한 갈망을 가진 불가사의한 억만장자다. 포스터의 라이벌 니콜라스 그린우드는 냉혹하다, 또한 상상할 수 없을 정도의 부를 소유하고 있다. 거대하고 비정한 금융거래 세계에서 충돌이 일어나고, 포스터는 그린우드의 아름다운 전애인과 사랑을 불태우면서 그의 적에게 총을 겨눌 준비를 한다.
하지만 이 두 거물들 사이의 처절한 증오는 30년 전으로 거슬러 올라가 탐욕과 배반의 끔찍한 범죄에 뿌리를 두고 있다. 포스터의 재산과 사랑하는 여인과 그 자신의 생명까지 요구할 수 있었던 범죄. 그는 단지 똑같은 복수의 행위로만 휴식을 취할 수가 있다.

Sandra Brown
산 드 라 브 라 운

여신과 사랑을 (TEMPERATURES RISING) 나채성 옮김 / 값 6,000원

챈틀 뒤퐁은 아름다운 패리쉬 섬을 사랑한다. 그녀의 반쪽 피와 같은 피가 흐르는 부족 사람들도. 그녀에게 있어 새로운 산호초 휴양지의 건설자들은 적일 뿐이었다. 그러나 원주민들을 위한 엄청난 계획을 세우면서 스카우트 같은 남자와 마주치리라는 건 전혀 예상치 못한 일이었다. 챈틀은 스카우트가 다리를 세워 주는 일에만 필요한 뿐이라고 수없이 되뇌였다. 하지만 시간이 흐르고 일이 진척될수록, 스카우트는 그녀에게 더욱 많은 의미를 갖게 되어 버리는데……

사랑이 눈뜰 때 (ADAM'S FALL) 김수정 옮김 / 값 6,000원

일에 대한 열정과 투철한 직업 의식을 소유한 물리 치료사 라이라. 그녀는 새로운 환자를 치료해 줄 것을 부탁받는다. 그런데 매순간마다 그녀에게 도전하는 아담에게 마음을 뺏기고 있는 자신을 발견한다. 그녀는 물리 치료사라는 직업 의식과 열정적으로 아담를 그리워하는 마음 간의 충돌 사이에서 그들에게 옳은 것을 선택하는데……

황홀한 신부 (FANTA C) 나채성 옮김 / 값 6,000원

엘리자베스 버크의 생활은 우아한 부티크를 운영하는 것과 두 아이를 돌보는 일로 가득 차 있다. 남편이 갑자기 세상을 떠난 이후로 길고도 외로운 그녀의 밤은 사랑의 환상들로 채워야만 했다. 그때 그녀의 인생으로 걸어들어온 태드 랜돌프. 그녀의 가장 은밀한 환상 속에서 빠져나온 듯한 남자. 영원한 진실을 자신의 기억 속에만 남겨둘 것인가, 아니면 위험한 사랑을 한 번 더 시도할 것인가?

오랜 기다림 후에 (LONG TIME COMING) 나채성 옮김 / 값 6,000원

16년 동안 마니는 언니의 아들을 자기의 아들처럼 키워왔다. 언젠가 데이비드의 아빠가 그녀의 삶 속으로 돌아오는 상상을 하면서. 그는 그녀의 첫사랑이자 유일한 사랑인 로. 마니와 로가 만나면서 시리도록 아름다운 로맨스는 시작된다.

산드라 브라운의 텍사스 시리즈

젊은이들의 사랑·정의·낭만·이상의 대서사시

사랑의 텍사스(행운의 럭키)

왜 날 떠나려고만 하는 거지? 당신도 날 사랑하잖아.

여자를 좋아하지만 결혼을 거부하는 남자, 모든 여자가 붙잡고 싶어하지만 누구한테도 붙잡히길 거부하는 남자, 그런 럭키가 드디어 임자를 만났다. 빨간 머리의 여인을 구출하던 날 밤, 이전에는 상상도 할 수 없었던 일들이 일어난다. 그녀는 그를 흥분시켰고, 그에게 도전했으며, 욕망으로 미치게 만들었다. 그리고는 흔적도 없이 사라져 버렸다. 설상가상으로 럭키는 화재 사건의 용의자가 되어 있었다. 자신의 알리바이를 입증하기 위해서라도 그는 그녀를 찾아야 했다. 심각하게 얽힌 사건을 푸는 동안 럭키와 그녀의 밀고 당기는 줄다리기가 시작되고, 그들의 사랑의 갈등은 커져만 가는데…….

정열의 텍사스(새로운 시작)

바다보다 깊고 대지보다 영원한 사랑

사랑하는 아내 타냐를 잃은 체이스는 고통에 짓눌린 채 로데오와 술집을 전전한다. 한편 마르시는 자신이 운전하다 사고로 타냐가 죽자 체이스가 자신을 탓할까 두렵기만 하다. 하지만 사랑하는 체이스가 만신창이로 지내는 걸 계속 보고만 있을 수는 없었던 마르시. 그녀는 타일러 드릴링 사를 파산에서 구하기 위한 제안을 하게 되는데, 체이스는 자신의 귀를 의심한다. 그리고 마르시의 깊고 푸른 눈 속에 담긴 끝없는 정열에 끌리는 자신이 경멸스럽기만 한데……. 그의 상처를 아물게 하고자 하는 수줍음 많은 공부벌레 마르시가, 과연 무뚝뚝한 체이스와 사랑의 결실을 맺을 수 있을까?

연인들의 텍사스(세이지의 사랑)

단 한 번의 키스!
어느덧 그들은 사랑으로 채색되고 있었습니다.

약혼자에게 버림 받은 최악의 순간을 하란 보이드에게 들킨 세이지가 그에게 이끌려 집으로 가야 하는데……. 세이지가 원하는 건 지독하게 섹시하면서도 재수 없는 그 남자를 다시는 보지 않는 것, 그리고 깨져 버린 약혼을 비밀에 부치는 것이었다. 하지만 거만하고 넋이 나갈 정도로 근사한 이방인 하란 보이드의 욕망은 전혀 다른 것이었다. 그녀는 하란이 만난 여자 중 가장 아름답고 도발적이며, 또 예측할 수 없는 여자였다. 그는 세이지에게 자신의 가치를 인정해 주는 남자가 필요하다는 걸 일깨워주려 애쓴다. 버릇없고 고집센 세이지가 과연 그 남자를 사랑할 수 있을까?

◆ 출간 예정작 - 「A Whole New Light」 / 「Breakfast in Bed」

Midnight Angel

그의 향기를 느낄 때
Lisa Kleypas

"세상의 모든 거짓을 순수함으로 정화시키는 매혹적인 로맨스"

리사 클레이파스(Lisa Kleypas)의 『그의 향기를 느낄 때』에서는 예기치 못했던 사건에 휘말려 살인 누명까지 쓰게 된 러시아의 한 귀족 여인이 힘든 역경을 헤치고 행복을 얻게 되는 이야기를 마지막 순간까지 긴장감을 늦추지 않고 아름답게 그려낸 사랑의 대서사시이다.

이국적 신비를 간직한 타샤가 감옥을 탈출하여 영국으로 가, 거만하지만 매력적인 영국 귀족 루크를 운명적으로 만나 그의 보호 아래 사랑을 키워간다.

하지만 운명의 여신은 그들의 사랑에 질투를 하게 된다. 어느 날 쇼핑을 나갔던 타샤는 복수를 위해 영국으로까지 추적해 온 니콜라스를 만나게 되어 또다시 러시아로 이송되어 감금되게 된다.

러시아와 영국을 넘나들며 일어나는 사건과 사건들, 위험은 시시각각 다가오고⋯⋯.

하지만 어떠한 위험 속에서도 그들의 정열은 더욱더 불타오른다.

・ ・ ・

Lisa Kleypas : 리사 클레이파스는 1987년에 <로맨틱 타임스>가 수여하는 신장르 역사 소설 부문에서 최고 작가상을 수상한 비범한 작가이다.

<피플>, <맥콜스> 등의 잡지에서 모델 활동을 하기도 한 미모의 리사 클레이파스는, 왕성한 창작 활동으로 많은 작품들을 썼다. 1989년에는 <어페어 드 코어스>지가 수여하는 골든 유니콘 상을 수상하였다.

리사 클레이파스의 작품은 수주간 뉴욕 타임스 베스트 셀러에 오르기도 했으며, 대표작으로는 『PRINCE OF DREAMS』, 『ONLY IN YOUR ARMS』, 『ONLY WITH YOUR LOVE』, 『DREAMING OF YOU』, 『SOMEWHERE I'LL FIND YOU』 등이 있으며, 현재도 다이내믹하고 사랑이 넘쳐나는 특별한 소설을 집필중이다.

우편엽서

보내는사람

우편요금
수취인후납부담

발송유효기간
1997.3.1 ~ 1999.2.28

서울 서대문우체국 승인

제235호

도서출판 **큰나무**

서울특별시 서대문구 홍제동 215

120-090

"구입해 주셔서 고맙습니다. 이 엽서는 좋은 책을 만드는 데 소중한 밑거름으로 활용될 것입니다."

독자 회원 번호:

성   명: (남 · 여)   생년월일: (만   세)

주   소: Tel:

구입책명: 구입지역 및 서점:

구독신문 및 잡지명: 좋아하는 작가.작품:

이 책을 구입하게 된 동기

○지은이 이름 ○제목 ○표지 ○신문광고 ○출판사 이름 ○주위의 권유 ○신간안내 · 서점

○기타 _______________________________

이 책에 대한 소감(내용, 제목, 표지, 편집체재 등)

큰나무에 바라는 말(발간을 희망하는 책 등)

정성껏 답해주신 회원의 엽서 중에 추첨을 해서 책을 보내드립니다.